DIEGO GALDINO es autor de varias novelas que se han traducido con éxito en España, Alemania y Polonia. Como el protagonista de esta historia, es propietario de un café en el centro de Roma. Cada día se levanta a las cinco de la mañana para abrir su cafetería y recibir a sus clientes con los cafés más imaginativos de la ciudad. No se sabe cuándo encuentra tiempo para la escritura, que es su verdadera gran pasión.

T0018143

Papel certificado por el Forest Stewardship Council®

Título original: *Il primo cafè del mattino*

Primera edición en B de Bolsillo: octubre de 2022

© 2013, Diego Galdino
© 2022, Penguin Random House Grupo Editorial, S. A. U.
Travessera de Gràcia, 47-49. 08021 Barcelona
© 2014, Carlos Gumpert, por la traducción
Diseño de la cubierta: Penguin Random House Grupo Editorial
Fotografía de la cubierta: Composición fotográfica a partir de imágenes de © Shutterstock

Printed in Spain – Impreso en España

ISBN: 978-84-1314-551-8
Depósito legal: B-13.798-2022

Impreso en Liberdúplex
Sant Llorenç d'Hortons (Barcelona)

BB 4 5 5 1 8

El primer café de la mañana

DIEGO GALDINO

Traducción de Carlos Gumpert

A la abuela Landa,
a Giuseppe Selvaggi y a Francesco Vinci

PRÓLOGO

Querida mía:

No puedo decirte lo que ocurrirá y no puedo pedirte que me comprendas.

Lo que puedo, eso sí, es intentar explicarte por qué he tomado esta decisión. Hay momentos en los que es necesario un sacrificio. Sé que tú no me abandonarías nunca y, precisamente por eso, tengo que marcharme, para permitir que vivas una vida mejor. Conmigo no serías nunca libre, sin mí lo serás.

Ya sé que prometí que velaría por ti, pero puedes estar convencida de que no te perderé de vista ni un instante siquiera.

No siento remordimientos porque sé que, a pesar de todo, estaré siempre contigo y seguiremos siendo invencibles, igual que el té negro con rosas.

No te digo adiós porque estaré siempre a tu lado.

M.

PRIMERA PARTE

El último viaje

REINABA un silencio irreal para la cantidad de gente que había. Todos los presentes medían sus palabras, sus gestos y hasta sus suspiros.

Solo el albañil se movía con rapidez: una pequeña capa de mortero, un ladrillo y así hasta completar una fila, luego partía con el cincel el último ladrillo, para darle la dimensión adecuada y eliminaba con la paleta el material sobrante.

Nunca albañil alguno fue observado con tanta intensidad, casi como si fuera el sacerdote de la última ceremonia.

En pocos minutos, el ataúd desapareció de la vista y el nicho quedó cerrado del todo. Para la lápida definitiva era necesario esperar todavía un poco más, pero bastaba con ese pequeño tabique para marcar una decidida frontera entre el mundo de aquí y el de allá.

«¿Qué sentido tiene todo esto?», se preguntaba Massimo. Los acostumbrados interrogantes ante la muerte, que cuando uno los cuenta resultan triviales, pero que en el momento justo te estallan en la cabeza y te proyectan en un mundo de oscuridad absoluta, sin un solo punto de referencia siquiera (por esa razón dejaba encendida Massimo por las noches una de esas lucecitas que se ponen en el enchufe: no era por miedo a la oscuridad, era por miedo a perderse).

Los de las pompas fúnebres se marcharon, Massimo los despidió mascullando algo incomprensible, a lo que ellos contestaron mascullando algo igualmente incomprensible.

La pequeña multitud petrificada se puso lentamente en movimiento. Uno a uno se aproximaban a la tumba, abrazaban a Massimo y se encaminaban por el sendero de grava.

Naturalmente, aparte de los amigos, eran todos parroquianos habituales del bar Tiberi.

—Son siempre los mejores los que nos dejan —dijo Tonino el mecánico (café largo).

—¡Pues sí, y a nosotros nos toca tirar p'alante! —prosiguió Pino, el peluquero (café en vaso).

Tampoco Luigi, el carpintero (carajillo de sambuca), pudo reprimirse y soltó la suya:

—¡El fémur, maldito sea! Como mi pobre madre, que en paz descanse.

Y así fueron pasando Lino (café al ginseng), con su inseparable perro *Junior*, Alfredo, el panadero (café en vaso con espuma), Gino, el carnicero (café cortado caliente en vaso), y Rina, la florista (café en vaso con vasito de agua).

Dario (café cortísimo en taza ardiendo), que le echaba una mano a Massimo en el bar, cerró la procesión.

—Te espero en el coche —le dijo, porque él, con eso de las formalidades, no se las apañaba demasiado bien.

—Sí —le contestó Massimo, que hasta entonces se había limitado a corresponder a las palmadas que recibía—, ah, y dile a todo el mundo que se pase esta noche antes de la hora de cierre: ¡nos tomaremos algo en su memoria!

Massimo se arrodilló ante la tumba de la señora Maria y rozó con una mano el basamento de mármol.

Cerró los ojos y vagó por el pasado en busca de recuerdos: eran tantos que para disfrutar de todos no le habría bastado el día entero.

Así que optó por escoger uno, y el primero que se le vino a la cabeza fue la boda de su hermana Carlotta.

La señora Maria se había dado tal atracón de llanto que el Tíber estuvo por momentos a punto de desbordarse. Ella misma, universalmente reconocida como la mejor sastra del Trastevere y sus alrededores, había confeccionado el vestido de boda. Pero ya en el momento de la última prueba había derramado todas sus lágrimas. Bueno, todas lo que se dice todas no, porque se guardó una cantidad infinita de reserva para inundar también la iglesia de Santa Maria in Trastevere, el restaurante del banquete y la acera de fuera, cuando los recién casados se marcharon hacia su luna de miel.

Y no digamos nada de cuando, poco después de aquello, Carlotta se trasladó a Canadá siguiendo a su marido, investigador universitario, que había recibido la clásica oferta que no puede rechazarse.

En pocas palabras, la feria universal del llanto...

Sin embargo, lo que es llorar, la verdad es que Massimo era incapaz de hacerlo, porque era un hombre, y una fuerza misteriosa le impedía dejarse llevar, y eso que habría devuelto de buena gana cada una de aquellas lágrimas a la señora Maria, porque si había alguien que se lo mereciera era precisamente ella, aquella mujeruca regordeta, alegre y generosa, sencilla y afectuosa.

Volvió a abrir los ojos y pensó en Carlotta, que no había podido venir al funeral. No la veía desde diciembre, cuando su marido, extrañamente, había podido liberarse del trabajo durante una semana y ella le había convencido para que pasaran las Navidades en casa.

Por teléfono, dos días antes, entre un sollozo y otro, le había prometido que antes de que acabara el verano dejaría a su marido con sus investigaciones y volaría a Roma para pasar con su hermano dos semanas por lo menos.

Massimo se hizo la señal de la cruz, se llevó una mano a la boca y luego rozó la tumba para dejar allí su beso.

Se encaminó hacia la verja del cementerio. Pero al cabo de unos cuantos metros se acordó de una cosa y volvió sobre sus pasos.

—¡Qué idiota! Aquí tienes tu tacita preferida, amiga mía —dijo en voz baja, después de haber comprobado con el rabillo del ojo que no hubiera gente por los alrededores.

La limpió con la manga antes de depositarla al lado del cactus que había traído Lino, que servía, así se lo habían dicho, para protegerse de los campos magnéticos de los móviles (lo que, en otras circunstancias, le habría costado infinitas tomaduras de pelo, pero no entonces y no ahí).

En la tacita desportillada podía leerse PARÍS, y había unos estilizados dibujos de la Torre Eiffel y del Arco de Triunfo.

Formaba parte de la serie especial que Massimo había proyectado (no dibujado, por Dios, el dibujo no era lo suyo, desde luego) para la señora Maria poco tiempo atrás.

Como había dicho Luigi, el carpintero, la rotura del fémur es la madre de todas las desgracias. En el caso de la señora Maria no estaba claro si el fémur se le había roto a causa de la caída o si la caída se había producido a causa de la rotura del fémur: la cuestión es que, entre la operación, la rehabilitación, los interminables días en la cama del hospital, había vuelto a casa en unas condiciones que definir como precarias era rayar en el optimismo.

Pero su sonrisa nunca se le había borrado.

Estaba bastante claro que de su apartamento, un tercer piso sin ascensor, no podría salir tan fácilmente, aunque ella se lo había tomado a broma:

—¡La verdad, lo peor será renunciar a mis viajecillos por el extranjero! —refiriéndose al hecho de que, prácticamente, no se había movido nunca de Roma en toda su vida.

Fue entonces cuando Massimo le encargó a su proveedor una serie de tacitas con los dibujos y los nombres de las más importantes localidades turísticas del mundo.

El día que le llegaron se sintió tan dichoso como un niño. Desembaló el envoltorio de plástico y aguardó con impaciencia el momento de llevar el habitual café a la señora Maria. Sin embargo, fue incapaz de resistirse y se presentó con un cuarto de hora de adelanto; por suerte, ella ya había acabado de comer, de lo contrario ese primer café especial habría acabado siendo un desastre, porque a la señora Maria le gustaba tomarse el café ardiendo.

—¡Mira adónde voy a llevarte hoy!

Y le tendió la tacita de Barcelona, con un cuadro de Miró.

—Gracias, cariño. ¡Son emociones un poco fuertes

para mi edad, esperemos que mi corazón aguante! —dijo sonriendo.

—Pues claro que aguantará: es una ciudad estupenda, con el aire del mar que sube por las Ramblas, el Museo Picasso, las casas de Gaudí...

—Ah, qué maravilla —dijo ella con los ojos entreabiertos—, ¡y todo eso sin moverme de casa y sin el riesgo de que me roben! ¡Gracias, Massimo, deja que te dé un abrazo! Pero nada de ir a una corrida de toros, ¿eh? ¡Que eso me da repelús!

—Obviamente, Maria, nada de corridas. Aparte de que es algo que habría que prohibir. No, para ti solo tapas y paseítos. Y puede que una subidita a la Sagrada Familia. De todas formas, recuerda que esto es solo el principio. ¡De hoy en adelante, ten siempre la maleta lista!

Cada día, un viaje distinto. Massimo sacaba a relucir los dos o tres lugares comunes sobre la ciudad en cuestión y se echaban unas risas. Luego la señora Maria devolvía la tacita y el joven camarero regresaba melancólicamente a su puesto.

Siempre tenemos demasiada prisa, pensaba en cada ocasión, y muy poco tiempo para quien más falta le hace.

Luego fue el turno de París. Debía ser una localidad como cualquier otra, pero aquella vez la señora Maria se quedó contemplando la tacita más de lo habitual, con una sonrisa enigmática. Había algo en su mirada que llamó la atención de Massimo. Nunca la había visto tan lejana y pensativa.

Cuando la anciana hizo ademán de devolver la tacita a su joven amigo, durante unos instantes se quedó así, quieta, con la mano temblorosa suspendida en el aire, como si estuviera pensando en algo que hubiera ocurrido mucho, mucho tiempo atrás.

Lo miró a los ojos, después, como si se lo hubiera pensado mejor, se llevó la tacita al pecho, a la altura del corazón.

—¡Ah, París! Cuánto me gustaría poder ir... —dijo con un suspiro. Cogió la cucharita y dio unos golpecitos en la cerámica, como para verificar su calidad o algo parecido—. ¡Esta es decididamente mi taza preferida! Eres un cielo, Mino mío... ¡siempre sabes cómo hacerme feliz! —exclamó por fin, esforzándose por parecer tan alegre como siempre.

—¡Ya ves, es lo que digo yo siempre: los caminos del café son infinitos! —soltó él.

Pero ella no sonrió, seguía teniendo aún esa mirada pensativa y como perdida en el vacío. Luego empezó a hablar con esa voz suya calmada y llena de matices, que a Massimo le hacía pensar en un arrecife (por más que no hubiera sabido explicar el motivo, acaso por la alternancia entre aspereza y dulzura):

—Estaba esa prima mía, la llamábamos Teresina, entre otras cosas porque era pequeñita. Era mucho más joven que yo, pero éramos inseparables. Era casi una hija para mí. Luego un buen día, aunque eso de bueno es un decir, me anunció que le había oído decir a su padre que iban a trasladarse a París. Recuerdo que sabíamos que debía marcharse, pero ignorábamos cuándo, cómo o por qué, y a mí me parecía de lo más injusto que nadie hubiera pedido nuestra opinión. En aquella época no nos separábamos nunca, lo hacíamos siempre todo juntas. Y todos nosotros, los niños, nos hacíamos la ilusión de que así seguiría siendo para siempre. No dejaba de repetirme que era imposible, que debía de haber oído mal y no tenía el valor de pedirles explicaciones ni a mi padre ni al suyo, mi tío. Al final, se marcharon de verdad y a mí me tocó quedarme sola. No hice nada por retener a Teresa y tampoco hice nada más tarde, en los años sucesivos. Tal vez dentro de mí tuviera miedo de que se hubiese olvidado completamente de mí, algo que no habría podido soportar. Fantaseaba sobre su nueva vida en aquella ciudad exótica y misteriosa, con un idioma distinto que yo no conocía... pero quién sabe por qué nunca pensé que, en realidad, hubiera podido ponerme en contacto con ella, mandarle una señal. —Se volvió hacia él, pero inmediatamente después apartó la mirada—. Bastaría con que lo hubiera sabido... si lo hubiera sabido... —dijo, casi a sí misma, en un susurro.

En ese momento, la tacita parisina se le cayó de la mano, que todavía temblaba ligeramente, rompiendo el silencio que había venido a crearse.

—Qué desastre... —dijo ella—. Hasta he roto la tacita. ¡Mis culpas me siguen persiguiendo!

Massimo la recogió:

—¡Qué va! Tan solo se ha descascarillado, yo diría casi que ahora es más bonita, ¡tiene ese toque de vida vivida que le faltaba antes!

Ella sonrió y suspiró:

—Tú siempre tan amable, me pones de buen humor. Ahora tendrás que volver al trabajo, pero antes hazme una promesa: cuando, en el curso de tu vida, pienses que algo es realmente importante, prométeme que llegarás hasta el final, que lucharás y combatirás, y no dejarás que la duda y el miedo decidan por ti. De lo contrario, te condenarás a una vida de remordimientos. No sé si entiendes lo que quiero decir... ¿me lo prometes?

Massimo asintió y antes de irse la abrazó, mojándose las mejillas con sus lágrimas.

Mientras se alejaba de la tumba, Massimo volvió a pensar en esas palabras: «¡Mis culpas me siguen persiguiendo!» ¿Qué clase de culpas podía tener una criatura tan amable? Una persona incapaz de pisar un parterre o de arrojar un papel al suelo ni aunque la hubieran sometido a tortura, una mujer sensible y respetuosa, alguien que había vivido en voz baja para poder escuchar mejor las exigencias de los demás. Tal vez hubiera debido preguntárselo aquel día: ¡y ella le habría confesado quién sabe qué inocente distracción agigantada por los años! En cambio, no le preguntó nada.

Sea como fuere, todo había terminado ya. Y cualquier pecado que hubiera cometido seguro que ya le había sido perdonado y ahora estaría de camino hacia el paraíso (porque uno, antes de irse del todo, se dará el gusto de darse una vuelta por su propio funeral, ¿no?).

Massimo estaba tan cansado que tenía ganas de volver de inmediato al trabajo. Porque la cháchara de bar, desde luego, es la más poderosa medicina contra la tristeza.

Montó en el coche de Dario. Con él no había necesidad de hablar: si la señora Maria era su segunda madre, el señor Dario era ciertamente su segundo padre, y alguien además que sabía seguir las bromas, pero entendía a la perfección cuándo era el momento de callar. Massimo lo miró y sonrió. Si no hubiera sido un hombre, y por si fuera poco al volante, le habría dado un abrazo. En días como esos, un abrazo siempre sienta bien.

Y HASTA LOS CURAS PODRÁN CASARSE

OTRO madrugón que se suma a los precedentes, a estas alturas ya ha perdido la cuenta. «¿Y si un día decidiera darme la vuelta y seguir durmiendo?», pensó Massimo. En cambio, se apresuró a levantarse para vencer toda tentación. En realidad, una vez superado el trauma inicial, le gustaba ese momento, tenía la impresión de poder observar el mundo desde un palco privilegiado, cuando todos los demás duermen. Aunque, si uno lo piensa mejor, esta no es más que una idea de quienes siguen durmiendo efectivamente, porque si uno sale a dar una vuelta a las cuatro y media de la madrugada en un día laborable, se quedará sorprendido por la cantidad de gente que está ya manos a la obra. A esas horas, además, los ruidos son más vivos y la realidad parece dispuesta a revelar sus propios secretos. Así la veía Massimo: estaba convencido de que con las primeras luces de la mañana ciertos significados ocultos se hallaban allí, al alcance de la mano.

Habían pasado más de diez días desde el funeral de la señora Maria y, sin embargo, él no había perdido la costumbre de echar un vistazo a sus ventanas cada vez que abría o cerraba el bar, y la visión de aquellas persianas cerradas, en cierto modo, lo sorprendía una y otra vez. Le daba una extraña impresión: era como si la señora María muriera de nuevo cada día.

Massimo dio un tirón a la puerta metálica, que se desbloqueó chirriando más de lo habitual: «Me parece que hay alguien aquí que necesita una buena mano de grasa», se dijo con el habitual cariño que reservaba a todo el mobiliario y a los objetos del bar, como si fueran unos entrañables amigos silenciosos.

Saludó la foto en blanco y negro de los dos camareros apoyada detrás la barra de madera con la parte superior en acero. En ella se veía la misma barra, los mismos estantes y las botellas en idénticas posiciones a las de hoy. Las botellas tenían formas y etiquetas del sabor antiguo, y de hecho algunas estaban allí desde la noche de los tiempos, conservadas con finalidad ornamental sobre los estantes más altos. La pared del fondo, sin embargo, en la época de la foto estaba cubierta por un papel pintado que con los años había dejado paso a una serie de espejos que, aparte de dar amplitud al local, permitían mantener mejor bajo control la situación.

No había cliente que, mirando aquella foto de los años setenta, no hubiera preguntado al menos en alguna ocasión si ese muchacho con chaleco blanco y corbatín negro era él. Massimo sonreía siempre porque aquel era su padre, aunque lo cierto era que se parecían como dos gotas de agua.

Todas las mañanas se detenía un instante para mirarlo a los ojos. Después de eso, pasaba obligadamente a los *Noctámbulos* de Hopper: ese cuadro casaba muy bien con aquellos momentos en los márgenes del día y le reservaba siempre un instante de contemplación matinal.

Massimo tenía muchas reproducciones de cuadros, sobre todo en casa, pero había preferido colgar esta en el bar para mezclar la sensación de soledad que desprendía con el alboroto de los clientes charlatanes. Y, en el fondo, él también sentía que en su interior había un alma solitaria y melancólica unida a otra más alegre y liviana.

Pero todas estas reflexiones no podía compartirlas, estaba claro, con Antonio, el fontanero (descafeinado largo), casi siempre la primera persona que entraba en el bar.

Y la cosa funcionaba siempre más o menos así: mientras él estaba allí, colocando las cosas con el cierre medio echado (o medio subido, según el punto de vista), al cabo de unos minutos oía un ruido de chatarra. En el noventa por ciento de los casos era Antonio, que daba golpes a la puerta metálica.

—¡Abro a las cinco y media! —no dejaba de subrayar nunca Massimo.

—Sí, ya lo sé, pero aquí hace un frío que con la mitad bastaría —replicaba el otro.

O bien hacía un calor que con la mitad bastaría. O bien soplaba un viento que con la mitad bastaría. En definitiva, que había siempre algo que con la mitad bastaría, por lo que Massimo se veía obligado a dejarlo pasar y a prepararle su buen descafeinado largo.

La verdad era que Antonio el fontanero sufría de insomnio, por más que no quisiera admitirlo.

—Esta noche había un cabronazo de gato en celo que no dejaba de maullar, maldita sea su estampa, me habré pasao de las dos a las cuatro dando vueltas en la cama, luego me he pirao a tomar un poco de aire. El cabrón ya se había callado, seguro, pero a ver quién era el guapo que pegaba ojo a esas alturas.

Lo bueno de Antonio (que no es exactamente lo mismo que el bueno de Antonio) era que una y otra vez contaba con todo lujo de detalles los horarios de sus propias noches en vela desgranando con celo los distintos motivos que lo habían mantenido despierto.

Algo así como los que entran en los detalles de sus propios síntomas físicos (que, por regla general, se adscriben a una única gran patología: la hipocondría), creyendo que el interlocutor no tiene otros intereses en la vida: algo, por cierto, que a Antonio le gustaba muchísimo hacer. Indefectiblemente, durante sus monólogos (Massimo, con todo lo que le quería, tendía a esas horas a ahorrar el aliento, dado que debía llegar hasta las ocho de la noche, a ser posible todavía vivo) entraban los barrenderos, cuando acababan su turno, y le decían en coro:

—Pero ¡¿por qué no te pillas una pastilla y santas pascuas?!

Como todas las personas carentes de sentido del humor, el pobre Antonio era víctima de grandes tomaduras de pelo, aunque para su fortuna ni siquiera se daba cuenta o bien se aguantaba y hacía como si nada, poniendo una inescrutable cara de póquer.

Aunque, más que nada, es que era bastante limitadito, la verdad.

Por ejemplo, aquella vez en la que le echaba la culpa al goteo de un grifo, una voz se elevó raudamente del coro de los barrenderos:

—Pero, bueno, debes de ser un fontanero de cojones... oye, ¿por qué no me dejas una tarjeta tuya?

—Claro, aquí la tienes. Puedes llamarme a la hora que quieras —contestó él tendiéndole la tarjetita con su nombre y su número de teléfono, en medio de las carcajadas generales.

Por regla general, Massimo se limitaba a asentir y, mientras tanto, sentado sobre el taburete, procuraba hacer balance de la situación. Puede parecer fácil, pero si uno tiene que sacar adelante un bar frecuentado (y, si nadie lo frecuenta, no lo sacas adelante), momentos tranquilos no es que se tengan muchos, y es justo entonces cuando los escasos parroquianos presentes tienden a tomarle a uno como su confesor particular. Resultado: no se desconecta nunca, ni siquiera un segundo.

Con todo, le gustaba: era como estar en el teatro sin tener que pagar entrada.

Esa mañana, mientras Antonio y el coro de los barrenderos (pues ambos se habían presentado antes de lo habitual) se neutralizaban mutuamente, Massimo verificó la presión de la máquina del café (que se quedaba encendida incluso por la noche, de lo contrario se requería media hora para que volviera a estar en su punto), la accionó todo para purgar y calentar los filtros, encendió el calentador de tazas, preparó el primer café del día y, como exige la tradición, lo tiró; luego se hizo otro para él:

—Perdonad, chicos, pero el primero es siempre mío: aunque no sea más que para comprobar que sale bien. Por otro lado, yo oficialmente abro dentro de media hora, no sé si me explico.

—Te explicas, vaya si te explicas, no te preocupes, hombre; total, aquí el experto en felinos nos está contando la vida sexual de tos los gatos del barrio... así matamos el tiempo como podemos.

—Aunque vete tú a saber si puede uno fiarse de lo

que dice el dormilón. Aquí hay solo una experta en dicha materia: la que cuida los gatos.

—¡Amos, anda, como pa ir a hablar con esa! ¡Pos si parece una bruja!

Massimo les dejó hablar y preparó la retahíla de cafés, luego salió a colocar las mesitas al aire libre.

La mirada le cayó sobre el jarrón con los pitósporos: hasta uno como él, que de plantas no sabía un pimiento (Rina, la florista, le había dicho que tenía una mano mortal para la jardinería), no podía dejar de notar que se hallaba en un estado lamentable. «Tengo que hacer que se repongan antes de que venga Carlotta, si es que viene.» Había sido su hermana la que de hecho insistió para que pusiera alguna planta fuera. Se le vino a la cabeza la llamada telefónica de la noche anterior desde Canadá: como siempre, ella le había hecho un montón de preguntas acerca de su vida sentimental y luego se había arrancado con la inevitable regañina (los mismos rollos que le soltaba siempre su madre, que en paz descanse, se los soltaba ahora ella, como si le hubiera pasado el testigo).

—Pero es que yo me pregunto: ¿a qué viene esa historia de que no encuentras nunca una buena chica? Y eso que dicen que hay más mujeres que hombres en el mundo. Y, además, tengo que decirlo, hombres como tú hay todavía menos.

—Eres muy amable, pero tal vez desde la distancia a la que estás no me veas del todo bien —le había contestado él.

—¿Cómo que no? Eres guapetón como pocos y lo sabes perfectamente tú también. Mejor dicho, quizá resida en eso precisamente el problema: como lo que quieres es divertirte un poco, y, desde luego, no tienes dificultades en hacerlo, no te esfuerzas por cultivar relaciones más serias. Pero escucha a tu hermanita: estos años pasan y lo que te da la persona que está a tu lado eso no te lo da nadie.

—¡Pues claro que sí! Lo que pasa es que no he encontrado todavía a la persona apropiada...

—Y mira que eres un chico perfecto para casarse con él: ¡lo habría hecho yo misma si no fueras mi hermano! Así no hubiera tenido que irme al otro lado del océano y, mucho más tranquila, estaría allí para echarte una mano.

—¡Ay, Carlotta mía, pero si ya sabes tú también cuál es el problema! No es que no la encuentre o no la quiera encontrar. La verdad es que el camarero es como un cura: un camarero no puede pertenecer a una persona sola, porque un camarero es de todos.

—Pero eso qué tiene que ver, ¿y papá, entonces?

—Venga, mujer, eran otros tiempos, otras mujeres. Ahora el mundo es distinto. Bueno, dejémonos de historias: ¡puedes estar segura de que, en cuanto encuentre a aquella con la que me vaya a casar, cierro una semana y me voy de inmediato para allá a presentártela!

—Lo que es como decir que no ocurrirá nunca... ¿Cuántos años hace que llevas las riendas del bar?

—Quince. Y tres meses, para ser exactos.

—¿Y cuántos días de trabajo te has saltado?

—¡Ah, respuesta facilísima: ni uno!

—¿Y qué pasa entonces? ¿Cuándo piensas cerrar una semana?

—¡Cuando los curas puedan casarse!

—Ya ves, pues esperemos sentados... Bueno, venga, ya hablamos, hermanito. Y búscate una chica, que no tenga que repetírtelo.

—De acuerdo. Dale recuerdos a Luigi y dile que no se devane demasiado los sesos, que va a sentarle mal... pero ¿cuándo van a darle el Premio Nobel de una dichosa vez?

—¡Déjate de bromitas, venga, que luego se me enfada!

—Ah, ¿está ahí contigo? Dile que no se puede tener todo: hay quien nos sale bonito y hay quien nos sale cerebrito.

—Ah, ¿así que ahora te inventas proverbios?

—Está escrito en mi carné de identidad. Profesión: inventor de proverbios. Y ahora es el momento adecuado para despedirnos, antes de que digamos cosas de las que podríamos avergonzarnos de inmediato...

En los últimos tiempos se llamaban a menudo, para hablar de la señora Maria, pero puntualmente salía a relucir el asunto de la novia. Asunto por el que también la señora Maria se preocupaba continuamente. Parecía como si no tuvieran más pensamientos que verlo casado.

A Massimo le devolvió a la realidad el delicioso aroma de los cruasanes que invadía el aire, se expandía por la plaza y las calles de alrededor, y entraba por las ventanas que se quedaban abiertas para dejar pasar el frescor de la noche. Franco, el pastelero, puntual, lo saludó con un gesto y descargaron juntos las grandes bandejas con los bollos.

Era un día de verano como tantos otros, y la tímida brisa de la madrugada funcionaba como muro de defensa ante el bochorno y el sofoco más o menos como la segunda edición de la línea Maginot: inútil y esquivada por el enemigo, sin arrugarse tan siquiera el uniforme.

Y a las siete, cuando el señor Dario entró en el bar Tiberi para empezar su turno, estaba ya claro que iba a ser un nuevo día infernal.

—Como si no bastara el calor en sí mismo, lo duro que es ya soportarlo, encima están todos esos que hablan del asunto, y cada año nos toca aguantar las chorradas de siempre sobre si es el verano más caluroso desde hace no sé cuánto. Es que yo ya ni los escucho. Que oyendo historias así me entra aún más calor.

Perfecto. Hoy también el señor Dario estaba de excelente humor. Como suele decirse, un buen día se anuncia desde por la mañana.

Massimo le preparó su habitual café cortísimo en taza muy caliente. A Dario le gustaba ser recibido como un cliente, aunque estuviera allí para trabajar. Pero como él decía siempre, más que un trabajo, lo de camarero es una pasión. Y además, a su edad era una suerte poder seguir siendo útil todavía y estar rodeado de gente: son cosas que te mantienen joven.

Tu quoque!

Sucedió esa mañana. Su llegada no fue tan imprevista como un rayo en un cielo sereno. Pero tampoco puede decirse que hubiera habido tiempo para prepararse. Digamos que fue como cuando miras una nevada con la nariz hacia arriba: los copos parecen danzar suspendidos en el aire, indecisos sobre lo que han de hacer, y cubren el cielo como si estuvieran flotando, cuando en realidad te van cayendo encima a toda velocidad y si no estás atento te inundan y te entran por el cuello.

Era media mañana; pasada la oleada de clientes que iban a trabajar y todavía lejana la pausa de la comida, el bar Tiberi languidecía perezosamente con sus clientes fijos.

Por regla general, a esas horas Massimo se concedía un almuerzo en la parte de atrás, sobre el taburete del pensador, lugar de las pausas, y cuando acababa de comer apoyaba la espalda contra la pared y cerraba los ojos durante un par de minutos apenas. Parece que no sea nada, pero a él le bastaba para vaciar la mente y recargar las pilas.

A continuación, volvía dentro con la camiseta sucia de cal y migas, y Dario lo reprendía como si fuera su padre, asestándole un par de robustas palmadas sobre los hombros.

Ese día, en cambio, Massimo se sentía somnoliento y alelado. Permanecía con los codos apoyados sobre la barra y la barbilla entre las manos observando la plaza soleada por detrás del escaparate. Fue entonces cuando se fijó en ella. Estaba allí, sentada cerca de la fuente, bebiendo ávidamente de un termo. Luego Massimo la vio levantarse y dar algunos pasos indecisos hacia aquí y hacia allá, cruzar la plaza siguiendo una línea oblicua y volver a la fuente, como un nadador extenuado que encuentra al fin una boya a la que agarrarse para recobrar el aliento.

No tenía nada de peculiar respecto a los demás turistas que abarrotaban la plaza y la ciudad entera todos los días, y, sin embargo, Massimo, desde detrás del escaparate, solamente la veía a ella, como si todas esas mochilas coloreadas, esos quitasoles, esas horrendas gorras de jugadores de béisbol se hubieran volatilizado, dejando el escenario en exclusiva a aquella chica y a su vestidito rojo.

Continuó observándola, con los codos plantados sobre el mostrador, como si fuera a echar raíces allí.

Después la chica se levantó, con su falda ligera que ondeaba levemente, un bolso de cuero algo deteriorado en bandolera y una maleta en la mano, la mirada curiosa y algo asustada, y la andadura incierta de quien no sabe adónde ir. Así, un paso tras otro, la chica desapareció del campo visual de Massimo. Tuvo la tentación irracional de salir corriendo y seguirla. Pero no hizo nada: permaneció inmóvil, mirando el vacío que había dejado su desaparición. Habían bastado esos pocos instantes para que la imagen de esa chica alta y delgada vestida de rojo, con el pelo claro y ondulado y flequillo, se le esculpiera en la cabeza. No es que observar a los transeúntes, fantasear sobre sus vidas, fuera una novedad para él, pero esa chica tenía algo diferente, y él mismo se sorprendió por la forma en la que se le había quedado grabada en la mente. Por ello casi le da un patatús cuando, de repente, la vio aparecer en el umbral del café, como si hubieran sido sus propios pensamientos los que la atrajeran hacia allí.

De cerca era aún más guapa (detalle no trivial: son muchas las chicas que parecen guapas desde lejos pero que luego se revelan más bien feúchas de cerca).

Pero eso de guapa hay que matizarlo, pensaba Massimo, porque hay muchas clases distintas de belleza... ella era una de esas que han de descubrirse. No una modelo álgida y altanera ni una sinuosa oriental ni mucho menos una procaz mediterránea, sino un tesoro oculto tras el misterio de un par de ojos verdes y de un puñado de pecas. Y con ese vestidito ligero de viaje, casi de chiquilla, que no hacía resaltar sus cualidades, aunque permitiera imaginárselas... Había algo de adicionalmente intrigante en ello, pensándolo bien.

Massimo dejó la barra para acercarse a la nueva cliente que, mientras tanto, tras haber dejado en el suelo la maleta, se había sentado, casi ocultado, en una mesita aislada.

—¿Qué desea? —le preguntó Massimo. «Maldición, ¿no podías decirle algo más agradable antes? ¿Algo así como "buenos días" o "bienvenida"?» En cambio, nada, le había salido solo aquella estúpida pregunta formal.

Ella se sonrojó levemente y se quedó en silencio, después con la mano izquierda empezó a juguetear con un mechón de pelo a mitad de camino entre la oreja y la sien. «Será extranjera», pensó él, y se esforzó por sacar a relucir el escaso inglés que chapurreaba (y es que, ya se sabe, los italianos se dan tanta maña para hacerse entender que no tienen excesiva necesidad del inglés).

—A ver... *Can I help you? Do you want something to drink? Maybe a coffee?*

Obviamente, todo el bar había enmudecido y observaba la escena.

—*Désolée*, no hablo bien italiano —dijo ella, con un fortísimo acento francés.

—¡Y no eres la única! —soltó Tonino el mecánico, que evidentemente ese día no tenía mucho que hacer, pues estaba ya en su tercera pausa.

Se produjo una carcajada general, y la expresión extraviada en los ojos de la chica cambió imperceptiblemente. Se veía que luchaba con la timidez, y el rostro pecoso se cubrió con un leve, dulcísimo rubor.

—*Vous avez la carte?* —preguntó la francesa con un hilillo de voz.

—*Carte?* —prosiguió Tonino, envalentonado por el éxito—, *par giugar a brisca?*

Ella hizo caso omiso, y esta vez la timidez pareció dejar paso a algo muy parecido a la irritación. «Fantástico —pensó Massimo, lanzando un mirada asesina a Tonino y compañía—. Mis queridos clientes son capaces de hacer que se cabree hasta una especie de ángel como esta de aquí...»

La chica bajó los ojos e intentó expresarse mejor:

—¿Menú? —preguntó con un tono tan inseguro que Massimo tuvo que tragarse la sonrisa idiota que, lo sentía, estaba a punto de dibujársele en el rostro.

—Menú no tenemos, lo lamento. Sin embargo, tiene usted esa lista de allí, detrás de la barra. Para empezar, nuestros cafés. De lo contrario, tenemos bocadillos, sándwiches fríos y calientes, patatas fritas; en resumen, lo que generalmente suele haber en un bar.

Tenía la sospecha de que ella no estaba enterándose de nada, pero pretendía que se sintiera más cómoda, rellenando de palabras aquel silencio embarazoso antes de que lo hiciera Tonino con alguna otra salida de las suyas.

La chica lo miró a los ojos con una expresión indefinible, en lo que a Massimo le pareció un lapso de tiempo infinito y brevísimo, luego suspiró e hizo su pedido:

—*Un thé noir de rose...*

Massimo quedó descolocado:

—¿Té negro con rosas? Hum, mucho me temo que... me temo que no tenemos. ¿Dario? ¿Té negro con rosas?

Dario abrió los brazos y torció la boca. Tonino fue incapaz de eximirse de una nueva e inoportuna intervención:

—¡Té negro con rosas! Fíjate, puede ser una idea: transformas el bar en un asilo y les sirves té a todos los viejecillos del barrio. ¡Que son muchos!

—Pero ¿qué dices? —intervino Dario—. ¡Los viejos de Trastevere con el té de rosa ni siquiera enjuagan los platos!

Cuando empezaban así, podían seguir sin parar durante horas y horas, y Massimo, a pesar de sus esfuerzos, se mostró incapaz de contener la carcajada. Fue más fuerte que él, tal vez por el nerviosismo acumulado en aquellos pocos irreales minutos con la chica pecosa que seguía mirándolo, tal vez porque no hay nada más contagioso que la risa.

El hecho es que ella, que con toda probabilidad no había entendido nada de toda la conversación, pero que quizá, y por eso mismo precisamente, debía de sentir que como poco le estaban tomando el pelo, se volvió hacia la sala, y luego puso otra vez sus ojos en Massimo.

Como Julio César. Exactamente así lo miró. Massimo volvería a pensar en ello más tarde, y se diría que sí, que sin duda el emperador debía de tener la misma expresión pintada en su rostro cuando reconoció a su hijastro entre sus asesinos. También entonces no pasaría de un instante: luego hubo otras cosas en las que pensar, como esas veintitrés cuchilladas que le estaban cortando el cuerpo en pedacitos.

En cambio, ella, la chica, lo acuchilló a él con la mirada; es más, le había fulminado haciéndolo sentir un gusano de la peor especie.

Luego se levantó de golpe y su silla cayó al suelo. Un ruido que a Massimo le pareció espantoso, subrayado por el silencio que se había creado en el bar. La chica recogió la maleta y se enfrentó a Massimo clavándole dos ojos furiosos, verdes e incandescentes de rabia. En ese momento, cogió el azucarero con ambas manos y lo vació por entero sobre el mostrador de acero. Y se alejó sin volver la mirada hacia atrás.

A Massimo le pareció ver esa escena a cámara lenta, aturdido como estaba por el eco de la silla al caer y que seguía retumbándole aquí y allá en el cerebro.

—¡Desde luego, cuanto más al norte se va uno, más simpáticos son! —comentó Dario mientras retiraba algunas tacitas de la barra.

—Oye, tú, a ver qué decimos. ¡Cuidadito pues con el busilis! —intervino el señor Brambilla (carajillo de *grappa*, a la hora que fuera), que en realidad se llamaba Giovanni Bognetti, aunque nadie lo sabía. Era un extraño espécimen: nacido y crecido en Milán, a la edad de la jubilación había heredado un piso en el Trastevere de un pariente lejano y había decidido mudarse. Es verdad que decía siempre que estaba de paso, pero ya llevaba allí más de diez años. Como tenía por costumbre, había asistido a la escena sin decir ni una sola palabra y los demás se habían olvidado de él.

—Presentes excluidos, obviamente. Maldita sea tu estampa, te quedas siempre tan calladito que nadie se fija en ti y luego apareces cuando uno menos se lo espera.

—¡Os querría ver a vosotros, ya me gustaría! No es tan fácil entrar en un bar repleto de romanos que se chancean a tus espaldas. Ha hecho bien en irse, os lo digo yo. ¡Y era además una bona rapaza, habéis lanzado piedras contra vuestro propio tejado, vaya que sí!

—¿Una bona rapaza? ¿Y eso qué es? Anda, vete ya a batir los mures, seor Brambilla. ¿Es que todavía no has aprendido el idioma de la capital? —levantó la voz Tonino.

—Pero ¿es que este espécimen acaso siempre mora aquí? De acuerdo que el trabajo harto escasea, pero ¡con tantos cafés acabará dándole un síncope!

—¿No habrá algún traductor por aquí? Se entendía mejor a la francesita... y tal vez, pensándolo bien, hasta era más simpática.

Se elevó una voz desde el fondo del local:

—En una cosa, no obstante, tiene razón el señor Brambilla... la verdad es que era una chica muy guapa, pero mucho, eso no se puede negar.

Era Valentino (café corto), también conocido como Don Limpio a causa de su musculoso cuerpo de gimnasio, que iba exhibiendo con gran orgullo bajo sus adherentes camisetas de marca. Era más bien un tipo de locales de moda, pero de vez en cuando se dejaba caer por el bar Tiberi. Nadie sabía bien cómo se ganaba la vida, pero trajinaba siempre con modelos y coches buenos y pasaba por ser un gran seductor.

El viejo Dario lo miró con una sonrisa:

—¡Ay, Don Limpio! Me parece que aquí has encontrado la horma de tu zapato, pero no es tu tipo, esa chica. Una como esa ni siquiera deja que te acerques.

Don Limpio sintió que hurgaban en la herida:

—Pero ¿qué dices? ¡Yo conozco bien a las mujeres, una semana como máximo y te traigo a casa el resultado!

—¡Pero si a lo mejor ni la vuelves a ver!

Don Limpio se puso las gafas oscuras, dejó un euro al lado de la caja y salió a la plaza soleada.

—Sois una pandilla de idiotas —concluyó Massimo, y se marchó a la parte de atrás con un bollo.

—Pero ¿qué le pasa? ¿Es que le ha mordido una víbora? —exclamó Tonino.

—Él tiene razón, sois unos botarates de los de verdad: para empezar le habéis hecho perder un cliente, lo que en estos tiempos nunca es bueno, y, además, tratar tan mal a una chica así... Venga, Dario, ponme otro, que luego me voy. ¡Pero me voy de esta ciudad!

Massimo se quedó allí hecho un pasmarote, durante un rato, sin fuerzas siquiera para recoger el azúcar del suelo. Durante el resto del día arrastró tras él una sombra.

Algo así como cuando eres feliz y caminas a un metro sobre el suelo y nada puede hacer mella en esa sensación de fondo de energía positiva... si bien, en este caso, era al contrario: podías reír y gastar bromas, podías distraerte o hacer algo bonito, pero ese peso en el estómago seguía detrás de la esquina, dispuesto a salir a tu encuentro en cada momento. Volvía a ver esos dos ojos furiosos, verdes e incandescentes de rabia. Y, sobre todo, sabía que no volvería a verlos nunca más. Ciertas cosas no suceden dos veces. Más aún si la primera lo estropeas todo de esa manera.

Sentía un peso en el corazón. Tal vez fuera la tristeza de aquellos desolados días de calor, tal vez el cansancio, tal vez solo la certeza de que la vida no duerme nunca y sabe siempre alcanzarte con sus estocadas. No hace falta que sean episodios cruciales, todo lo contrario: a veces son precisamente los matices sutiles los que dejan una marca indeleble.

EL INTRUSO

QUÉ extraño es el tiempo: a veces borra los recuerdos igual que una ola en la orilla, otras veces transcurre dejando intacto el dolor casi cortante de lo que ha ocurrido.

De manera que no fueron suficientes la tarde y la noche sucesivas, ni el día siguiente, para que Massimo olvidara el episodio de la chica del vestido rojo. Nunca fue tan amargo el azúcar.

Dio un tirón al cierre metálico atascado y este descendió con un estruendo que llenó la plaza. Era miércoles y había por ahí menos gente que de costumbre. No es que Roma llegue a vaciarse del todo nunca, obviamente, pero en verano se nota, de todas formas, algo distinto: será que se ve alguna cara conocida menos, y alguna tienda cerrada más.

Massimo saludó con un gesto de la cabeza a Gino, el carnicero (café cortado caliente en vaso), que regresaba a su casa con su paso majestuoso y el paquetito con los mejores filetes, reservados para la familia.

El cansancio, sí, las ganas de irse a casa, de acuerdo, pero demasiadas preocupaciones iban condensándose como nubes en su cabeza durante los últimos días. Él, por lo general, era como un mulo, tiraba hacia adelante contento con lo que tenía, pero ahora, cuando miraba a su alrededor, todo le parecía un abismo de inutilidad. Ya no tenía nada claro, si es que alguna vez lo había tenido, el sentido de aquella rutina. Le faltaba algo a lo que no sabía darle un nombre, ni un aspecto, ni una forma. No era únicamente la muerte de la señora Maria o el episodio del día anterior, tenía más bien la impresión de que los acontecimientos le habían mostrado un abismo que ya existía pero en el que nunca había reparado.

Este humor lo empujaba a menudo a levantar los ojos al cielo, como si allí pudieran encontrarse las respuestas. En cambio, había nubes anaranjadas de una belleza hiriente, pero de significado escurridizo.

Fue en ese momento cuando, mirando hacia arriba, Massimo se dio cuenta de que había algo que de verdad no cuadraba, y esta vez no se trataba de una cuestión de *spleen* ni de pajas mentales, como prefería llamarlas Dario.

Eran las persianas del tercer piso, abiertas de par en par. Las persianas de la casa de la señora Maria.

Durante un instante tuvo la esperanza de poder distinguir a la luz del ocaso la conocida silueta, apoyada con los codos en la barandilla; luego, de golpe, comprendió.

No perdió el tiempo y echó a correr hacia el portal, entreabierto como siempre, y se precipitó en el atrio.

—¡Malditos! —dijo entre dientes—, ¡no respetan absolutamente nada!

Subió los escalones de cuatro en cuatro y, al llegar al piso que correspondía, tuvo que doblarse hacia adelante para recobrar el aliento.

La puerta estaba entrecerrada, pero desde dentro no se filtraba luz eléctrica alguna.

Dado que la prudencia nunca es excesiva, Massimo decidió llamar a Dario antes de proceder a la irrupción.

Pero ni siquiera lo dejó responder:

—En casa de Maria hay ladrones: ¡voy a entrar, reúnete conmigo lo más pronto que puedas! —Y le colgó el teléfono.

«Llegará cuando llegue —pensó—, pero mientras tanto yo no puedo esperar a que roben en casa de quien ya no está.»

Abrió la puerta y buscó a tientas el interruptor. Uno cree conocer una casa al dedillo, pero siempre pasan demasiados segundos (o segundos demasiado largos) cuando la oscuridad te arrebata cualquier punto de referencia.

Recorrió la pared de su derecha arriba y abajo con la mano, mientras el pánico se convertía en una masa concreta que se volvía pesada a la altura del plexo solar.

Al final encontró el botón y lo pulsó. Pero, con gran pesar suyo, el velo de oscuridad que le impedía ver permaneció como estaba.

«¡Ah, claro, la electricidad! Seguro que han desconectado el cuadro.»

De eso se acordaba bien, porque había allí una instalación que decir que estaba vieja era un eufemismo, y el diferencial saltaba cada dos por tres. La ventaja era que nadie mejor que él podía saber dónde se encontraba el cuadro eléctrico, entre otras cosas porque estaba en un lugar más bien absurdo: en el dormitorio.

Con las orejas al acecho, Massimo dio algunos pasos en la oscuridad. Desde la calle llegaba algún ruido, todo lo demás era silencio. Tal vez los ladrones hubieran huido ya.

Después se golpeó la rodilla contra algo duro (de qué se trataba lo comprendió de inmediato: la llave de la cómoda del pasillo, que en el pasado había hecho ya víctimas ilustres).

En otro momento habría maldecido a todos los santos del paraíso, pero se mordió la lengua y mantuvo la compostura, aunque no fuera capaz de sofocar un gruñido de dolor.

Una vez cruzado el umbral que daba al salón (no sin antes haber tanteado la jamba con el pie), vio la luz: las ventanas abiertas de par en par que había podido ver desde la calle daban paso a lo que quedaba del día. No mucho, pero lo suficiente ya como para deambular como un cristiano sin chocar con todas las cosas.

Confortado con esta mejora, Massimo se encaminó como un solo hombre (algo que le salía de forma más bien natural) hacia la alcoba.

Nadie podía verlo, pero incluso tenía media sonrisa dibujada en la cara cuando percibió un roce a la izquierda (las amenazas, ya se sabe, siempre vienen por la izquierda).

Ni siquiera le dio tiempo a aterrorizarse: se vio asaltado por un *flash* luminoso, auténtico o presunto, un dolor rojo fuego en la cabeza, y luego todo volvió a sumirse en una espesa oscuridad, densa y perfecta.

VOCES DE PASILLO

Un zumbido de fondo, y su padre que estaba viendo el Gran Premio. El domingo, después del almuerzo, enchufaban la Rai Uno y esperaban con ansiedad los semáforos verdes. A nadie le importaba nada, en realidad, pero se producía ese frenesí durante la vuelta de calentamiento, con los coches que se desplazaban de derecha a izquierda para calentar los neumáticos y mantenían pasados de vueltas los motores: en definitiva, una adrenalínica sensación de espera.

Luego, ese instante de estruendo total con las voces anónimas de los cronistas por debajo, hablando de clasificaciones, vueltas más rápidas y *pole position*. Tras la salida, su padre hacía algún comentario que nadie escuchaba y un instante más tarde ya estaba roncando en el sillón. Ellos lo miraban dormir y de vez en cuando le gastaban alguna broma. Una vez le pusieron el sombrero de *cowboy*, lo fotografiaron y por Navidad le regalaron la foto enmarcada.

Massimo siempre había sospechado que el Gran Premio era únicamente una Gran Excusa para echarse una siestecita. Y, vistos los resultados que tenía en su padre, proyectó incluso con los amigos del bar hacer un CD con la banda sonora del Gran Premio para regalárselo a Antonio, el fontanero, así por lo menos el problema de su insomnio quedaría resuelto. Tan solo quedaba el de la hipocondría, aunque para eso tal vez fueran necesarios cuidados más serios.

Poco a poco, sin embargo, Massimo fue dándose cuenta de que esta vez el zumbido que se oía de fondo no procedía del televisor, sino de su propia cabeza. Abrió los ojos e intentó incorporarse, pero le estalló por detrás de la frente un dolor lacerante, seguido de una oleada de náuseas. Contuvo una arcada y se apoyó de nuevo sobre la almohada.

Intentó analizar la situación (había estudiado el bachillerato de letras, aunque ni siquiera lo había terminado, pero se le había quedado grabada la regla fundamental de su profesora de física: lo primero de todo es que analices la situación, porque un análisis correcto contiene ya la solución del problema...; de todas formas, él de física no entendía lo que se dice un pimiento y la mayoría de las veces entregaba el examen en blanco, pero la historia esa del análisis se la tomó como una lección de vida): rumor interior, migraña palpitante, algarabía lejana. Con circunspección abrió de nuevo los ojos: puerta entrecerrada, sábanas acartonadas, collarín, color dominante verde pálido bajo la reverberación del fluorescente.

Digamos que no hacía falta tener una carrera para darse cuenta de que se encontraba en la cama de un hospital. Lo que en realidad se le escapaba era el motivo.

Intentó repasar algunas de las informaciones fundamentales de su propia vida: nombre completo, Massimo Tiberi, nacido en 1979, una treintena generosa, aunque llevada con soltura (por lo menos, la última vez que se miró en el espejo), camarero por inclinación genética y tradición familiar, amante de Roma y del arte... sí, más o menos se acordaba de todo.

Pero de las últimas horas sabía más bien poco. El bar, las cosas de costumbre. ¿Y luego? Oscuridad.

Las voces de allá estaban aumentando de volumen.

—Ah, ¿conque usté podría poner una denuncia? Pero ¿está de guasa o qué? No, si to va de maravilla. Amos, pero ¿en qué país vivimos?

—Haya cuidado con lo que dice del país, y muestre más respeto por la autoridad. ¡Rebajemos el tono, por favor!

—Yo intento rebajar el tono, pero procuremos llegar a un acuerdo...

—Hay poco sobre lo que ponerse de acuerdo, estamos hablando de allanamiento de morada, de efracción con fuerza en las cosas.

—Pero ¿de qué cosas está hablando?

—Me corrijo, efracción sin fuerza en las cosas. Pero seguimos hablando de efracción.

Una de las dos voces le sonaba familiar, a pesar de que no estaba acostumbrado a oírla tan acalorada. Era Dario. El viejo Dario. Pero ¿de qué denuncia estaba hablando?

—Ya ha oído usté también al notario, que ha sido tan amable reuniéndose aquí con nosotros. Aquí estamos hablando de hechos y usté lo sabe mejor que yo, los hechos son lo único que cuenta.

—¡Pero ya se sabe que los hechos dependen de cómo los mire uno!

Intervino una tercera voz, pacata y más seria:

—No, no creo que mi cliente tenga intención de poner una denuncia, lo único que digo es que tendría derecho a hacerlo. No soy un comisario de policía, pero alguna cosita sé sobre estas cosas, y el uso del sentido común es lo mejor con lo que cuentan ustedes para resolver este asunto.

—Eso es —dijo Dario—, el sentido común. Pero ¿es que le parece de sentido común romperle un jarrón en la cabeza a mi amigo?

—Perdone, ¡pero se trataba de legítima defensa!

—Sí, hombre, y qué más. ¡Él vio las ventanas abiertas y pensó que habían entrado ladrones! —gritó Dario.

—¡Que reine la calma, no subamos el tono! —soltó la otra voz, que debía de pertenecer a un policía—. Escuche lo que dice la señorita.

Una voz femenina dijo algunas frases en francés, luego el notario se encargó de traducir:

—Mi cliente se siente mortificada por el daño causado a Tiberi, pero por otra parte ella oyó unos ruidos en la casa, se asustó y reaccionó instintivamente: ¡estaba ahí ese jarrón y ella se sirvió del mismo para defenderse! De todas maneras, está dispuesta a no presentar denuncia.

—Ya te digo: ¡menuda criaja mimada y sin respeto!

La voz francesa rebatió y de nuevo el notario hizo de traductor simultáneo improvisado:

—Dice que lo ha entendido muy bien, dice que para una solución pacífica es necesario que ambas partes se muestren civilizadas.

—Y si no, ¿qué va a hacer?, ¿me va a tirar un jarrón a la cabeza a mí también? ¡Qué concepto más raro de mostrarse civilizao!

El policía intentó poner fin a esa discusión.

—Ya está bien, venga, déjese de una vez de objeciones tan poco convincentes e intentemos dejar de lado el contencioso. Digamos que sus intenciones no fueron percibidas adecuadamente y que se originó un desagradable malentendido. Voy a escribir esto en el informe y luego todos tan amigos como antes, o si lo prefieren, tan enemigos, pero por lo menos procuren no meterse en un asunto tan molesto e inútil. ¿De acuerdo?

—Sí, de acuerdo —concluyó Darío—, y ahora perdónenme, pero me gustaría ver cómo está mi amigo después de este intento de homicidio. Adiós, muy buenas.

Se abrió la puerta y entró el viejo Darío. Infundía ternura esa forma suya de moverse de puntillas, como si no hubiera estado gritando a medio metro de allí hasta unos segundos antes.

—¿Estás despierto? ¿Cómo te encuentras?

—Ya ves, ¡pues como alguien a quien le han dado un buen porrazo en la cabeza!

—Pues claro... de todas formas, ya te han hecho un TAC y estamos esperando a que nos digan algo.

—Ya te digo yo algo: soy duro de mollera y me siento bien así... Lo único es que no me acuerdo de nada... ¿podrías explicarme qué pasó?

—Nada —dijo Darío tras soltar un suspiro—, parece que la señora Maria dejó la casa como herencia a esta pariente lejana de París, la chiquilla.

—¿Qué chiquilla?

—¡Sí, hombre, sí, la del otro día en el bar, la del té negro con rosas, aquella tan simpática que se largó dando un portazo!

Massimo volvió a ver de inmediato aquellos dos ojos furiosos, verdes e incandescentes por la rabia.

—¡No! ¿Ella? ¿Ella está aquí?

—No te preocupes, ahora están aquí las fuerzas del orden para defenderte. Además, me imagino que se habrá marchado con su notario.

—¿Su notario?

—Verás... era difícil entenderse, cuando yo llegué, te encontré tendido en el suelo, luego llegó la policía y la ambulancia; mientras tanto la muchacha llamó al notario que se había encargado de la herencia, porque él hablaba francés, y así conseguimos entendernos un poco.

—¿Y entonces? Perdona... No lo entiendo... ¿Qué tiene que ver ella con la señora Maria? Pero si no tenía ningún pariente... ¿De dónde ha salido esa chica?

Massimo intentaba no levantar la voz para no empeorar su dolor de cabeza, pero como poco se encontraba aturdido por aquella noticia.

—Eso es lo que parece. El notario y las fuerzas del orden lo confirman todo. Fue voluntad expresa y firme de la señora Maria. En realidad, no me he enterado muy bien del grado de parentesco, pero parece que la chica ni siquiera sabía de la existencia de Maria. En cambio, por lo que parece, Maria sí que lo sabía todo sobre ella.

—No me lo puedo creer. Nunca se llega a conocer completamente a una persona... siempre hay algo que permanece escondido... —barbotó Massimo.

—Ya ves tú, filósofo... ¿a quién lo dices? —le hizo de eco Dario con un suspiro, y prosiguió—: El hecho es que ella acababa de entrar en casa y no sabía siquiera dónde estaba la luz; luego, cuando te oyó, le entró miedo y no se le ocurrió nada mejor que romperte la crisma con un jarrón. ¿Te acuerdas del que estaba en el salón, en la mesita?

—¿Ese que era como de porcelana china?

—No, ¡el de un vidrio grueso!

—¡Ay, ay! ¡Ahora sí que lo tengo todo claro!

En ese momento se abrió la puerta y entró un hombre pequeño y con el cráneo rasurado, con una bata blanca.

Se levantó las gafas redondas y levemente empañadas y acercó la cara a la carpeta que llevaba en la mano. No quedaba claro si se trataba de un tic o de un problema de vista, el hecho es que no dejaba de fruncir y relajar la frente, subiendo y bajando el entrecejo.

Permaneció en silencio un minuto largo, completamente ajeno a la presencia de Massimo y Dario.

Luego, por fin, levantó la mirada hacia ellos, aunque a través de esas gafas pringosas no debía de ver gran cosa:

—Señor Tiberi... hummm —se frotó la barbilla con la mano izquierda—, no veo especiales complicaciones en sus pruebas clínicas. En cualquier caso, dado que la prudencia nunca es excesiva, sobre todo cuando se trata de la cabeza, yo le aconsejaría que permaneciera en observación esta noche.

—No, no, me encuentro bien, doctor. Yo mañana tengo que trabajar; en fin, que si las pruebas están bien, ¡deje que me marche para casa!

—Hummm, mire. No le voy a negar que aquí siempre hay necesidad de camas libres, por lo que, si usted asume esa responsabilidad, es libre de dejar el hospital. Pero si advierte cualquier empeoramiento haga que le lleven de inmediato a urgencias. Si se presentara alguna complicación, sería fundamental actuar rápidamente.

—¡Claro que sí, doctor, yo solo necesito darme una buena ducha y echarme en el sofá!

—¡Ojalá fuera así de fácil! Bueno, si de verdad quiere marcharse yo no puedo retenerlo. Aquí está el papel que ha de firmar, sus efectos personales están allí... en fin, que haga usted lo que mejor le parezca.

—Entonces, doctor, si no le parece mal, me gustaría irme a casa lo antes posible.

—Eso sí, una recomendación: que lo acompañe su amigo —dijo el médico, con expresión grave.

—Eso está hecho, ¡seré su ángel de la guarda! —soltó Darío, al oír que se hablaba de él.

Unos minutos más tarde los dos salieron del Hospital Santo Spirito cogidos del brazo, como si fueran el gato y el zorro de Pinocho. Massimo había estado a punto de acabar un par de veces en la alfombra antes de aceptar la ayuda del viejo, aunque sólido, Darío.

Enseguida se fijaron en la chica, los ojos verdes algo cansados y las pecas en su rostro pálido, mientras intentaba inútilmente parar un taxi.

—¡Cuidao, aparta de ahí! —le increpó un simpático automovilista que a punto había estado de atropellarla.

Ella sacó del bolso un pequeño termo y dio un largo trago.

—¿Qué hay ahí, el famoso té negro con rosas? —le dijo Darío en cuanto ella advirtió su presencia.

—*Oui* —respondió, sin añadir nada más.

Massimo, a pesar de los pinchazos en la cabeza, se adelantó para estrecharle la mano.

—Me llamo Massimo.

—¡Pero a nosotros nos gusta más llamarle Mino! —intervino el otro—. Y como tú ya te has tomado muchas confianzas, te conviene llamarle Mino también a ti. Yo, en cambio, soy Dario.

—*Menò?, Dariò?* ¡Yo, Geneviève!

—Geneviève. Bonito nombre. Yo no sé si me entiendes, pero te pido disculpas por haberme introducido en tu casa. ¿Compartimos taxi para volver a casa?

—¿Taxi? *Oui!*

El señor Dario sacudió la cabeza y para mantenerse ocupado se dedicó a la búsqueda del taxi. Por suerte se detuvo uno para dejar a una persona a la puerta del hospital y Dario lo bloqueó con presteza.

La lástima es que, mientras él mantenía abierta la portezuela, la chica se metió dentro del coche, cerró y despidiéndose con un gesto de la mano le dijo al taxista que se pusiera en marcha.

Al ver el rostro de su amigo, hasta tal punto aturdido que se había quedado completamente de piedra, Massimo fue incapaz de contener una carcajada.

—Pero ¿de qué te ríes tú? ¿Qué pasa, eres idiota? ¡Esa tía primero te insulta, luego te mata y, para terminar, te birla el taxi y pa colmo tú te haces el simpático! ¡Nada, nada, la próxima vez que te vea esa te escupe!

—¡Venga ya! ¡Se ve que no ha entendido nada! Vamos, hombre, ya sabes que no hay mal que por bien no venga: ¡no notas la brisa, el airecillo de la noche! Demos un paseo hasta casa, que eso es salud.

Porrazo en la cabeza aparte, Massimo se sentía de repente lleno de energías.

—Vale, vale. Pero mira que eres raro: de una como esa tendrías que huir como de la peste y, en cambio... Ya puestos, podías haberle pedío que te diera otro porrazo, más que na para darte el tiro de gracia. Vale, contento tú, contentos todos. Venga, larguémonos... ¡Pero me invitas a un granizado de frutas con menta en casa de la señá Norma!

—¡Trato hecho!

Oye, ¿no tendrás cambio?

—Oye, ¿no tendrás cambio? Es que solo llevo un billete de cincuenta, y no quisiera crearte problemas con la vuelta.

Luigi, el carpintero (carajillo de sambuca, pero solo a partir de cierta hora), buscaba como de costumbre una excusa para no pagar.

—¡Ya te digo, siguen siendo los mismos desde que introdujeron el euro! Tendrás que cambiar esos cincuenta tarde o temprano —soltó Pino, el peluquero (café en vaso).

—Pero ¡qué tontería! No va a venir de un café...

—Vale, pues entonces hagamos lo siguiente —le interrumpió Dario—: tú deja aquí los cincuenta y nosotros te damos cafés gratis durante un mes.

—¿Todos los cafés que quiera? ¿Incluso cuatro al día?

—Sí, hombre, sí —intervino a su espalda Antonio, el fontanero (descafeinado largo), quien entre un trabajo y otro se pasaba por el bar para tomarse un respiro (por suerte, tomaba descafeinado, de lo contrario no habría quien lo aguantara)—. Tú intenta tomártelos, esos cuatro cafés al día, totá, pa ganarse dos euros... capaz es de hacerlo, el tío este. Luego no me vengas pidiendo ayuda

cuando tengas acidez de estómago, úlcera, gastritis y re-
flujo gastroesofágico. Por no hablar de la taquicardia,
subidas de tensión y temblores.

—Vaya, ya está aquí el cenizo. Y tú, ¿alguna vez te
ocupas de tus asuntos? ¡No, si es que al final este no
duerme de noche y se dedica a buscarle taras a to el
mundo! A lo mejor, Dario, si en esa oferta se incluye un
poquito de sambuca la cosa tira p'alante.

—¿Es que llevo escrito «tontolaba» en la frente? Nada
de sambuca, que nos hundes en la miseria...

Como de costumbre, se habían olvidado del seor
Brambilla, que permanecía encaramado con gesto burlón
en un taburete alto al final de la barra, casi escondido.

—Haya paz. Antonio procura el interés con sus descafeinados, pero es que no sabe que eso tampoco es ninguna panacea. ¡Degusta, degusta tus descafeinados, y
ya verás cómo se te dispara el colesterol a las estrellas,
máxime si ingieres también esos buenos edulcorantes
con aspartamo cancerígenos! ¡Ya veremos quién ríe después!

Antonio barbotó un «pero-qué-dices» y se volvió hacia el otro lado, aunque mientras tanto dejó sobre la barra el sobrecito de edulcorante con el que llevaba jugando un rato. Y cualquiera en el bar habría apostado al
respecto, no veía la hora de ir corriendo a llamar a su
médico de cabecera para pedirle explicaciones respecto
a la cuestión (médico que maldecía constantemente el
día en que le diera el número de su móvil...).

Y, de hecho, fue incapaz de resistirse a la pregunta:

—¿Cómo has dicho? ¿Aspartemo?

—Aspartamo: A-S-P-A-R-T-A-M-O. ¡Que es inclusi-
ve mucho más peligroso que el azúcar, te lo dice menda!

—dijo Giovanni Bognetti, cuyo nombre artístico era seor Brambilla, con una sonrisa irónica.

Luigi, el carpintero, aprovechó la confusión para salir por piernas sin pagar, el seor Brambilla dejó las monedas sobre la barra y se marchó, tan solo se quedó allí Pino, el peluquero, que se acercó a Dario y le susurró:

—Pero ¿qué le pasa a Mino? No ha soltao ni una palabra...

—¡Ya, vete tú a saber! La cabeza en las nubes. ¡Una cabeza, dicho sea de paso, algo escacharrá!

—Por cierto, ¿qué le ha pasado que lleva todo ese vendaje? No es por meterme en sus cosas...

Massimo fingió no haber oído y siguió trasteando entre algunas viejas cajas de té que estaban tan panchas hibernando en la estantería desde tiempo inmemorial.

—¿Me juras que no se lo vas a contar a nadie?

—Pues claro, ¿por quién me has tomao?

—¡Pues te he tomao por ti!

—Ya ves tú, pues te equivocas: no soy yo.

Pino, el peluquero, desempeñaba en el barrio la misma función que el periódico *Il Messagero* en Roma: recogía las noticias más frescas, desde las primeras notas en el colegio del hijo de Alfio, el tendero, hasta el último parte médico de la señá Zucca, y las divulgaba con una eficiencia que ya quisiera cualquier agencia de noticias...

—Muy bien. Si me juras que no se lo dirás a nadie te lo cuento; total, los rumores al final se extienden de todos modos —empezó Dario, quien, por el contrario, cuando se trataba de cosas importantes sabía ser muy discreto; pero cuando, según su inapelable juicio, consideraba una cuestión digna de burla y cotilleo tendía a desahogarse explicándola con todo lujo de detalles.

Efectivamente, no había mucho ya que mantener en secreto, es más, con toda probabilidad Pino, el peluquero, ya había oído algo al respecto y se había acercado exclusivamente para recoger los detalles de primera mano, como todo buen reportero debería hacer.

Mientras tanto, Massimo había logrado encontrar por fin unas bolsitas de té verde. La fecha de caducidad estaba medio borrada, pero lo mismo daba: ¿a quién le importaba? Y, además, era verde, en vez de negro, pero ¿es que acaso hay tanta diferencia?

Aprovechando que Dario estaba distraído, sacó una tetera y preparó una bandeja con unas galletas, té verde, azúcar, cucharilla y demás parafernalia.

—Voy a hacer un recado, ¿vale? ¡Y ten cuidado, no hables tanto, que se te seca la garganta!

—¡Menudo carácter tie el chico este! ¿Qué mosca le habrá picao? —comentó Pino, el peluquero.

—Pa mí que la heredera tiene también algo de hechicera... Aparte de haber heredao una casa de una a la que ni siquiera conocía, ¡ha conquistao al chico atizándole con un jarrón en la cabeza! —prosiguió Dario impertérrito.

—¡Qué razón tienes! Pero ¿no va a acabar enamorándose de verdad el muchachote? —insinuó Pino.

Massimo le lanzó una mirada aviesa, luego salió y se vio embestido por el bochorno y la luz. A saber si esa sería la hora apropiada... Claro que sí, la gente que bebe té lo bebe a todas horas. Cosas más raras se han visto...

Después de la plaza soleada cruzó el portal y tuvo que detenerse unos instantes para que sus ojos se acostumbraran a la oscuridad. Durante esa pausa se dio cuenta de que no le habría importado nada dejarlo para otro momento. El corazón había adquirido un ritmo completamente suyo y hasta la termorregulación corporal parecía defectuosa, alternándose escalofríos y sofocos. «Pero ¿qué ideas se me ocurren? —se dijo—, ¿qué es lo que se me ha pasado por la cabeza? ¿Y si me volviera para el bar?»

Luego miró la bandeja y se imaginó que tendría que justificar ante Dario (y no solo con él, con toda probabilidad) esa extraña conducta suya, y se dio cuenta por lo tanto de que estaba obligado a llegar hasta el final.

Inspiró profundamente un par de veces para armarse de valor, luego subió la escalera hasta el tercer piso.

EL ALQUIMISTA

LA IDEA se le había ocurrido por la noche, mientras el dolor de cabeza lo mantenía despierto. Tal vez no exista un proverbio sobre el asunto, pero alguien tendría que inventarlo: si quieres tener una vida tranquila, no hagas caso de las ocurrencias nocturnas. El hecho es que Massimo estaba allí, en el rellano de la señora Maria, o, mejor dicho, de Geneviève, sudado, desconcertado y trémulo, como alguien que ha superado ya la treintena no debería estar nunca, diciéndose: «¿Llamar o no llamar?», ni que aquello fuera el monólogo de Hamlet...

Decididamente, era una idea del carajo.

Porque si luego decides renunciar en el último momento, lo que te queda es un montón de remordimientos y una insoportable sensación de cobardía; por lo tanto, sabes que no podrás hacer otra cosa que llegar hasta el final, a pesar de que, ya te has dado cuenta, va a ser un fracaso total.

Massimo se habría quedado clavado delante de la puerta durante medio día si un ruido en los pisos de arriba no lo hubiera devuelto a la realidad: probablemente había alguien que estaba a punto de bajar, alguien que probablemente lo conocía, alguien que probablemente iría corriendo a ver a otro que probablemente lo conocía para decirle que lo había visto atolondrado en el rellano con una bandeja en la mano probablemente porque no tenía la valentía de llamar a un timbre. Aunque solo *probablemente*.

De manera que tocó aquel maldito timbre.

Transcurridos unos segundos ya estaba pensando: «Ya ves, no está, puedo volver al bar, la próxima vez nada de golpes en la cabeza.»

Aliviado, giró los talones y empezó a bajar la escalera, pero el ruido del cerrojo lo obligó a volver sobre sus pasos.

—¿Quién es? —dijo una lábil voz de muchacha, de inmediato superada por la imagen que apareció por la rendija de la puerta: dos ojos furiosos, verdes e incandescentes de rabia. Que, venga ya, no podía ser rabia también en esta ocasión, aunque, desde luego, sí que era una viva hostilidad, eso por lo menos sí.

Massimo se quedó bloqueado durante un rato y ella no hizo nada para que se sintiera a sus anchas. Es más, mientras lo mantenía colgado con los ojos, como esas bayonetas austriacas de los cuadros del Resurgimiento que ensartan cual pollo a un soldado piamontés en un campo de batalla o a un ciudadano en las barricadas callejeras en las Cinco Jornadas de Milán,[1] esbozó con la boca una mueca que significaba: «¿Qué pasa? ¿Tú qué pintas aquí?»

No eran las mejores bases de partida. Y, además,

---

1. Revuelta popular de marzo de 1848 que, tras cinco días de luchas callejeras, terminó con la liberación temporal de la ciudad del dominio austrohúngaro. *(N. del T.)*

¿cómo va a responder uno si ha sido atravesado por una bayoneta austriaca (o francesa, en este caso)?

Por suerte, Massimo se acordó de que llevaba en la mano la bandeja, porque de no hacerlo se le hubieran caído los brazos y, con ellos, la tetera, la taza, las galletas y todo lo demás. Fue suficiente este vínculo concreto con la realidad para hacerle recuperar fuerzas y habla.

—¡Buenos días, Geneviève! ¿Te acuerdas de mí?

Ella asintió.

—Massimo. Mino. Menò, como me llamas tú, cuando me llamas. Casi nunca, a decir verdad.

Esos ojos verdes huyeron un momento al techo, como diciendo: «Por Dios, ¿qué quiere este de mí?» Pero, a esas alturas, Massimo estaba lanzado, al abismo, tal vez sí, pero lanzado, de manera que prosiguió.

—En fin, que he venido aquí para disculparme. No te atendí como era debido el otro día, pero ¡ya sabes cómo son los chicos! Que, además, eso de llamarlos chicos es un cumplido, puesto que la mayor parte están ya más del otro lado que de este, aparte de Don Limpio, que ese puede que sea joven, pero tiene una cabeza tan vacía que se podría utilizar como tambor...

Luego se detuvo para recuperar el aliento, pero no tuvo valor para observar de nuevo la reacción de los ojos verdes.

—Bueno, no quiero aburrirte y, sobre todo, lamento haberme metido en tu casa; te asustarías, me imagino, pero yo venía con la mejor intención. ¡De verdad! Bueno, luego acabé rompiéndote el jarrón con esta cabeza dura mía.

Con la mano libre se señaló al vendaje que le envolvía el cráneo. Ella tan solo dijo: «Jarrón está bien.» Pero no había ni una sombra de ironía en su voz.

—En fin, que luego he pensado que podía apetecerte un té, puesto que tanto te gusta, ¿no?

Al decirle esto le tendió la bandeja. Ella abrió la puerta de par en par y aceptó el presente sin sonrisas ni comentarios.

Siguió un instante de azoramiento, luego ella susurró un *merci* y cerró de nuevo.

Massimo permaneció allí como un pasmarote mirando fijamente la esfera de la mirilla. No es que se esperara una fiesta con fuegos artificiales, pero sí al menos un gesto, un esbozo de gratitud.

Nada.

Aunque debía de ser por culpa del té, esto lo tuvo claro de inmediato.

Esa misma tarde, en un momento de calma, salió en busca del té negro (¿cómo había podido pensar que negro y verde eran la misma cosa? ¡Mira que era ingenuo!).

De todas formas, Massimo no era en modo alguno un tipo que se diera por vencido, con ese nombre de gladiador que tenía.

Encontró una infusión con rosas e hizo sus pruebas. El problema es que de té no entendía nada, vamos, no a ese nivel. Y eso que en estos últimos años estaba de moda ser un entendido. Todo es culpa de las enotecas: antaño el vino era vino, ya era mucho si se diferenciaba el blanco del tinto, y la mayoría de las veces incluso se bebía ese tinto fresco y de aguja al que ahora todo el mundo detesta como la misma peste, eso por no hablar del rosado, que parece que se haya convertido en Satanás en persona. Hoy en cambio todo el mundo es *sommelier*, se habla de barricas, de lágrima, de consistencia, de estructura, de fragancias de mora y regaliz (con una nota de vainilla), de retrogustos de aromas afrutados. Y lo más alucinante es que esto no se limita tan solo al vino, hay gente que habla de la misma manera de la cerveza, del aceite (que para las personas normales tan solo es bueno o malo), de la *mozzarella* y hasta del agua, si nos limitamos únicamente al sector gastronómico, porque de lo contrario podríamos mencionar las bicicletas, el equipamiento para correr, los palos de golf y un largo etcétera.

Para cualquier cosa requiere un título universitario: también para el té, por lo visto.

Qué mala sombra. Si se hubiera tratado de café, Massimo podría haber pontificado como un prócer de la universidad, como un halcón del periodismo, habría podido conquistarla y seducirla guiándola por un complejo y misterioso itinerario del gusto. En cambio, de té sabía más bien poco.

Pero como por lo visto intentarlo no hace daño a nadie, él lo intentó.

Y al día siguiente se presentó de nuevo ante la misma puerta y con las mismas mejores intenciones, un nuevo té (negro) y una nueva tetera. Pero la reacción de Geneviève no cambió ni un ápice.

Quedaba a medio camino entre un juego y una cuestión de principios, pero él no tenía intención de soltar la presa y durante una semana siguió volviendo a ese umbral con constancia cartujana. Naturalmente, sacó sus alambiques y se convirtió en el alquimista del té negro. Y el señor Dario, que se había dado cuenta, decía que a base de ir regalándole servicios de té acabarían echando el cierre, pero él fingía no haber oído nada.

La sexta vez (el domingo se lo saltó y, quién sabe, a lo

mejor ella notó esa ausencia) la chica se demoró más de lo habitual y Massimo se dijo: «Venga, esta es la buena, ahora es cuando me deja entrar, lo sabía, el té será mi caballo de Troya.»

En cambio ella se limitó a señalarle las diversas bandejas con los servicios usados y a darle a entender que tenía que llevárselos. La impresión de Massimo fue la de que le importaba más la premura de librarse de aquello que la de devolvérselos.

Cruzó la plaza como un equilibrista sobre su cable suspendido en el vacío y, si otra cosa no, cuando llegó a la barra sin haber roto siquiera una taza, salió profesionalmente reforzado de aquello.

ROMA NUN FA' LA STUPIDA STASERA[2]

ERA un periodo extraño para Massimo, agradablemente extraño, a decir verdad: no es que estuviera bien, al contrario, estaba lleno de ansia, pero se sentía inspirado. Uno de esos periodos en los que le parecía que Roma podía llegar a hablarle. Le habría gustado encontrarse a solas con la ciudad: le molestaba un poco tener que compartirla con esos malditos turistas omnipresentes, pero en el fondo también era hermoso saber que, por mucho que hubiera ahí también diez autocares de japoneses, el susurro que él era capaz de captar era único, como un lenguaje secreto. Más aún, tal vez Roma lograra, de algún modo, sonreír a espaldas de los turistas, guiñándole un ojo a Massimo.

Adoraba hacerlo, pero lo hacía todavía más en los periodos de angustia o de inspiración (que, al final, eran lo mismo): deambulaba por una capital que era su capital, no la de todo el mundo, en busca de rincones ocultos o también para descubrir de nuevo cosas que se encuen-

---

2. Una de las arias más famosas de la comedia musical *Rugantino*, de Garinei y Giovannini (1962), a la que se irá aludiendo a lo largo de la novela. *(N. del T.)*

tran hasta tal punto bajo los focos que corren el peligro de acabar perdiendo su sabor.

Intentaba no dar nada nunca por descontado y si por casualidad acababa una noche saliendo delante de la Fontana di Trevi (que aparecía así, sin avisar, casi descarada), era capaz de sorprenderse en todas las ocasiones, y cultivaba esa sorpresa suya con la brisa que exhalaban los Foros Imperiales o en determinados recodos de la Appia antigua, o en las villas que le hacían saborear a uno la naturaleza salvaje y el aislamiento contemplativo, para luego abrirse a panoramas increíbles sobre las infinitas cúpulas de la ciudad eterna.

En esos días en los que Massimo estaba decidido, innegable e irremediablemente cayendo en lo que suele definirse como un mal de amores, Roma hablaba, sugería, le daba un montón de pellizcos y escalofríos; en definitiva, que hacía de todo menos aconsejarle prudencia.

Porque quizá no sea la ciudad del amor, pero no es desde luego una ciudad que dificulte el amor: digamos que resulta más bien conciliadora. Tal vez demasiado.

Pero para tener los pies en el suelo, las horas a disposición para cortejar a Roma y escuchar sus susurros no eran, en el fondo, muchas, y la más fiel compañía de Massimo seguía siendo la vieja Gaggia, la cafetera comprada por su padre que tenía sobre sus hombros treinta años de honrada trayectoria y no los demostraba en absoluto. Ella permanecía allí, firme en sus posiciones, no retrocedía ni un centímetro y era un punto de referencia para todo el mundo. Cierto es que resoplaba y refunfuñaba constantemente, pero al final garantizaba sus doscientos o trescientos cafés cotidianos, siempre perfectos. Massimo de vez en cuando pensaba en el día en que ten-

dría que cambiarla, porque nada es inmortal, y le entraba un gran pesar.

Allí detrás, cuando estaba de buen humor, se sentía
como ante el cuadro de pulsadores del universo, otras
veces pensaba en la sala de mando del *Octubre Rojo*, pero
fuera como fuera siempre se trataba de una posición de
cierto peso en el tablero del destino. Porque allí, si gira-
bas la válvula del vapor y metías debajo la jarra de la leche (bien helada, por favor) prestando atención en mantener el pitorro a no demasiada profundidad (en caso
contrario, la calentabas, y nada más), ni demasiado en la
superficie (con lo cual te arriesgabas a que la leche saliera disparada por todo el local), sino simplemente en el
lugar apropiado, podía crear una espuma perfecta para
el *cappuccino*; porque allí tenías que decidir cuánto pre-
sionabas el café molido (tomando también en consideración la humedad ambiental) para obtener el *espresso*
perfecto; porque en ese laboratorio podías inventar, mediante genialidades enmarcadas en rigurosos procedi-
mientos experimentales, los nuevos matices de nuestro
orgullo nacional.

Pero en los últimos días, Massimo, escondido detrás
de la vieja Gaggia, aprovechaba la ocasión para espiar
ese trozo de la plaza de Santa Maria in Trastevere en
busca de dos ojos verdes lejanos, pero sin duda alguna
furiosos e incandescentes de rabia.

En cambio, por un extraño juego de volúmenes y
perspectivas (la vieja Gaggia era más bien ancha de caderas), esos dos ojos no los vio ni tan siquiera acercarse
y se los encontró de golpe a menos de un paso, con la barra únicamente separándolo de ellos. Existen metas que
uno las percibe de lejos y se van viendo en un lentísimo

acercamiento, y las hay que asoman detrás de una curva sin avisar, igual que una aparición.

Massimo se sobresaltó hasta tal punto que si se hubiera topado con la misma Virgen en persona (con el debido respeto), no se habría emocionado tanto, y de nuevo estuvo a punto de hacer añicos tres tazas con sus correspondientes platitos.

Pero Dario se había hecho ya cargo de la situación:

—¿Y tú qué haces aquí? ¿Vienes a concedernos la revancha? Veamos qué dicen los corredores de apuestas, pero me parece a mí que me voy a jugar el sueldo a favor de la chica.

—No me digas que hasta te pagan por este servicio. Yo pensaba que te tenían aquí por compasión —dijo Luigi, el carpintero (carajillo de sambuca).

—No, no me pagan na, ¿y sabes por qué? ¡Porque hay una pandilla de gorrones como tú que quieren pimplarse el cafelito, y pagar cuando las ranas críen pelo!

—Amos, anda, pero qué esagerao, como que será por una monedita más o menos...

—Ya, claro, ¿tú no sabes que guijarro sobre guijarro se construye un Coliseo? No se hizo Roma en una hora, ¿no te parece?

—*Conquibus engendra conquibus* —concluyó el inconfundible Bognetti (carajillo de *grappa*).

—Ay, longobardo, ¡tú siempre parece que ties razón con esos dichos que nadie entiende! Quieres hacerte el chulito...

Massimo, sin embargo, no había oído ni una palabra, perdido como estaba en aquellos ojos verdes que parecían ahora un tanto desorientados, y por otra parte no necesitaba escucharlos para saber que, fuera lo que fuera lo que estaban diciendo, seguro que se trataba de algo inoportuno.

Por desgracia, la incertidumbre no le permitió a Geneviève aprovecharse del lío reinante, y cuando se decidió a hablar (tan solo porque el silencio a esas alturas se le estaba haciendo insoportable), los del público tenían de nuevo las antenas tendidas hacia ella y la observaban a la espera de su próximo movimiento.

A Massimo le habría gustado echarlos a patadas.

—Ehmm... —empezó ella, como si tuviera que asegurarse de que aún tenía unas cuerdas vocales capaces de vibrar.

—¿Sí? —dijo él, que pretendía alentarla, pero que tenía un miedo terrible a que ella hiciera como la tortuga, que asoma tímidamente la cabeza y a la primera señal de peligro se esconde en su caparazón por un tiempo que únicamente ella sabe.

—Menò —se aventuró, añadiendo una sonrisa y un tono sonrosado en las mejillas y los pómulos.

Por un momento pareció tan indefensa que a Massimo le habría gustado abrazarla y decirle que todo estaba bien así, que no era necesario hablar, que, más aún, el no tener un idioma en común podría ayudarles en la senda de una empatía silenciosa hecha de miradas e imperceptibles matices en las expresiones del rostro.

Pero los tres gruñones estaban ya al acecho, listos para atrapar a Tiberi por los pies y hacerlo bajar bruscamente de sus habituales vuelos pindáricos.

—Que arreas[3] ya lo habíamos visto, ¡y bien fuerte

---

3. Juego de palabras intraducible: *menare* significa «golpear» en lenguaje coloquial y el apodo de Massimo en boca de Geneviève

además, según parece! —intervino Pino, el peluquero (café en vaso).

—Sí, y gracias a ti ya se ha enterado todo el barrio, ¿verdad? —prosiguió Luigi, el carpintero.

—¡Pos claro, así por lo menos toma sus precauciones!

—Pero, bueno, ¿queréis callaros de una vez? ¡La verdad es que sois peores que los niños! Tendrás que perdonarlos, no saben comportarse.

Massimo intentó salvar la situación, pero los ojos de Geneviève se habían endurecido ya.

—Sí —dijo ella, como si no importara nada, ahora quería terminar ya y marcharse lo antes posible—. Perdona. Lo de tu cabeza. *Pardon*.

Luego se encogió de hombros como diciendo: «Bueno, yo ya he cumplido con mi deber, aunque tal vez aquí nadie se lo merezca», y se marchó, no sin antes fulminar con la mirada a los cuervos de la barra.

Desde una mesa escondida (en el bar siempre hay más gente de la que uno se espera), se levantó Rina, la florista (café en vaso y vasito de agua), que tras la defunción de la señora Maria se había convertido en la más conspicua representante del bello sexo entre la clientela habitual.

Más que de una florista, Rina tenía el aspecto de una floreada hippy, vestida como iba con largas faldas de colores, pulseras, collares, pendientes y un largo etcétera: parecía salida directamente del concierto de Woodstock del 69, con la única diferencia de que muchas de aquellas chicas se ven en fotografías en blanco y negro,

---

puede interpretarse como «yo golpeo»; de ahí el comentario burlón de los parroquianos. *(N. del T.)*

mientras que para ella el blanco y negro ni siquiera era concebible. También en el trabajo era así: si querías un ramo de flores blancas tenías que vértelas con ella: «Pero, perdona, a ver si lo entiendo, luego tú eres libre de hacer lo que te parezca, por supuesto, pero ¿qué vas a hacer con unas flores blancas? ¡Menudo aburrimiento! La naturaleza ha puesto a nuestra disposición una paleta de colores con las tonalidades más sorprendentes y brillantes que, si miras bien estas flores, te das cuenta de que no pues estar triste, ni siquiera aunque se te acabe de morir el gato, es más, si se te ha muerto el gato recuperas de inmediato la sonrisa; y tú, en cambio, vas a coger este no color... Pero ¿qué es el blanco? ¡Algo que aún tiene que ser pintao! Luego tú haz lo que quieras, total, ¡me las vas a pagar de todas formas!»

Prácticamente, si querías llevarte unas flores blancas tenías que presentarte tú mismo como un subnormal, pedir perdón y luego, a lo mejor, acababas enterándote de que ni siquiera tenía esas benditas flores blancas.

En definitiva, que no era de ninguna de las maneras persona que pasara inobservada, pero en esta ocasión, como solo saben hacerlo las mujeres, se había camuflado igual que un camaleón y había analizado la escena.

Y, como solo las mujeres saben hacerlo, les cantó las cuarenta:

—¡Sois unos auténticos animales! Tratar de esta forma a una muchacha tan mona e indefensa, pero ¿qué tenéis en la cabeza? Pero ¿qué digo? Trataros de animales es deciros un cumplido, mejor dicho, ¡es un insulto pa los animales!

No esperó respuesta y salió a toda prisa casi como si estuviera persiguiendo a Geneviève. Massimo la vio de hecho alcanzar a la chica, que se había detenido en el centro de la plaza, cerca de la fuente, para beber su té negro con rosas en el termo de costumbre, cogerla del brazo y desaparecer con ella en dirección a San Callisto.

El primero en romper el silencio fue el señor Dario:

—¡Quieras que no, siempre se olvidan de pagar la cuenta!

Massimo no logró siquiera sonreír por educación y se dijo que uno no debe desesperarse cuando parece que algo ha nacido mal desde el principio, porque siempre queda la posibilidad de que vaya aún peor.

Pensaba en la instantánea de Geneviève cerca de la fuente la primera vez que la vio (bailaba indecisa, como partículas de polvo en un rayo de sol) y la última, hacía poco, con el paso de quien no sabe adónde va, pero sabe muy bien qué quiere dejarse atrás. Massimo tendía a conceder cierto peso al destino y podría decirse que de esa fuente manaba el destino, junto con el agua. Una fuente tan antigua, tal vez la más antigua de Roma, que fue restaurada por Bramante en 1496 (ser restaurado por Bramante es algo así como tener al Papa como chófer, decía siempre Massimo); y ya en esa época era considerada noble por su antigüedad (su primera construcción se remontaba al año 772). Si luego, además, Bernini la había reformado (lo que es como tener al presidente de la República como copiloto de tu chófer), entonces también podía ser el lugar adecuado para enmarcar a esa muchacha de ojos furiosos y verdes.

Por la noche, tras haber bajado el cierre metálico, Massimo no tenía ganas de irse a casa y decidió dar una vuelta (así es: si uno tiene un bar, no es que después de trabajar pueda irse a tomar una copa, un helado, ni mucho menos un café, por eso lo que suele suceder es que simplemente termine uno dando una vuelta en un intento de limpiar el cerebro de las impurezas del día). Era agradable vagar sin meta, y era precisamente en esos momentos cuando Roma daba lo mejor de sí misma, cuando no te esperas nada y, en cambio, cada esquina es un cuadro digno de ser admirado. En efecto, en una pared se topó con un cartel con la sugerencia apropiada para él: en el Teatro Gioacchino Belli ponían *Rugantino*. Como si dijera: la mesa está preparada, basta con invitar a la chica y la partida está ganada.

Montañas rusas

En la esquina de la calle, media acera estaba ocupada por la estructura de madera y hierro colado rigurosamente pintada de color verde botella. Y si algún día desapareciera ese quiosco, probablemente quedaría allí un abismo imposible de llenar. No se trataba de un vuelo pindárico, porque a veces se acababa sabiendo que había ciertos problemas con la renovación de los permisos y asuntos por el estilo; y porque las cosas buenas no hay que darlas por descontadas e inevitables, como los coches aparcados en zona prohibida (para quedarnos en el campo de la ocupación del suelo público), sino que están en peligro de extinción cada dos por tres.

Y, sin embargo, esas planicies de colores y de aromas resistían desde hacía tiempo, del mismo modo que resistían los negocios tradicionales del barrio: partisanos trastiberinos que se oponen con valentía a la *movida* y a la burbuja inmobiliaria.

El puesto de flores de Rina seguía estando allí, engalanado como para una fiesta, con lluvia y con sol, y nadie podía pasar sin fijarse en él.

Ahora bien, si alguien se hubiera parado a olisquear habría tenido dificultades, sin embargo, para distinguir las diversas fragancias, sobrepujadas por el aroma del café.

Rina, sentada en su escabel, vació por un momento la mente de toda clase de pensamientos y se pimpló el café en vaso con los ojos entrecerrados. Tras lo cual, se tomó un trago de agua y levantó la vista hacia el muchacho, que esperaba plantado delante de ella con la gracia típica del camarero experimentado, que al mismo tiempo está pero no está.

Rina, la florista, no se perdía en circunloquios:

—Mi querido Massimino, me imagino que existirá un motivo para este amable servicio a domicilio, no solicitado, ¡aunque se agradezca!

A Massimo, por el contrario, como le ocurre a muchos hombres, no le gustaba ser explícito (resulta curioso: se pasaba el tiempo criticando las conversaciones vacías e improductivas de sus amigos y, pese a ello, cuando se encontraba delante de una mujer que lo observaba directamente a las pupilas, tan solo tenía ganas de hacer lo que hacían todos los demás: tomárselo a guasa).

—¡Pero qué dices! Estaba de paso por aquí con un café en vaso y un vasito de agua (¿cuándo me has visto ir por ahí sin ello?), y me he dicho: «¿Por qué no le hago una visita a Rina, que sabe apreciar los placeres de la vida?»

—¡Sí, sí, esa es buena! ¿Y querrás hacerme creer que te marcharás tan contento si no te revelo algo acerca de cierta francesita a la que traté algo mejor que vosotros, trogloditas, que os habéis quedao en la edad de piedra, y eso es un cumplido?

—¡Pues claro!, ¿de qué estás hablando?, no entiendo a qué te refieres.

Massimo miró a su alrededor intentando buscar una vía de escape y su atención se vio atraída por una flor azul con un montón de pequeñas florecitas radiales que componían una esfera perfecta, sostenida por un larguísimo tallo.

—¿Qué me dices? ¿Quedaría bien en la puerta del bar? Un toque de gran clase, ¿no? Que es...

Los nombres de las flores, la verdad, no se le quedaban para nada, por lo tanto esperó durante un momento a que Rina se lo soplara, pero esta permaneció esperando en silencio.

—Un... ¿lirio? ¿Dalia? —Seguro que no era ni una margarita ni tampoco un tulipán—. ¿Narciso?

—Mira que eres ignorante... y luego vas y te pones a pontificar sobre los frescos de los Museos Vaticanos y demás, ¿y no sabes que las flores están en la base del concepto de belleza? ¡Encuéntrame tú en la naturaleza otra cosa que te sorprenda y te seduzca igual que las flores!

A Massimo se le pasó algo por la cabeza y se sonrojó hasta por encima de las orejas.

—Sí, ya he entendido lo que estás pensando. Todos los hombres sois iguales, ¡todos unos cerdos! Pero tienes que comprender que sin unas flores la chica languidece y no se te pone a tiro... parece obvio, pero vosotros los hombres sois duros de mollera. Además, la francesita tie sus gustos en cuestión de flores, que es como decir que tie su propia personalidad. Lo que supone un bien en términos absolutos, y un problema para el pardal que se la quiera llevar a casa: esa no se deja engatusar.

—Pero ¿qué me estás contando? La verdad es que tienes una imaginación... Sin duda es una chica guapa, pero apenas la conozco. Lo único que me importa es que reciba un buen trato como cliente, en esto tienes razón, ¡pero es que a esos tíos no puedo ponerles un bozal!

—Pues sería para pensárselo.

—Bueno, de todas formas... —añadió Massimo haciendo como si no fuera con él y olisqueando flores aquí y allí—, ¿estaba cabreada?

—¡Mira por dónde me sale este! Luego me dice que no le interesa. Pues claro que estaba cabreada, y tenía razón para estarlo, pero no es necesario que me lo preguntes a mí.

—¿Te dijo algo?

—Esas cosas se notan, ya sabes cómo es esto, lo que pasa es que a vosotros, los hombres, hay que explicároslo toíto; entre nosotras, ya se sabe, hay cierto *feeling*, cuando lo hay, porque cuando no lo hay, entonces se arma la marimorena.

—Dices bien. Habláis mucho de sensibilidad femenina, pero cuando dos mujeres no se aclaran, ya puedes empeñarte en hacerlas razonar.

—Bueno, este no es el caso. La francesita es una chica seria y formal. Una flor: y mira que yo de flores entiendo. Además, tú me estabas hablando de mujeres sin carácter que se tiran a degüello por celos y rivalidades... las mujeres sabias son otra cosa.

—Pero si los celos son femeninos, ya se sabe.

—Sí, sí, pero tú has venido aquí para recabar información sobre tu francesita, no para plantear un debate sobre el feminismo, ¿verdá?

—¡Venga ya! Pero ¿tú no sientes celos? Mira que la primera dama del barrio sigues siendo tú.

—Te lo agradezco, pero ya es hora de ir dejando espacio a los jóvenes. Y la primera dama del barrio sigue siendo la señora Maria, que en paz descanse. —Rina se levantó una punta del vestido de flores y se lo enseñó a Massimo—: Mira qué vestidos hacía, qué corte, qué telas. ¡Dime si esto no se ajusta a la perfección conmigo! ¿Has llegao a comprender la clase de mujer que era? Ella entendía tu alma y te hacía el vestido apropiado, ¡pa qué quería una un psicoanalista!

—¡A quién se lo has ido a decir! Vistió a dos generaciones de Tiberi. Sin ella no sé qué habríamos hecho. Incluso cosió el traje de novia de mi hermana.

—La francesita tiene los armarios llenos de vestidos suyos. Le gustaría librarse de ellos para dejar un poco de espacio en la casa, entre otras cosas porque en el futuro querría alquilarla a los turistas. Pero se trata de vestidos tan bonitos que le da cosa tirarlos. De todas formas, ya le dije que si quiere unas buenas cajas para meter las cosas de las que quiere deshacerse, yo tengo aquí pa dar y vender.

—¿Tirarlos? ¡Eso sería un crimen!

—En la práctica sí, lástima que a ella no le queden bien, sería muy difícil teniendo en cuenta lo esbelta que es esa chica, mientras que la señora Maria... ¡bueno, pues no exactamente! Yo le he dicho que se informara para dar algunos a la gente de la parroquia.

—Excelente idea.

—¡Ya lo creo, como que es mía! Yo pienso las cosas antes de hablar, al contrario que ciertos conocidos míos. De todas formas, volviendo a lo nuestro, la muchacha tie prisa por volver a su casa, por tanto si quieres retenerla aquí te conviene espabilarte. Hombre precavido vale por dos.

—Ni siquiera voy a contestarte. Pero ¿cómo sabes es-

tas cosas? No me parece que su italiano permita una comunicación semejante, ¿o no?

Rina abrió los brazos.

—Sigues infravalorando la superior intuición de la
mujer. Nosotras no necesitamos muchas palabras. Y,
además, tampoco habla tan mal, ella trabaja con las palabras, le cuesta poco aprender, tiene esa... ¿cómo se llama?, sensibilidad lingüística.

—Que trabaja con las palabras, ¿en qué sentido?

—La Virgen, eres más curioso que una culebra, ¿eh?
Pero vamos a ver: si tanto te interesa, ¿por qué no se lo
preguntas a ella?

—¡Pero si no hace otra cosa que tirarme jarrones a la
cabeza, darme con la puerta en las narices, y en la mejor
de las situaciones me vierte encima azucareros!

—Tal vez es porque no pides las cosas de la manera apropiada. Si es que siempre te lo tengo que enseñar to.

—Ya, tendría que llevarte más a menudo los encar-
gos a domicilio. Quién sabe si no me sale a mí algo de
sensibilidad femenina.

—Es más fácil que un camello pase por el ojo de una
aguja que un hombre aprenda sensibilidad femenina
—comentó ella, mientras Massimo recogía la bandeja y
se preparaba para marcharse—. Y, otra cosa —añadió
señalando la famosa flor azul de la que había nacido
toda la conversación—, este es un *Agapanthus africanus*,
hermosísimo, aunque, si me lo permites, no creo que sea
la que le va. Ella prefiere flores perfumadas. Será porque adora ese té aromatizado con rosas. Fíjate tú lo que
me ha llegao, aunque solo sea para saldar la deuda de
este servicio a domicilio.

Rina se levantó y cogió un tiesto de la base del puesto, donde colocaba siempre algunas plantas para aquellos a los que no les gustaban las flores cortadas.

—Mira, mira tú este jazmín. Auténtico jazmín, debería aguantar también en invierno, si no hace demasiado frío. Plántalo en esa maceta que tienes junto a la entrada con ese pitósporo medio muerto que sacaría de quicio a un maestro zen, y luego deja que trepe por la celosía de al lao. ¡Ya verás qué aroma! ¿No lo notas ahora? Crece deprisa, es todo un espectáculo. Pero ties que acordarte de echarle agua, en caso contrario acabará como ese pitósporo. Si no sabes cuidar una planta, ¿cómo puedes esperar cuidar a una mujer?

—Ah, vale, gracias. Me lo tomaré como un buen consejo. Pero ¿tú crees que voy a ser capaz de llevármela al bar, con la bandeja y todo lo demás?

—¡Pos claro que sí, con lo grande y fuerte que eres! —respondió ella, y empezó a ocuparse nuevamente de sus cosas.

Massimo se encaminó hacia la salida. Pero ella lo llamó para que entrara.

—Y como veo que te importa tanto saberlo..., la francesita hace crucigramas.

Massimo la miró con perplejidad:

—¿Ah, sí? —respondió, sin gran interés—. ¿También te ha contado eso? Entonces sí que tenéis algo en común añadió tras haberse fijado en la revista de pasatiempos colocada en una repisa.

—Pero ¿qué habrás entendido tú? Aparte de que así se mantiene joven el cerebro, y unos cuantos crucigramas nunca le han hecho daño a nadie. Pero, en cualquier caso, se dedica a eso como oficio. Se inventa crucigramas, los construye, ¿entiendes? Por eso digo que tiene sensibilidad lingüística. Y matemática también.

Crucigramas. Massimo saboreó la noticia con una mezcla de sentimientos: era feliz al saber algo más de ella, sentía curiosidad por ese oficio algo raro, que bien mirado le sentaba como un guante, pero de algún modo le provocaba tristeza verificar lo poco que la conocía aún.

—Bueno, claro, alguien tiene que haber que se dedique a ese oficio... —comentó, intentando aparecer indiferente.

—Menos mal. Adiós, querido, ¡vuelve cuando quieras! —respondió Rina, retomando sus asuntos.

—Adiós. Mejor dicho, no, espera un momento. A lo mejor podría llevarle yo esas cajas grandes que decías para meter los vestidos, ¿no? Así hago que me perdone por el trato que le dispensan todas las veces mis amigos... me parece lo justo para con ella... como clienta, quiero decir.

—Sí, claro, solo como clienta. Está bien, puedes coger todas las cajas que quieras, mejor dicho, todas las que puedas.

—Perfecto, gracias.

Massimo regresó al bar con las cajas, la planta, la bandeja y una extraña sensación de precario entusiasmo mezclado con miedo, como cuando estás en las montañas rusas y la vagoneta frena un poco en lo alto de la subida y sabes que está a punto de empezar una carrera que quita el aliento y te mueres de ganas, aunque si lo piensas bien firmarías por estar tan tranquilito en el sofá de casa.

INTERFERENCIAS

SE DICE que los ojos son el espejo del alma para que quede algo poético, pero sería más exacto decir que los ojos son el espejo del cerebro. El cerebro, por su parte, bien protegido por la caja craneal por los otros frentes, resulta en cambio muy accesible por esa vía.

Por eso muchas personas se protegen con gafas de sol, de forma que ocultan esa fractura de entrada a la propia intimidad. O, como dice Battiato, hay quien se pone gafas de sol para tener más carisma y sintomático misterio.

Valentino (café corto), conocido como Don Limpio, procuraba en igual medida ostentar sus pectorales y esconder sus pensamientos tras unas bonitas Ray-Ban. Pero por su sonrisa de treinta y dos dientes se intuía que tenía una revelación que hacer.

—Hey, chicos. Os burlasteis de mí, me desafiasteis. Pero ahora puedo decíroslo. Ni siquiera he tenido que tomármelo en serio, es más, casi me había olvidao de la historia. Pero ayer, mientras daba un voltio por aquí en la plaza, me noto una mirada encima que prácticamente me desnuda con el pensamiento, ¿sabéis? ¡No, no sé si os ha pasao nunca! Yo estoy acostumbrao, en serio, pero me doy la vuelta, ¿y qué veo?

—No, ¿qué ves? Dímelo, que ya no aguanto más —dijo Dario con aire dramático.

—No duermo esta noche, la verdá —comentó Antonio, el fontanero (descafeinado largo), sin un ápice de autoironía.

—¡La francesita! La de la otra vez, ¿os acordáis? La del té negro.

A Massimo se le cayó una pila de platos que estaba llevando del lavavajillas a la repisa.

—¡Qué trompazo!, ¿qué ha pasao?, ¿estás bien? —exclamó Don Limpio.

—Sí, sí, perdonad —respondió Massimo, con la cara roja—, tan solo ha sido un resbalón.

—Deja que te ayude, estos días eres un verdadero desastre, es lo que siempre te digo yo, que tendrías que cogerte unas vacaciones —comentó Dario.

—Sí, ¿y voy y te dejo a ti al frente de todo? Ya me parecería bastante con encontrarme el bar entero a mi regreso...

Dario se dirigió a los presentes:

—Eso lo dice únicamente porque una vez me dejé la válvula de la presión abierta unas horas. ¡Ya ves tú, una pequeña distracción!

—Vale, vale —dijo Don Limpio—, ya me doy cuenta de que no me estáis escuchando porque os joroba darme la razón una vez más. De todas maneras, os lo digo igualmente: la saludé y ella, claro está, estaba muy azorá porque la había pillao mirándome. Pero luego se ha animao y me ha pedío el número de teléfono. ¿Entendido? Es que no tengo ni que esforzarme... vienen a mí como las abejas a la miel, es como la matanza del atún, tan solo tengo que extender la mano y ¡zas: pillá!

—Bah, si te conformas... Seguro que te habrá confundido con otro —comentó Darío, que había notado cierto nerviosismo en Massimo y quería zanjar la cuestión allí.

—Sí, sí, lo que tú quieras, siempre has de tener la última palabra. Volveré el próximo capítulo y os explico.

Don Limpio dejó las monedas en la barra y salió de allí más arrogante que de costumbre, si eso es posible.

Y pensar que poco antes, con el miedo y las ganas que llevaba encima debido al encuentro con Rina (le había estado dando vueltas y más vueltas y había llegado a la conclusión de que, de algún modo, ella le había concedido una especie de *nihil obstat*, aunque no lo dijera de forma explícita, lo que significaba una cosa solamente: que, según el claro sexto sentido femenino, la cosa podía funcionar, es más, tal vez alguna referencia podía habérsele escapado, dado que Rina parecía saber vida, muerte y milagros de Geneviève, ni que fuera su tía), había plantado el jazmín en la maceta rectangular que contenía el pitósporo moribundo de fuera del bar. Pero aún no lo había regado porque, según Darío y Antonio, el fontanero, no había que hacerlo en las horas más cálidas del día. Sin embargo, ese ritual del trasplante le había parecido algo sagrado, como la colocación de la primera piedra de una nueva vida. Luego se había bebido un buen vaso de agua con gas, fría, pero no helada, y había brindado idealmente por ese nuevo inicio.

¿Podía ser suficiente la visita de ese ignorante para que le estropeara todo el día? Ya puedes tener ganas de decir que no, ya puedes tener ganas de fingir que no pasa nada, pero la carcoma está allí, trabajando bajo la piel.

En el fondo, ¿qué había pasado? Nada, concretamente nada, pero en la cabeza de Massimo se había formado un frente tormentoso que prometía rayos y truenos. Vete tú a saber qué pasa a veces con nuestros sentimientos: sin una verdadera y probada razón, de pronto uno pierde la brújula y asume, en cambio, un lastre insostenible.

Por una extraña conjunción astral, hacia la mitad de la tarde los dos camareros se quedaron solos durante unos minutos.

Dario sacó una botella y llenó dos vasos.

—Como últimamente te ha dado por el té, tómate uno con limón, bien frío. No será tan refinao como los que tú estás estudiando, pero por lo menos refresca las ideas, y no solo eso.

—Gracias —dijo Massimo sin lograr apartar un velo de tristeza de la voz ni sonreír.

—¡Venga, no te dejes ir así!

—Pero qué dices, no me pasa nada.

—¿Cómo que no? Aparte del hecho de que te conozco como a mis bolsillos, ahora no necesito este pequeño detalle, porque hasta a oscuras se te podría leer en la cara lo que sientes.

—Ah —refutó Massimo en un intento extremo de defensa—, ¿y qué es lo que siento? ¡Venga, te escucho!

Dario le soltó una palmada en el hombro:

—¿Quieres que te lo diga? Esa francesita ha... ¿cómo decirlo...?, capturao tu atención.

—¿Tú también con esta historia? Os habéis vuelto todos locos...

—Será eso... de todas formas, deja que te diga una cosa: Don Limpio habla solo para que circule el aire por su boca y, además, tendrías que estar contento, te ahorra un montón de esfuerzo: si la chica es para él, es que no es para ti, y viceversa. Como cuando en el póquer estás indeciso sobre si ver las cartas o no, porque no es que tengas una buena de la leche, pero sospechas que el adversario se está marcando un farol y te joroba dejarle la banca, y entonces, al final, alguien lo ve, tú te quedas con la conciencia tranquila, ahorras el dinero y el esfuerzo de la apuesta.

—No he entendido qué pinta todo esto del póquer, pero en el fondo es verdad que si una tía está con Don Limpio entonces es que no se trata en absoluto de mi alma gemela.

Dario sintió en ese momento que tenía que forzar un poco más la mano, como si el hecho de haber hecho explícita la cuestión hubiera reforzado su teoría:

—En efecto, así es. Porque una que está con Don Limpio a ti no podría gustarte, ¿no te parece? De todas formas, yo, aunque a esa chica no la encuentro nada simpática, creo que no es un personaje que haga migas con nuestro Valentino, ¿tú la ves? Ella, que es siempre tan arisca, sin soltar ni una palabra y nunca te da ni una satisfacción, ¡al lao de ese que siempre está ahí, mirándose los bíceps en el espejo! ¡Nunca se ha visto na semejante!

—¡Ah!, ¿tú también te has fijado en que se mira los bíceps? Como decía siempre papá, ¡el espejo de detrás de la barra es nuestro tercer ojo!

—En efecto, solo nosotros podíamos toparnos con semejante individuo...

—Ya le está bien que el bar sea el espacio democrático y acogedor por excelencia, en caso contrario, si poco a poco fuéramos haciendo una selección en la entrada, ¡él sería el primero en saltar!

—¡Venga, tú estás celoso!

—¡Que no! ¿Qué tendrá que ver?

Eso era lo bueno que tenía Dario. No se trataba de que viniera a hurgar en la herida con sorna, sino que te ofrecía con ligereza su hombro, entre la confianza seria y la broma, siempre listo para desdramatizar. Porque la vida, en definitiva, es así, pensó Massimo, y se le vino a la cabeza la canción de Fabrizio De André, *El gorila*, un drama surrealista que, no obstante, nos ofrece siempre motivos para la risa, es más: la risa es una necesidad primaria, un derecho y, tal vez, un deber. Se preguntó si esa muchacha hostil y enfurruñada era capaz de captar el drama (eso sí, con toda probabilidad), pero también de reírse luego de ello: él creía que sí.

Y bueno, también ese día llegó de alguna forma la hora de bajar el cierre metálico, pero él no se olvidó de regar (con generosidad, como sugiriera Rina) el jazmín de la esperanza, antes de darse el acostumbrado paseo para purgar las toxinas del trabajo.

Mejor dicho, quedaba un detalle postrero que resolver, esa tontería barata de costumbre que, sin embargo, le provocaba taquicardia, sudores fríos, sequedad en el gaznate y así podríamos seguir: tenía que llevarle las cajas a Geneviève. Precisamente. Y, dado que había logrado romper el hielo con las distintas entregas de té a domicilio, fue capaz de realizar el recorrido hasta el rellano en un tiempo razonable y hasta de tocar el timbre sin pensárselo demasiado. Solo que esta vez no respondió nadie. Massimo esperó un buen par de minutos y volvió a intentarlo, pero de nuevo detrás de la puerta no se oyó ningún ruido.

Entonces sacó la pluma y un papelito del bolsillo y se

sentó en un escalón, con la mirada hacia arriba, observando una grieta del techo en busca de inspiración.

Intentar una incursión en el francés macarrónico ni siquiera se lo planteaba, dado el grado de simpatía que hasta entonces le había mostrado la enigmática chica, pero tampoco quería ser demasiado formal para poder ganar un poco de intimidad, prestando obviamente mucha atención a no asustarla. ¡Por Dios, se dijo, me encuentro aquí planteándome mil paranoias por una estúpida nota, y eso que ya soy mayorcito y pago mis impuestos!

Querida Mademoiselle (escoger la forma de llamarla no fue fácil, pero al final esta solución le pareció simpática, aparte de salvarlo de eventuales errores lamentables en la escritura de su nombre), *te dejo algunas cajas de parte de Rina, me ha dicho que las necesitas. Si precisas más ayuda, puedes llamarme cuando quieras, que sepas que para mí el cliente siempre tiene razón...*

Menò (el del bar)

Lo del cliente, tal vez, podía habérselo ahorrado, aunque, quién sabe, a lo mejor a ella le picaría la curiosidad, intentaría traducirlo, en fin, que se vería obligada a pensar en él por lo menos unos instantes. Antes de dejar la nota, Massimo escribió su número de móvil, nunca se sabe.

Pero el destino le tenía preparada otra bromita porque, cuando se empeña en ello, ya se sabe, tiene una fantasía perversa e ilimitada.

De manera que, al girar la esquina en busca de la brisa que se había levantado por fin, Massimo vio una escena que nunca habría querido ver.

Cerró los ojos y volvió a abrirlos porque, esto también se sabe, cuando tienes a una persona que te ronda por la cabeza de tanto en tanto sufres algún engaño en los ojos y te parece que esa persona asoma cada dos por tres entre la multitud, entre las sombras de la noche y hasta en las fotografías de los periódicos. Pero esa muchacha sentada ante la mesita era Geneviève, más allá de toda duda razonable. O, como mínimo, su hermana gemela, con el mismo flequillo y el mismo pelo revuelto, ni liso ni rizado, la misma jorobita en el perfil de la nariz, con las mismas pecas acentuadas por un leve sonrojo en las mejillas y, obviamente, los mismos ojos verdes, que, sin embargo, a esa distancia no podían admirarse plenamente, porque son ojos que hay que ver de cerca.

Ella era ella. Pero ese bar no era su bar. Y ese hombre sentado a su lado no era él.

Tenía la sensación de que esa imagen le había penetrado en el cuerpo y estaba rebotando aquí y allá, chocando contra todos sus órganos internos. Tras un momento de parálisis, Massimo reemprendió su camino, convencido de que iba dejando un rastro de sangre a lo largo de la calle.

Un saquito de canicas

Decir que Massimo durmió bien esa noche sería una terrible mentira; más aún: en un momento dado se vio a sí mismo envidiando a Antonio, el fontanero, quien seguro que por lo menos se había acostumbrado a ello.

Hacía calor, un mosquito seguía torturándolo con su molesto zumbido para desaparecer en cuanto él encendía la luz. El catálogo de posturas que había ido probando era digno de un contorsionista en un número de circo, el rebaño de ovejas contadas habría suscitado los intereses de bastantes multinacionales del sector, el grifo goteaba y el cerebro de Massimo seguía dando vueltas como una peonza sin que tuviera intención de detenerse. Él lo llamaba el torbellino de pensamientos: en definitiva, que no conseguía apagar la cabeza, sino tan solo pasar de un tema a otro, como un televisor perennemente encendido en el que tan solo se pudiera cambiar de canal.

Obviamente, cuando le ocurría eso es que existía algún problema concreto. No es que pensara únicamente en lo mismo, es más, a menudo conseguía evitarlo milagrosamente, pero en modo alguno lograba conciliar el sueño.

Cada dos por tres miraba el reloj y volvía a calcular cuánto tiempo le quedaba antes de que sonara el despertador. En algunos momentos se preguntaba si había dormido o no: sí, porque en cuanto se planteaba el problema estaba seguro de estar despierto, pero tenía una extraña sensación respecto a los minutos transcurridos con anterioridad, como si estuviera en trance.

Se vio a sí mismo en la playa, de niño. Su padre lo levantaba por los pies y arrastrándolo iba trazando la pista para las canicas. Eran aquellas bolas de plástico de colores que llevaban dentro fotos de ciclistas. Él buscaba a Felice Gimondi, pero no lo encontraba. En vez de ciclistas, lo que había en cambio era la foto de ese personaje gafotas que estaba en la mesa con Geneviève. No esa clase de gafotas estilo topo que había antaño, sino un gafotas a la última moda. Su padre le decía que tuviera cuidado porque aquel tipo era un *hipster*. Massimo lo miraba y se preguntaba cómo podía su padre saber lo que era un *hipster* (un inciso: tampoco es que él tuviera una idea muy exacta).

—Tu hermana tiene sed —añadió su padre—, no te olvides de ello.

Los recuerdos de esta conversación eran la prueba de que Massimo había dormido efectivamente, por lo menos algo.

Resulta inútil añadir que también aquella mañana llegó el chirriante Antonio, el fontanero, puntual e inoportuno como un dolor de barriga.

Massimo se dijo que la mejor defensa siempre es el ataque, y salió con una filípica acerca de los motivos que lo habían mantenido despierto, omitiendo únicamente la historia de las canicas y del gafotas, presunto *hipster* (anotándose mentalmente en el bloc de notas que tenía que mirar qué significaba eso de *hipster*, a lo mejor su padre había querido decirle algo).

Antonio, acostumbrado a hastiar al universo entero con sus propios malhumores, fue sorprendido con el paso cambiado y pensó: «Pero qué cargante es este chico, ¿qué carajo podrán importarme a mí sus noches insomnes, hablando con todo el respeto?»

Empezó a dar muestras de desazón, hasta que anunció que tenía un compromiso urgente y se marchó de allí.

Dario llegó antes de lo habitual:

—Sabes que tengo luego la visita al urólogo, te acuerdas, ¿verdá?

—Oh, no, malditos seáis tú y tu querido urólogo. ¿Tenía que ser precisamente un sábado? Aquí parece que estamos en el infierno de Dante, aunque todavía no haya comprendido en qué círculo. Está el representante del café, el de las bebidas, tiene que venir el técnico para hacer la revisión de la Gaggia y, por si fuera poco, últimamente los sábados están viniendo las familias que van a desayunar antes de marcharse de finde. Con todos estos críos que, por Dios, son tan majetes y tan monos, pero que todas las veces tendría uno que llevar la mesa al túnel de lavado. Y yo solo tengo dos manos...

—Pero ¿de qué te quejas? Un cliente más o menos nunca ha matao a nadie... ¿qué tienes?, ¿has dormido mal? Tienes un careto que no se pue mirar.

Massimo lo miró aviesamente:

—Eso es. He dormido mal. Pero mal mal. Ah, y escúchame bien, te lo voy a decir, así por lo menos evitamos las acostumbradas bromitas del carajo: ¿ves ese calendario, tú ves qué día es hoy?

—Es 24 de julio... Santa Cristina y Santa Anita. ¿Conoces a alguna Anita a la que tengamos que felicitar?

—No. ¿Ves que he marcado con un círculo la fecha?

—Sí, Mino. Empiezo a pensar que te ha venido la regla o algo parecido...

Massimo resopló.

—Entonces, si no lo entiendes, te lo explico yo: hoy es el día en que me voy a quitar de la cabeza a esa chica, ¿de acuerdo?

—De acuerdo. Sí, claro, nada que objetar.

—Y esa sonrisa, ¿a qué viene? No hay nada de lo que reírse.

—Perdona, te reirías tú también: un día me das el coñazo; luego, de buenas a primeras, cambias las cartas sobre la mesa. Quien te entienda, que te compre.

—Olvídalo: no es mi tipo.

—Ah, vale. No es que quiera insistir, al contrario, ya te dije que no me cae nada bien, pero ¿cómo es que te has despertao con esta idea, has tenido alguna revelación del arcángel san Gabriel?

—Veamos. De entrada no me he despertado, porque en la práctica no he dormido. Y luego ya se sabe, o las cosas ocurren de manera natural o no ocurren. Aquí hay demasiadas dificultades, demasiados obstáculos, en fin, que no hay tema. Por eso he señalado la fecha, para que sea tu norma y regla. Dejémoslo así. —Massimo señaló el calendario con el dedo—. Antes de este día ella no estaba, no sabía quién era, no existía, y mi vida funcionaba perfectamente, de ahora en adelante todo volverá a ser como antes, ¿ok?

—Sí, si nadie te ha dicho na, no hagas que me preocupe, ¿sabes que últimamente estás de lo más raro?

Tal y como Massimo había previsto, en cuanto Dario lo dejó solo, la situación no tardó en ponerse al rojo vivo.

Pones el café en el filtro de la máquina, la taza va debajo, pulsas la tecla, mientras tanto sirve el agua con gas, la naranjada para el hijo de Gino, el carnicero, prepara el café al ginseng para Lino Germani, con su inseparable perro *Junior*, mientras tanto el lavavajillas avisa con su «bip» de que ha acabado el ciclo y entonces saca la cesta, pero ten cuidado porque allí el café está listo y a Tonino, el mecánico, si se le enfría el café largo tiende a quejarse más de lo necesario; con el rabillo del ojo ves regresar a Antonio, el fontanero —«Pero ¿es que soy el único que trabaja?»—, prepara la copita de *grappa* para el seor Brambilla, porque a la gente le gusta que le sirvan sin tener que pedir —esa es la diferencia entre un buen *barman* y un campeón—, ¿y quién se encarga ahora de los tiques de caja? «Ya voy, ya voy, que voy, pero ya tengo el fregadero lleno, tal vez haya que bajar al almacén a por más agua.»

Y fue en ese momento cuando Luigi, el carpintero, derramó con un torpe manotazo su carajillo de sambuca: todo un clásico.

—¡No, por Dios! ¿Precisamente ahora? ¡Es que no me lo explico, con el trabajo que haces, para mí es un milagro que tengas aún todos los dedos en su sitio!

Massimo limpió la barra con la bayeta, luego tuvo que pasarla también por la parte que teóricamente los clientes nunca deberían ocupar. Nunca dejaba de sorprenderse ante lo mucho que un líquido parece aumentar en cuanto abandona su tacita.

No quería volver a levantar la mirada hacia esa muralla humana de parroquianos.

Eran esos los momentos en los que le gustaría pulsar el botón de pausa, detenerlo todo, despedirse de las figuras paralizadas de sus clientes que, a esas alturas, ya eran casi parientes suyos, jubilarse de esta versión de su vida y regresar al día en que tuvo que abandonar los estudios y colocarse tras la barra del bar Tiberi. No es que le disgustara cómo era, pero le gustaría mucho saber cómo habría sido. Pero nada de *sliding doors*, aquella era su vida y en ese parpadeo la muralla humana de parroquianos, estaba seguro de ello, no había retrocedido ni un paso.

De manera que decidió levantar la mirada.

Fue entonces cuando se topó con dos ojos verdes sobre un fondo de pecas, una nariz con su jorobita, pelo claro y revuelto, ni liso ni rizado, y por un instante se olvidó de la muralla humana, de las canicas de plástico con sus ciclistas, de los cafés y de las decisiones de su vida, incluida la de marcar con un círculo la fecha de hoy en el calendario.

Luego el zumbido de fondo se fue oyendo de nuevo con más fuerza que antes y Massimo, con la frente perlada de sudor, se vio rechazando una marejada de peticiones. Mientras tanto, en la caja se había formado un corrillo de gente que esperaba para pagar y el tiempo es oro, incluso el 24 de julio.

La chica, que tenía evidentemente un imán en los ojos, en sustitución del habla, captó su atención y señaló hacia la caja.

—Yo... Ayudar. ¿Quieres?

Él se quedó de piedra, pero objetivamente no estaba en condiciones de hacer cumplidos y asintió con fuerza:

—Claro, sería un honor que tú...

No tuvo tiempo de acabar la frase, porque ella ya se había situado detrás de la caja, como si la acción pudiera vencer cualquier clase de turbación.

Él se colocó un momento a su espalda y le enseñó el funcionamiento básico de la caja registradora, luego se lanzó en plancha detrás de la vieja Gaggia.

Si hasta hacía poco se había sentido como el capitán que se hunde heroicamente junto con su nave, ahora le parecía ser un general que ha divisado en la lejanía los anhelados refuerzos tras haber resistido valientemente al asedio de un enemigo mucho más fuerte que él.

Ahora se trataba de una música distinta, Geneviève trajinaba con cambios y tiques como si no hubiera hecho otra cosa en la vida y, en breve, ese atasco que recordaba la gran carretera de circunvalación en la hora punta se fue haciendo más manejable. La tranquilidad quedó restablecida. Y en los escasos momentos de pausa hasta había logrado beber de su imprescindible termo un sorbo de té negro con rosas.

«Me gustaría ver entrar ahora a ese bufón de Valentino», pensaba Massimo, que ahora sentía con respecto a la chica un vínculo imprevisto e irrompible. Su determinación se había diluido como nieve al sol y ya se veía encaminado hacia el altar y a una vida en común tras esa barra.

No se le escaparon las miradas inquisitivas y las risitas de los diversos Tonino, Lino, Luigi, de Bognetti, algo más apartado, y sobre todo de Pino, el peluquero, maestro de indiscreción, aunque al final pensó que no le importaba nada: que dijeran e hicieran lo que quisieran, él estaba en la cresta de la ola y quería seguir ahí.

El que se quedó verdaderamente perplejo fue Dario, al volver de su visita médica.

—De acuerdo que quien se va a Sevilla pierde su silla..., pero si me lo hubieras dicho me lo habría tomado con más calma, ¡habías conseguido que me agobiara!

—Sí —dijo Tonino—, hay cosas con el urólogo que es mejor hacerlas con calma.

—Porque así se disfrutan mucho más —echó leña al fuego Luigi, el carpintero.

—Pero ¿esta gente sigue estando por aquí? Visto que me has echao de la caja, ¿no podría hacer de gorila?

—¿Pa qué? —dijo Massimo—, si no están aquí, estos tíos estarían en medio de la calle: en la práctica, nosotros desempeñamos una función social acogiendo a estas personas que, demasiado viejos para los centros de rehabilitación de jóvenes en riesgo de exclusión y demasiado jóvenes para el asilo de ancianos, no tienen ningún otro sitio adonde ir.

—En efecto, sí... aunque eso de demasiado jóvenes, hasta cierto punto, de todas formas.

Geneviève, que había recuperado mientras tanto su actitud fría y distante, dejó la barra y con un gesto de sus manos le indicó a Dario que se acomodara, luego se despidió de los presentes con un gesto e hizo ademán de marcharse de allí.

Massimo, sin embargo, no quería dejarla escapar de esa forma y la siguió, dejando por unos instantes el destino del bar bajo la responsabilidad de su viejo amigo.

—¡Espera!

Ella estaba ya en la calle pero se detuvo. Él la alcanzó y se demoró mirándola: era bonito encontrarse tan cerca, podía ver los latidos de su corazón en la sien y en el cuello, la piel encendida por el calor y el movimiento, las pecas como un alfabeto de signos aún indescifrables, pero que con el tiempo podría aprenderse de memoria.

—¿Adónde huyes? Quería darte las gracias. Sin ti no sé cómo me las habría apañado, estaría muerto, ahogado, hundido, *kaput*, ¿me entiendes?

Massimo cargó las tintas representando con mímica algunas formas clásicas de morir.

—Entendido. *Tu est mort?*

—Sin ti, seguro. Tú me has salvado. Gracias, *merci*.

—*De rien*. Yo... ¿hábil?

—Con ganas —respondió Massimo a bote pronto.

—¿Tienes ganas? ¿De qué?

Massimo se pasó una mano por el pelo e hizo una mueca pensando en la forma de explicarle el significado de lo que había dicho.

—No. No es *tienes*-separado-*ganas*. Es como si fuera una palabra sola: *conganas*. Es una forma de hablar que quiere decir «mucho, un montón».

Se dio cuenta de que Geneviève estaba mirándole las manos con curiosidad y se acordó de que los extranjeros siempre decían que los italianos gesticulan como si estuvieran locos; entonces sonrió, se escondió las manos en la espalda y se encogió de hombros, imitando un gesto que le había visto hacer a ella varias veces. No se sabe cómo, pero tuvo la impresión de que este razonamiento suyo le había llegado perfectamente a ella; no es que fuera quién sabe qué, pero se trata de esas pruebas de empatía que reavivan el sentimiento igual que pequeñas descargas de energía.

Ella sonrió. Era una sonrisa radiante, abierta y hermosísima, como el primer rayo de sol tras la lluvia, como una flor recién brotada y como infinidad de cosas que no pueden describirse, sino tan solo mirarse.

—Tienes ganas... muchas —respondió ella.

—Sí. Muchas —susurró él.

Pero los hechizos están hechos para que se rompan, las plazas están llenas de gritos más o menos vulgares, las puertas de los bares no son, claro está, lugares tranquilos y apartados, de manera que ella le devolvió el encogimiento de hombros y dijo con un hilo de voz:

—Me voy.

—Aunque aún era demasiado pronto para moverse y él instintivamente la detuvo:

—¡No! O sea, no, vuelve. Vuelve más tarde, que te invito a un café cuando haya menos gente, total, ya he comprendido que el té no sabré hacerlo nunca como tú lo quieres y por tanto es inútil, ¿no?

Massimo se detuvo a recuperar el aliento y a preguntarse si ella lo habría entendido, antes de repetir con seguridad:

—Vente después. Te invito a un café. ¿Vale?

—Adiós, Menò —dijo ella y se dio la vuelta, dejándolo a solas con sus dudas.

Geneviève en el país del café

Massimo se pasó la tarde haciéndose preguntas a ratos y a ratos insultándose.

«¿Vendrá?»

«¿No vendrá?»

«¿Qué habrá pensado?»

«¿Qué no habrá pensado?» (Pregunta poco pertinente, pero los enamorados son así.)

«Soy un idiota. La invito y ni siquiera le digo a qué hora.»

«Soy un inútil. Llevo trabajando de camarero toda la vida y ella me provoca tal pánico que no sé manejar una mínima emergencia de superpoblación.»

«Soy un chapucero. Le habré dado pena, le habré infundido ternura, por eso me ha ayudado. Pero la ternura nunca ha hecho que una mujer se enamorara. Se requiere encanto, valor, dominio de la situación.»

«Soy un débil. Me hago mil propósitos para olvidarla y me basta con verla para echarme a sus pies como un felpudo. Tan solo me falta llevar escrito WILKOMMEN en la espalda.»

«Soy un iluso. Ella es la más cortejada del barrio y yo un tipo cualquiera.»

«No tengo esperanzas. Y, por si fuera poco, estoy sudado.»

«¿Vendrá?»

«¿No vendrá?»

—Pero ¿hoy no era el día en que te sacabas a esa chica de la cabeza?

—Sabía que lo dirías: pero qué vetusto y previsible eres.

—Bueno, quizá sea así, vetusto no me molesta demasiado, la verdad, es una forma elegante y simpática de decir viejo.

—No, pero ¿qué dices, viejo tú? ¡No me atrevería nunca!

—Ya, ya, déjalo correr. Además, llegar a mi edad así...

—Pues sí, claro. Aunque ¿por qué? Yo no te echo más de cincuenta.

—¡Ojalá! —concluyó Dario—. No quisiera decirlo, pero pasados los setenta uno empieza a pensar un poquito en lo que se avecina.

—¿Qué pasa? ¿El urólogo te ha puesto de mal humor? Por regla general siempre vuelves en gran forma.

—No, qué tendrá que ver. Estoy de fábula. Lo único es que ya paso de los setenta.

—Bueno, esto ya lo sabías desde hacía algún tiempo. Lástima que parezcas más joven que yo.

Dario sonrió:

—De hecho es por ti por quien me preocupo. Me gustaría verte un poco más alegre, en caso contrario no tardarás en echarte a perder. ¡Haz algo! ¿Te gusta la chica? Perfecto: juega tus cartas. ¿No te gusta? Perfecto: ya encontrarás a otra. Pero no te quedes ahí, sufriendo sin hacer nada. Tu edad está hecha para ser vivida, tú tal vez tengas la impresión de que se abren infinitas posibilidades por delante de ti, pero, en cambio, ¿sabes lo que te va a suceder? Un día te encontrarás viejo, a lo mejor también algo más sabio, si las cosas te van bien, ¡y de las ocasiones perdidas te acordarás perfectamente porque vendrán a visitarte cada noche antes de que te duermas!

Era justo una nota apenas perceptible y, tal vez, solo Massimo lo conocía lo bastante como para darse cuenta, pero en la última frase el tono de Dario dejó entrever una sombra. Por asociación de ideas, a Massimo se le vino a la cabeza aquel día en que la señora Maria aludiera a la prima que se marchó hacia París y ese sentimiento de desolada añoranza que él no percibió. Y entonces pensó que es necesario aprender de los errores cometidos y que, si no podía preguntarle ya a la señora Maria cuál era su terrible culpa, tal vez podía darle a su amigo la posibilidad de desahogarse por alguna añoranza pasada.

Pero un ruido le advirtió de que alguien estaba entrando en el bar, alguien con dos ojos verdes de los que nunca se cansaba, y como quiera que el amor tiene al amor como único tema, Massimo se olvidó de la pregunta que estaba a punto de hacer, de la pregunta que no había hecho y que quería haber hecho, y hasta de las preguntas que se había hecho y no había querido hacerse.

En fin, que se quedaron ambos contemplativos y tampoco ella hizo nada por romper el silencio.

Tuvo que ocuparse Dario, a su pesar:

—¿Y pues? ¿Estáis encantaos? ¿No ibas a ofrecerle a la señorita una recompensa por el voluntariao de esta mañana?

Massimo asintió, pero, en vez de colocarse detrás de la barra, se unió a la chica, la cogió del brazo y la guio hasta una mesita en el exterior del bar, justo al lado del jazmín que le había regalado Rina. Tenía, en efecto, un perfume maravilloso y él, cada vez que pasaba por al lado, se detenía para olerlo.

—Bueno, dado que te gustan las flores he decidido que esta será tu mesa. ¿Notas el aroma? Pues claro que lo notas, me imagino que ya conocerás el jazmín, ¿verdad? Tú quédate aquí, voy a prepararte un café especial. ¿Te gusta la Nutella?

Ella no dijo ni una palabra, hundió la mirada entre las flores blancas y entrecerró los ojos, luego asintió levemente, no se sabe si por los jazmines o por la Nutella, pero Massimo se lo tomó como un sí y regresó a su puesto.

Mientras repetía los gestos de costumbre, rezó mentalmente una oración a la divinidad pagana del café, con la esperanza de que la poción mágica a la que estaban vinculados sus triunfos hiciera su trabajo ahora y siempre, ayudándolo a superar las defensas de su amada. Ahora se sentía ya un cortejador caballeresco sui géneris, y si alguien le hubiera dicho que para conquistarla tendría que matar un dragón no se habría sorprendido en exceso.

Tenía la impresión de que Geneviève no estaba acostumbrada al café, es más, quizá ni siquiera lo hubiera probado nunca, o tal vez, quién sabe, a lo mejor le habían propinado uno de esos brebajes que para nosotros no podrían recibir otro nombre que el de agua sucia (no un café americano, que en el fondo tenía su propia digni-dad por lo menos, al mostrarse tal y como era en sus va-sotes gigantes, sino esos pretendidos *espressos*, tal vez la peor cara del falso *made in Italy* en el extranjero), y ella ha-bía dado por zanjado justamente el tema. De todos mo-dos, el café con Nutella le había parecido una buena elec-ción. Como ella no parecía ser una experta en el tema, era necesario atraparla con un producto poco convencional (seguro que todavía no era capaz de valorar los sutiles matices del arte del café), algo astuto, digamos la verdad, que llamaba a capítulo al cacao y la avellana para crear una explosión escenográfica con un impacto asegurado. No es que a Massimo le fueran siempre los fuegos artifi-ciales y, de todas formas, creía que a menudo los efectos especiales servían para enmascarar otros defectos de la escenificación más que del reparto, pero como se decía cada dos por tres en sus pagos: si hay que ir, se va.

Dicho y hecho.

El café con Nutella estaba listo y llenaba el aire con su aroma.

Por tercera vez en un día, tras la sonrisa de la maña-na y la inmersión con los ojos entrecerrados en el jaz-mín, Geneviève dejó traslucir por un instante la energía que podía desprenderse desde una criatura cerrada y umbrosa como ella.

Massimo, ante determinadas expresiones fugaces, se diluía y se derretía como le había sucedido alguna vez delante de algunas obras de arte (en ese momento le vi-nieron a la cabeza las estatuas de Rodin o, todavía más, las de Canova, que no era capaz de contemplar sin una sensación de vértigo) porque su mente y su cuerpo, fren-te a bellezas semejantes, se extraviaban y vacilaban.

—¿Quieres otro?

Ella asintió.

Massimo le sirvió el bis a los pocos minutos, que fue igualmente apreciado. Luego llegó el momento de la despedida, ella dijo «gracias». Y era la única palabra que había pronunciado.

—La verdá, yo no sé cómo te lo montas pa que te caiga simpática. Vamos, si queremos de veras romper una lanza en su favor, y no es moco de pavo, digamos que, al no hablar nunca, evita decir un montón de chorradas, como por desgracia les sucede a muchos que conocemos bien, así que se salva de ese peligro permaneciendo en silencio, mientras parpadea con esos hermosos ojos suyos que es algo que, no sé si me explico, podría hacer cualquiera.

—Bueno, no exactamente. Con todo el respeto hacia tus ojos, no creo que si tú te quedaras mudo ahí, en un rincón, me causaras el mismo efecto.

—¡Faltaría más!

—Vamos, que también te has fijado tú en los ojos que tiene.

—¿Y quién no se fijaría?

—¿Lo ves? Entonces la discusión ha terminado.

Un enamorado vive de tanteos. Aquella mañana Massimo estaba demasiado feliz como para comer, los recuerdos de aquellas expresiones y la esperanza de haber desatrancado por fin una puerta hasta entonces tan herméticamente cerrada hacían que se sintiera lo suficientemente saciado. Le parecía estar caminando sobre una nube y nada podía hacer que se bajara.

Por la noche se quedó dormido como un niño, entre otras cosas porque estaba agotado, y se despertó de un humor excelente. Pero el excelente humor de un enamorado puede desvanecerse en un instante, a la espera de alguien que no llega, o el pensamiento de que mañana es domingo y el bar permanecerá cerrado y será un día larguísimo, vacío y caluroso.

Y fue así como los saltos mortales del corazón de Massimo le trajeron a la cabeza la imagen de ella, sentada a la mesita con ese chico que llevaba gafas de moda. Seguro que sería un arquitecto o un diseñador, y tal vez estaban con las manos entrelazadas, ¡qué pena, por Dios, qué sufrimiento!

Massimo fue a buscar en Internet el significado de la palabra *hipster* para intentar comprender el mensaje que su padre había querido enviarle durante el sueño.

Al principio lanzó un suspiro de alivio al descubrir que era un término surgido en los años cuarenta para designar a los jóvenes intelectuales blancos, apasionados del jazz y que imitaban el estilo de vida de los afroamericanos. Le parecía improbable que ese muchacho en cuestión pudiera encuadrarse en esa categoría, aunque no fuera más que por una mera cuestión de empadronamiento.

Luego descubrió que el concepto había sido recuperado por los escritores *beat* para referirse a los existencialistas, jóvenes rodeados por la muerte y por la amenaza atómica que decidían divorciarse de esa sociedad atenazada por el conformismo para vivir sin raíces y emprender un misterioso viaje por los subversivos imperativos del yo. Palabras de Norman Mailer. Y aquí se dibujaba un rival más complicado de afrontar.

La evolución actual, en cambio, era el retrato de un tipo poco soportable pero no demasiado inverosímil a los ojos de Massimo: en la práctica, el *hipster* se caracteriza por un deseo de diferenciarse tan acentuado que se transforma con facilidad en otro estereotipo. Sentado a la mesita de un bar, zona *wi-fi free*, con su Mac y su iPhone, charloteando sobre contracultura y rock *indie*, la media de los *hipsters* suele ser de clase social alta —en caso contrario, no podría permitirse estar allí—, le encanta vestirse con ropa usada porque está en contra del consumismo, aunque también es algo melindroso, hasta el punto de que algunas importantes cadenas de ropa creadas para uso y consumo de estos tipos venden ropa falsamente usada, y no puede prescindir de sus pantalones ceñidos y de sus gafas de montura vistosa y, por regla general, ojea en el espejo el resultado de su peinado aparentemente despeinado mientras mordisquea su comida biológica de proximidad, posiblemente, y que le habrá costado un ojo de la cara, aunque lo haya pagado de buena gana.

En resumen, un *hipster* es un tipo insoportable. Y tal vez su padre tuviera razón. Ese tío, el que amenazaba sus esperanzas de enamorado, era justamente un maldito *hipster*.

Massimo se pasó el domingo preguntándose por qué escuchar a Coldplay podía convertirse de repente en una actividad peligrosa, so pena de ganarse la etiqueta de desgraciado, estereotipado y tal vez, incluso, de capitalista. A pesar de emplear a fondo sus recursos intelectuales, no lo entendió del todo y decidió al final darle las gracias a papá por la advertencia, pero seguir siendo fiel a sí mismo, con los Coldplay, las películas taquilleras y las novelas de amor *mainstream*.

Llegó un lunes cansado y atolondrado, con Geneviève en la cabeza, cercana como si viviera ahí y lejana como si hubiera desaparecido hacía meses para regresar a su planeta de origen.

La semana, no obstante, empezó bien gracias a un cotilleo recogido por Pino, el peluquero, a partir de voces no desmentidas procedentes de la esposa de Anselmo (a la que Massimo, en realidad, ni siquiera había visto nunca), cuyo nieto iba al colegio con el hermano de un amigo de Valentino, más conocido como Don Limpio.

Según aquella fuente acreditada (cuando es así, es como si fuera el Trastevere quien habla en persona, y el Trastevere a lo mejor habla algunas veces al tuntún, pero lo que es mentir, no miente nunca), vino a saberse que la muchacha francesa le había pedido, efectivamente, el teléfono al gallardo jovenzuelo que había hecho de todo para llamar su atención, pero se lo había pedido por un motivo que al principio no había quedado claro, y que solo más tarde había llegado a los oídos de la calle, que no dejan escapar ni una: ella estaba convencida de que el robusto muchachote con esos bíceps y esos abdominales tan bien esculpidos tenía como oficio las mudanzas y por tal razón lo interpeló, para saber a qué precio la ayudaría a transportar algunas pesadas cajas. Él, obviamente, se ofendió y no quiso saber nada del asunto.

—Míralo desde el lado positivo. Con tal de no admitir su derrota, Don Limpio no se dejará ver por aquí al menos durante un mes... —comentó Tonino, el mecánico.

—Pero nosotros nos lo hemos apuntado y no vamos a olvidarlo: ¡qué dura es la vida del fanfarrón! —prosiguió Dario.

Massimo se rio por lo bajinis, pensado que por lo menos uno de sus rivales había quedado eliminado. Claro, seguía estando el pérfido *hipster*, pero ahora quería olvidarse de ello durante un tiempo.

A primera hora de la tarde, acabadas las pausas del almuerzo y del café de sobremesa, el clima se volvió somnoliento y el bar se vació. Massimo y Dario se sentaron a la sombra en la parte de atrás, después de haber colgado en la puerta un móvil que, en principio, tenía que haber servido para expulsar a los espíritus malignos moviéndose al viento, pero que ellos utilizaban en esos momentos para controlar la entrada de personas de carne y hueso, ya fueran buenas o malvadas. Y así, como de costumbre, al sonar el bambú, se lo jugaron a piedra, papel, tijera, de un golpe. Por dos veces ambos mostraron las tijeras, luego Massimo sacó piedra mientras Dario siguió siendo coherente con sus tijeras:

—¡Te jodiste, viejo! Tendrías que ponerte al día.

—Ay, jovencito, un día lo entenderás: cambiar no sirve de nada, el noventa y nueve por ciento de las veces se trata de un hecho superficial. Voy, que si no vamos a perder un cliente.

Pocos instantes después volvió a asomar la cabeza:

—Me parece que te necesito —dijo con una sonrisita.

Massimo, con su incurable optimismo, pensó de inmediato en qué desgracia podía haber ocurrido en tan corto espacio de tiempo. Lo último que se esperaba era encontrarse frente a la reina y la bruja de sus sueños.

—Creo que ha venido alguien a continuar con el itinerario por el mágico mundo del café... y esta vez nada de trucos baratos como el de la Nutella o similares —añadió Dario, dejándole el campo despejado.

Massimo estaba radiante.

—Perdona si de momento no dejo que te sientes, pero es que el café de hoy no solo hay que tomarlo, hay que verlo.

Ella no había dicho aún ni una palabra, aunque en el fondo, ¿qué necesidad hay de hablar cuando se tienen ahí esos ojos y esas pecas?

De manera que Massimo dio inicio a la danza del *barman*, largamente ensayada ante el espejo, y con movimientos sinuosos y armoniosos, haciendo alguna concesión al espectáculo, dio algunas volteretas a la coctelera para luego servir en un vaso de cóctel un café helado, dulce y espumoso, perfilado con un chorrito de *amaretto*.

—Aquí está: lo ideal para una tarde de bochorno —dijo mientras acompañaba a la chica hasta la mesa del jazmín.

Ella le sonreía dulcemente, como hechizada por ese extraño mundo que empezaba lentamente a conocer.

En los días siguientes, Massimo tomó de la mano a Geneviève y la guio en su descubrimiento del planeta en forma de grano de café. Ella lo siguió como de costumbre, regalándole otras sonrisas, encantada con aquella fragancia dulcemente especiada, por aquel aroma herboso, por aquel perfume que pasaba del caramelo a la malta para llegar a la nuez, y que dejaba un retrogusto a chocolate de una intensidad plena, rica y perfecta. Cabía la posibilidad de perderse. Como Alicia en el País de las Maravillas. Aunque Alicia en el País de la Cafeína no suene igual.

La muchacha bajaba al bar por la mañana llevando consigo un estuche, unas hojas y un par de cuadernos, probaba el café del día, a menudo por dos veces, para aprender mejor la lección, luego se ponía a escribir y a trabajar. Efectivamente la exclusiva de Rina, la florista, tenía base: la chica dibujaba a mano diagramas con cuadraditos negros, metía en ellos palabras y escribía definiciones.

Otras veces llenaba con su apretada caligrafía las páginas de un cuaderno a rayas. En la portada había la reproducción de un cuadro de Magritte, y Massimo no pudo abstenerse de tomárselo como una señal de buena suerte.

La tentó con el cortado, la mimó con el café de almendras, la halagó con el café *espresso* clásico, que, si no me equivoco, Henry James definía como «la oscura infusión de Levante».

El bar, como cualquier ecosistema, percibió inicialmente esta nueva presencia, la puso a prueba (como se ha visto con anterioridad) y, al ver que resistía, al final simplemente la aceptó, de un día para otro, como un nuevo miembro de la comunidad. Ella, por su parte, tal vez ayudada también por el café, aprendió a no molestarse por las bromas y las miradas inquisitivas. Seguía respondiendo la mayoría de las ocasiones encogiéndose de hombros, como las primeras veces, pero empezaba a entender, a conocer, a sentirse un poco como en casa, y sus ojos se fueron haciendo cada vez menos hostiles, pero no menos brillantes.

Un día entregó a Massimo un papel escrito a mano con una hermosa caligrafía y la primera letra enmarcada en un dibujo digno de un amanuense medieval:

—Menò, he descubierto el secreto de la juventud del señor Dario... estos son los efectos positivos del café.

—¡Gracias! Pero si esto es una obra de arte. Me servirá de anuncio.

Massimo colgó detrás de la barra la lista de las propiedades benéficas del café:

> *Café porque:*
> *ya no más somnolencia, hastío y depresión,*
> *basta de dolor de cabeza y cefaleas,*
> *estoy despierta, rápida y enérgica.*
> *Y no envejezco nunca, como señor Dario.*

—¡Y no has cometido ni un solo error, muy bien!

—*Mon vocabulaire est bravo* —replicó ella—. Un día, hacer crucigrama de tema de café.

—¿En francés o en italiano?

—Creo que en Francia pocos entienden de café.

—Nunca es demasiado tarde, ¿verdad?

—Verdad.

—Ah, mira, te he traído un regalo —añadió Massimo, y le dio un ejemplar de la *Settimana Enigmistica*—. No sé si son tan buenos como tú, pero aquí se considera la mejor revista de pasatiempos que hay.

—Lo conozco —respondió ella—, ¿cómo se llama? ¿Bartesaghì? *Tres important*.

—Claro, Bar-tez-za-ghi, es famosísimo, un mito. En cualquier caso, dicen que los crucigramas lo mantienen a uno joven.

—¡Como café! —dijo ella, que había entendido tan solo la última frase—. ¿Hoy qué haces probar?

—Ah —dijo él frotándose las manos—, hoy tengo una sorpresa para ti.

Massimo cogió una tacita de cristal y con suaves golpes de muñeca cubrió el fondo de la misma con cacao espolvoreado, luego vertió un leve toque de espuma de leche y al final dejó caer un café corto, pronunciando un fragmento selecto de su francés:

—*Et voilà!*

Ella lo miró y dijo:

—Esta es una obra *d'art*.

Lo saboreó en la barra, luego asintió.

—*Oui*. Arte. Mi preferido. *Comment s'appelle?*

—Marroquí. Bueno, ¿verdad?

Y, como con el marroquí había ido bien la cosa, Massimo decidió probar fortuna con algo que había fingido haber olvidado aquellos días.

—Estaba pensando, ¿te apetecería venir al teatro conmigo? He visto que ponen el *Rugantino* en un teatro muy bonito. Es un espectáculo que habla de... Roma y amor. En mi opinión, es una oportunidad que no hay que perder. En fin, puesto que estás aquí, es una ocasión para comprender antropológicamente de qué pasta estamos hechos los romanos... en fin, ya me entiendes...

Ella seguía mirándolo en silencio sin contestar y él ya no sabía qué más podía añadir, de manera que empezó con la leccioncita que se había estudiado sobre la historia del teatro, entre una búsqueda sobre los *hipsters* y otra.

—El teatro. Sí, el teatro es el Teatro Gioacchino Belli, ¿sabes quién es?, ¿quién no lo sabe? Es un teatro con una historia interesante porque hubo una época en que era un monasterio, donde habían encerrado a Lorenza Feliciani, la esposa de Cagliostro, a quien habían acusado de brujería.

Massimo estaba colorado hasta las orejas porque sabía que se había aventurado en una explicación que ella no era capaz de entender, pero estaba claro que no podía interrumpirse a la mitad. Ella lo miraba con un aire entre inquisitivo y sarcástico, que minaba toda seguridad, y no le respondía. En fin, ¿cómo se le habría ocurrido la idea de invitarla?

—Y la tal Lorenza nunca salió de allí, se dice que desapareció, pero incluso hoy en día circulan rumores sobre una mujer sin rostro que pasea por estas calles en las noches de otoño y que desaparece de repente con una risa satánica, gritando su propio nombre en la oscuridad; en fin, historias de fantasmas, ¿sabes? Pues claro que lo sabes, en fin, ¿quieres que continúe? Yo, si quieres, tengo un motón de tiempo disponible, en fin, ¿te vienes conmigo al teatro?

—¿Cuándo?

—Pues... ¿esta noche?

—*Oui*.

Qué dulce sonido el de esa palabra... Massimo se contuvo a duras penas para no dar un triple salto mortal de alegría.

Maldita sea mi estampa

La velada era magnífica. La luna llena, algo por encima del horizonte, colmaba el cielo dejando entrever en sus márgenes alguna pálida estrella lo justo para que le sirviera de marco. Las callejuelas del Trastevere desempeñaban el papel de cómplice fondo para los paseos románticos de las parejitas, acompañándolas con el aire fresco y ligero, cargado de besos, caricias y promesas.

Massimo caminaba con la cabeza erguida junto a Geneviève y sentía cómo el crepúsculo susurraba a su alrededor, convencido de que Roma, el verano y el viento estaban organizando una conspiración para ayudarlo en su empresa. Y era verdad: la mesa estaba servida (y aún tenían que bajar a la arena los aliados más poderosos).

Tras la bulliciosa y alegre entrada en el vestíbulo, la colocación en la sala entre la gente que se saludaba desde lejos y la sensación de espera serpenteante, las luces fueron disminuyendo hasta apagarse del todo y el telón se abrió.

Es ese un momento en el que uno vuelve a la niñez y la magia se propaga rápidamente desde el escenario a la platea. Massimo siempre se repetía que tendría que ir al teatro más a menudo, porque estas emociones no se encuentran en ninguna otra parte; luego, entre una cosa y la otra, no conseguía nunca mantenerse fiel a este propósito.

Pero ahora estaba ahí, en esa penumbra cargada de expectativas, al lado de Geneviève, y no quería perderse ni una coma siquiera. Más que del espectáculo, que conocía bien, del reflejo del espectáculo en las expresiones de ella, regaladas por la fugaz iluminación de la escena.

Massimo se sabía prácticamente de memoria la historia; no obstante, en todas las ocasiones tenía la esperanza de que las cosas ocurrieran de forma distinta: esperaba que Rugantino no se metiera en problemas, que disfrutara de su historia de amor pasando de amigos y de apuestas. Puntualmente, en cambio, el jovenzuelo se metía en líos como mandaba el guion.

Pero en esta ocasión Massimo estaba más atento a seguir a Geneviève, que seguía el espectáculo, que al espectáculo en sí mismo. Y de vez en cuando intentaba darle alguna ayudita para permitirle entender los pasajes más difíciles.

Al llegar al gran final catártico, cuando amor y muerte se conjuntan sobre el patíbulo donde Rugantino perderá la vida aunque recupere el respeto de todos y el amor de Rosetta, la cara de Geneviève se empapó de lágrimas, que a Massimo le habría gustado conservar en una ampolla para colocarlas sobre un altar (no sabía ni él mismo de dónde le venía esa idea vagamente fetichista).

Le cogió una mano y ella devolvió la presión, y solo cuando tuvieron que aplaudir al final de la representación se soltaron.

Luego salieron otra vez al exterior y como recompensa la atmósfera de sueño del espectáculo siguió manteniéndolos suspendidos en un lugar impreciso entre la fantasía y la realidad.

Caminaron canturreando «Roma nun fa' la stupida stasera», el aria más famosa, y él tuvo que ingeniárselas para explicarle ese *friccico de luna*, rayo y pellizco a la vez, y luego la *ciumachella*, que podía ser un caracol o una chica, y luego lo de los farolones, aparte de una serie de precisiones acerca de detalles de la trama que ella no había entendido completamente.

Dieron una vuelta más larga de lo necesario, se asomaron a la isla Tiberina, viva e iluminada con su cine estival al aire libre. Massimo se habría pasado de buena gana la noche entera paseando con tal de no tener que despedirse de ella, pero, en un momento dado, llegaron de nuevo a la plaza de Santa Maria in Trastevere, justo delante del bar y, por tanto, debajo de su casa.

Una idea siempre es una idea y es mejor que nada, por peregrina que sea, por eso Massimo la invitó a tomar un café en su bar.

—Ya sé que no son horas, pero, verás, yo creo que siempre es el momento de un café, con tal de que sea de los bien hechos. Además, a ti se te ha acabado el té...

Dentro, el silencio se veía roto únicamente por el rumor irregular de las neveras. Geneviève miró a su alrededor con aire sorprendido; Massimo conocía bien esa sensación: ese lugar cambia por completo su aspecto cuando está vacío, oscuro; se vuelve íntimo y te da la impresión de revelarte algún secreto, como todas las cosas vistas fuera de su horario, fuera de costumbres o fuera de contexto, en fin, con un ropaje distinto al habitual (sí, esta búsqueda del secreto era una obsesión de Massimo, una forma particular de interpretar la realidad).

El reloj de pared que quedaba a su espalda marcaba las doce y media de la noche, de modo que tuvo que tirar por el fregadero el primer café de la mañana, según la tradición.

—¿Lo hago yo? —preguntó ella.

Él se sintió sorprendido, pero le gustó la idea:

—Sí, yo te enseño. Ahora mírame con atención, luego te toca a ti, ¿te parece bien?

Ella asintió.

Con gestos más lentos de lo normal, Massimo soltó el brazo central de la vieja Gaggia, le dio la vuelta sujetando el filtro con un dedo, y lo golpeó por dos veces en el borde del cajón donde echaban los posos.

La miró como diciéndole: «¿Has visto?» Ella asintió con un gesto de la cabeza y él se colocó en el molinillo:

—La molienda es una de las cosas más importantes —dijo, y luego colocó el brazo de la máquina bajo el molinillo, hizo saltar la palanca y, tras unos instantes, el polvo del café llenó el filtro. Con un leve golpe, Massimo hizo que bajaran los últimos granos atascados, luego presionó lo justo con el *tamper* y colocó de nuevo el brazo en la máquina, situó las tacitas hirvientes en su sitio, pulsó el botón de la vieja Gaggia, esperó a que saliera el café y, al llegar al nivel adecuado, detuvo la máquina.

Para finalizar, lo sirvió en los platitos, no sin antes haberlos modificado con unas gotas de Amaretto di Saronno.

—¡Mmm, *c'est un paradis*!

—¿Te ha gustado?

La muchacha se lamió una gota que le había quedado en los labios.

—Tu café es como una droga...

—Sí, ¡pero cuesta poco y no hace tanto daño! Adelante, ahora te toca a ti.

—*Oui.*

Se acercó a la viaja Gaggia, observándola con recelo. Parecía como si la propia máquina tuviera ciertas rémoras a dejarse tocar por manos extrañas y lo expresara con un largo soplido de vapor en el aire saturado de olor a café.

—Espera, no tengas miedo. Yo te guío, es mejor así. Nunca se sabe, con esto corres el peligro de quemarte.

Massimo, de pie tras ella, le cogió las manos y empezó a sugerirle los movimientos que tenía que realizar. Como incurable cinéfilo *mainstream* (y que se jorobara el *hipster*), pensó en la escena de *Ghost* en la que el llorado Patrick Swayze moldea el jarrón junto con Demi Moore, con la *Unchained melody* de fondo y que luego ya se sabe cómo acaba la cosa. Pero evidentemente exageró su entusiasmo, porque en lo mejor la chica se puso tensa, se retrajo y se alejó. Sus ojos verdes parecían ahora asustados; su respiración, jadeante, como si no tuviera bastante aire, y algunas gotas de sudor le brillaban en la frente.

Massimo la miró igual que se mira un buen servicio que acaba de hacerse añicos en el suelo (le había pasado, les pasa hasta a los mejores).

—*Pardon*, Menò, mi café mañana. *C'est tard*, yo a casa.

Se trataba claramente de una excusa, pero en ese momento era suficiente para guardar las apariencias.

—Sí, tienes razón. Te acompaño.

No es que se tratara de un trayecto enorme, seguro que eran menos de los famosos *cien pasos*[4] (y dale con el

---

4. Alusión a la película *I cento passi* (*Los cien pasos*) (2000), basada en la vida y asesinato de Peppino Impastato, periodista y activis-

cine... total, era obvio que esa noche, para poder quedarse dormido, tendría que ver por lo menos una película), pero dio tiempo suficiente para sentirse equivocados, azorados y cohibidos.

La pregunta era aterradora en su sencillez: «¿En qué me he equivocado?»

En síntesis, parecía realmente que ella iba soltándose poco a poco, parecía justo a punto de... y en cambio... En cambio, él no había sabido esperar, se había dejado arrastrar por el síndrome de Rugantino, había creído que podría emular a Patrick Swayze y había estirado más el brazo que la manga. Ahora seguro que ella iba retraerse, igual que una tortuga en su caparazón, y si había resultado difícil hacer que se moviera la primera vez, la segunda iba a ser una empresa todavía más ardua.

«¿En qué me he equivocado?»

«¿En qué me he equivocado?»

No había una auténtica respuesta, pero un comentario, eso sí: «¡Maldita sea mi estampa!»

Bueno, Massimo estaba empeñado hasta tal punto en insultarse (últimamente, ocurría a menudo) que no se dio cuenta de que hacía ya unos instantes que estaban en el portal y Geneviève, con las llaves en la mano, lo observaba con curiosidad (por su mirada se dio cuenta de que debía de tener una cara extraña).

—Menò, ¿estás bien?

—¡Sí, claro! —respondió con un volumen incluso demasiado elevado para autoconvencerse.

_____

ta contra la mafia. El título se refiere a la corta distancia que separa la casa del protagonista de la del jefe mafioso al que denunciará, a costa de su vida. *(N. del T.)*

—Venga. Pronto haré el café. —Ahora ella parecía sentirse culpable a causa de su comportamiento—. Ha sido una velada maravillosa. *Bonne nuit*, Rugantino mío.

Dicho esto, la muchacha clavó sus ojos en los ojos de él, se puso ligeramente de puntillas y le dejó un beso en los labios.

Massimo, por un instante, se olvidó de su propio nombre, de su profesión, del lugar y del tiempo en los que se encontraba y tenía algunas dudas respecto a qué planeta. Cuando se recuperó de ese pequeño apagón, la muchacha había desaparecido ya y la puertecita se había cerrado de golpe, dejándolo con la duda de si ese beso había sido de verdad o una invención de su fantasía.

Estar o malestar[5]

Massimo pasó la noche en compañía de sus paranoias. No le faltó ni una.

Como le ocurría en los momentos complicados y decisivos, para bien y para mal (aunque últimamente no hubiera tantos, lo que acentuaba esto), sintió la ausencia de su hermana Carlotta. Obviamente, también de papá y de mamá, y de la señora Maria, en fin, de personas que ya no estaban con él; en cambio, su hermana Carlotta estaba vivita y coleando, por suerte, lástima que hubiera un océano de por medio, y eso era algo que a veces pesaba.

Pero la lejanía tenía sus ventajas: era más fácil abrirle su corazón a una persona a la que luego uno no estaba obligado a ver cada día.

Massimo encendió el ordenador y escribió un largo *mail*, que, en un abrir y cerrar de ojos, llegó virtualmente a tierras canadienses.

---

5. El autor juega en el título original del capítulo («*Essere o malessere*», que traducimos literalmente) con el «ser o no ser» hamletiano (que en italiano es «essere o non essere»). *(N. del T.)*

Asunto: Estar o malestar

Hermanita:

La oscuridad me rodea y la oscuridad siempre está llena de sorpresas. Pero como se preguntó Hamlet antes y mejor que yo, y muchos otros a su manera, ¿no sería mejor cesar de existir y de palpitar, luchar, sufrir y, al final, morir, dormir, tal vez soñar?, ya ves tú, pero ¿y si no halláramos la paz ni siquiera después?, ¿es el único motivo por el que soportamos los ultrajes de la fortuna, las tropelías de los tiranos, los retrasos de la ley, las penas de un amor rechazado?, ¿el miedo a algo peor después de la muerte, esa tierra inexplorada de la que ningún viajero ha regresado jamás?

No, no me he vuelto loco, es que estoy aquí, parafraseando al gran Willy. Es que esta noche he ido al teatro y estoy en vena de monólogos dramáticos, si es posible, de tema fúnebre.

¿Qué puedo decir? Me pierdo en preámbulos, no me resulta fácil llegar al meollo de la cuestión, pero contigo voy a poder hacerlo, tan solo has de tener un poco de paciencia durante unas líneas más.

No tengo proyectado ningún insano gesto, no te preocupes.

Pero reflexionaba acerca de esto: vivir plenamente, intentar por todos los medios perseguir la felicidad con efe mayúscula es bonito, tal vez incluso justo, pero es arriesgado. De repente, te sientes desnudo y carente de toda clase de defensas. Carne de matadero.

Estoy listo para emprender el vuelo y precisamente por eso me da una horrible flojera estrellarme contra el suelo.

No sé si aún estoy a tiempo de echarme para atrás o bien es que tengo miedo de seguir avanzando.

Vale, vale, digamos la verdad. Mejor dicho, dos verdades. La primera es que estoy metido hasta el cuello, quieras que no. La segunda es que me la has jugado, ni que lo hubieras hecho adrede: porque con todas esas ideas tuyas sobre la chica con la que casarse, el hombre con el que casarse y todo lo demás, has hecho que cayera sobre mí la ira de Venus, que se ha vengado de inmediato perturbando sin remedio mi tranquilidad.

¿Es que no te había dicho que los camareros son castos y espirituales como monjes budistas?

Ay, hermanita, me ha caído encima esta chica que nadie sabe de dónde ha salido. Parece que es una pariente lejana de la señora Maria y que ha recibido su casa como herencia, aunque yo sinceramente no haya entendido aún cuál es ese vínculo de parentesco. Esa chica sigue siendo un misterio para mí. El hecho es que me la encuentro en el bar, mientras yo estoy allí tan tranquilo, con las caras de costumbre que nunca cambian. Aunque, ¿es este el problema?, ¿a qué se debe esta fijación por el cambio? ¿Quién ha dicho que los cambios tengan que ser positivos a la fuerza? Mejor dicho, si echamos cuentas, las desventajas superan siempre a las ventajas, porque si piensas cómo es la vida, tú cambias esto, cambias lo otro, luego cambias de nuevo los recambios y después pruebas incluso algo nuevo, y te sientes atraído por una novedad, y buscas lo que es diferente, creces, creces, creces, envejeces y mueres. Tal vez, si todo siguiera siendo siempre igual, ni siquiera existiría la muerte. Sí, lo sé, tal vez me contradiga con respecto a Hamlet y compañía, pero la misma tierra que pisamos es una contradicción única, por lo tanto nosotros somos contradicción.

Me he enamorado, me parece. Y ella es francesa: ya sabes que para mí es chino.

Te he explicado la situación hasta en sus mínimos detalles; en tu opinión, ¿tengo alguna esperanza?

M

Re: Asunto: Estar o malestar

¿Estás drogado? Hay poco que decir: no tienes remedio. Si
quieres que te lo diga, estoy contenta, así por lo menos juga-
rás la partida hasta el final. Echarte para atrás ahora es imposible. No sé nada, porque nada me has explicado, al margen
de tus adorables delirios, pero precisamente verte tan deliran-
te me hace pensar que vale la pena.

Si ella fuera tan estúpida como para no quererte, algo que
me parece casi imposible, bueno, yo creo que estar enamorados en cierto sentido prescinde del resultado. En fin, que tú,
evidentemente, necesitas estar enamorado. Es tu momento.
Disfrútalo, inténtalo. Y, si las cosas se torcieran, no te de-
sanimes, porque seguirá siendo tu momento y ya encontrarás
a otra.

Pero tengo el placer de anunciarte que dentro de poco podré venir a aconsejarte personalmente, es más, me estudiaré
a base de bien a la chica para ver si vale o no la pena. ¿Qué
dice, qué hace, por qué te parece tan inalcanzable? ¡No me
digas que es una monja! ¿O es que está casada?

C

P.D.: Tengo que decírtelo porque podría ser una señal del
destino y las señales del destino no hay que menospreciarlas
nunca. El finde pasado conseguimos por fin ir un par de días
a nuestra casa de... no sé cómo llamarla, si estuviéramos en
Italia diría que casa de campo, aunque la verdad no es que
tenga mucho que ver con el campo, me parece que más bien
se trata de una casa de bosque, hasta hay un lago en las in-

mediaciones, donde el paisaje se abre un poco, en fin, la casa te la describí ya y te he invitado un montón de veces, pero tú no quieres saber nada del asunto, pero, en definitiva, no es ese el punto. Eso es, mejor le pongo un punto a la frase, que se me estaba yendo de las manos. El punto es que ha vuelto a mis manos el libro que me regalaste tú para el viaje de avión. ¿Te acuerdas? Me lo he leído estos días. En la dedicatoria escribiste: «A lo mejor no es Shakespeare, pero es emoción en estado puro.» Y, mientras leía esa historia de amor, he pensado mucho en ti. Me he dicho que eres un romanticón (es tiempo de los «-ón») y que (lo sé, lo sé, siempre lo digo) tienes todos los papeles en regla para dejarte arrastrar por una ola del destino. ¡Tal vez te la haya desencadenado yo!

R: Asunto: Estar o malestar

No. Es una francesa que hasta hace dos semanas no había tomado nunca un café. ¿Qué te parece? Y luego dirás que yo divago: es el post scríptum más largo de la historia. ¿De manera que tengo que echarle la culpa al querido y viejo Sparks?

M

Re: R: Asunto: Estar o malestar

Ay, caramba. Eso es grave (café). Pero si quieres puedo hacerte de intérprete. Tanto con ella como con el libro. ¿Culpa o mérito? De todas formas, ya he llorado todas mis lágrimas. Pero ¿no ves cómo siempre hay que aprender de los libros? Allí es el mar el que lleva hasta Theresa el mensaje en una botella con las palabras de Garret, que están destinadas a su esposa perdida y que, en cambio, hacen que ella se enamore. Y luego está el azar, que sigue conjurando de todas las formas posibles. Tú dirás: es un libro. Sí, es cierto, pero la lección vale también para nuestra vida: hay que aceptar lo que el destino nos propone. Y, además, se titula *Las palabras que no te dije*,[6] escucha ese mensaje e intenta decir todo lo que hay que decir. Traducción del intérprete: inténtalo hasta el fondo. He tenido bastante con dos líneas para darme cuenta de que tienes que hacerlo. La intuición me dice que esa muchacha es tu mensaje en la botella. Por lo que parece, escrito en francés...

C

R: R: Asunto: Estar o malestar

¡Anda que no me vendría bien (ese intérprete)! En la práctica, cada uno de nosotros habla de sus cosas, mejor dicho, hablo yo solo, porque ella está a la suyo y yo venga a cotorrear, ni siquiera sé si ella me entiende o no... Por tanto a *Las palabras que no te dije* habría que añadir una secuela: *Las palabras que no entendiste.*

M

Re: R: R: Asunto: Estar o malestar

¡Tal vez sea mejor así!

C

R: R: R: Asunto: Estar o malestar

Seguro que mejor así.

M

---

6. Con este título se tradujo en Italia la novela de N. Sparks *Mensaje en una botella*. (*N. del T.*)

Re: R: R: R: Asunto: Estar o malestar

Pero, si no me dices nada, ¿cómo voy a ayudarte? Y, sobre todo, ¿qué puñetas haces despierto a estas horas?

C

R: R: R: R: Asunto: Estar o malestar

Los fantasmas me mantienen despierto. Yo, por lo menos, no estoy dentro de mi horario de trabajo... De hecho, podríamos conectarnos en un chat. ¿Qué es lo que tengo que decirte?

M

Re: R: R: R: R: Asunto: Estar o malestar

No, nada de chat. El *mail* es más simpático. Puede ser lento y pomposo como las cartas del xix, o rápido e incorrecto como el habla de un estibador marsellés. No sé..., ¿qué hace, qué dice, a qué nivel de relaciones estáis, la conoces o la viste desde tu ventana con un catalejo? En la práctica ya te lo he preguntado, pero tú juegas al despiste.

P.D.: Perdona que te lo diga, pero el reposo es tan sagrado, al menos, como el trabajo. Por lo demás, es cierto: estoy en la oficina, pero ¿qué culpa tengo yo de ser tan eficiente hasta el punto de que a partir de determinada hora no me queda nada por hacer? ¡Eso sin contar que un *mail* de mi hermanito hay que celebrarlo y rendirle honores como es debido!

C

R: R: R: R: R: Asunto: Estar o malestar

Me estás poniendo entre la espada y la pared, me he dado cuenta. Por otra parte, he sido yo quien ha empezado y eso te da derecho a hacerme todas las preguntas que quieras, pero solo hasta las primeras luces del amanecer (hora de Roma, no te pases de lista, si tengo que esperar hasta tu mañana por la mañana terminarías poniéndome en un aprieto ante el personal del bar, y arruinarías así mi reputación), que, dicho sea de paso, no van a tardar mucho. Aparte de que tendrás que explicarme cómo es posible que conozcas la dicción de los estibadores de Marsella. Te digo dos cosas rápidas porque al final el sueño se ha apoderado de mí, justo un par de horas antes de que suene el despertador (¡por Dios!).

¿Qué puedo decir? La chica entra en el bar. No se sabe muy bien si es tímida o engreída, de todas formas, ya sabes cómo van las cosas, tarda tres horas en pedir, luego lo que pide es un té negro con rosas (¿qué hay de malo en ello?, bueno, ¿tú qué crees?) y los chicos se burlan de ella, ya sabes cómo son. De manera que ella se ofende y se marcha. En fin, que el primer encuentro, un desastre. Es una tipa desagradable. Bueno, en mi opinión; tras algunas peripecias que no me entretengo en explicarte, conseguí acercarme un poco, hasta el punto de que me sentía a un paso de triunfar en mi empresa, ya sabes, como cuando notas que la sangre te retumba, y te falta la respiración, porque estás en la rampa de lanzamiento y ha empezado la cuenta atrás. Bueno, en ese momento ella se retrae bruscamente, como si hubiera algo que le impidiera soltarse. Pero se despide de mí con un beso... en la boca. Tan rápido que ni siquiera me doy cuenta, aunque luego me doy cuenta de que sí. Pero me pregunto: ¿no será que en su tierra se despiden así? En caso contrario, ¿a qué viene ese retraerse y luego besarme después? ¿Y si me besas, por qué no lo haces con más calma? Tal vez solo fuera para compensarme por el hecho de haberse retraído antes, pero ese paso atrás era terriblemente instintivo, cuando, en cambio, mi instinto me lanzaba dentro de ella como un imán gigantesco y esta diferencia es decisiva, terrible, muy preocupante.

Tengo miedo de haberme metido en una de esas picadoras de carne del tira y afloja, del sí y no y del *graciasquizámástarde*, algo que, sinceramente, a partir de determinada edad, no puede tolerarse... ¿o no?

M

Re: R: R: R: R: R: Asunto: Estar o malestar

Vale. Tengo que marcharme, de lo contrario me van a pagar horas extraordinarias y me sentiría culpable por toda la eternidad (fuera de Italia, hasta los italianos se vuelven civilizados y respetuosos). Por lo que a mí respecta, adelante, utiliza todas las flechas que tienes, persigue el sueño, ¡es tan hermoso tener uno...!

Me siento muy feliz de ser tu hermana. Hubo épocas en las que te habría estrangulado, pero a medida que me hago mayor (más vieja), más valoro esos hilos invisibles que nos unen, esa sensación intermitente de ser iguales, de entendernos al vuelo de una forma atávica y única. No veo la hora de abrazarte. Prontísimo.

C

R: R: R: R: R: R: Asunto: Estar o malestar

Te quiero, hermanita, ahora tengo sueño nfqoenblgcibigkxbcliblicvkqdg se me cae la cabeza sobre el tecladngwwlncnlannazlaktnhttlwcnhwcn adiós qnvokcw,hvnhc gracias por existirwgnovnclvhcnlnttx.sndó,ncan,nk.

Tuyo,

Mwvbigbkjhvbkjxbvjbttvxkxjcgbqkbkerkywt

El despertador le sacó del rincón más oscuro del universo. Pulsó el botón de repetir la alarma a los cinco minutos, porque la almohada con una atracción gravitatoria
de agujero negro le impedía levantar la cabeza un solo
milímetro.

Solo el miedo a despertar a los vecinos, en particular
a la señora Fiammetta (que no bebía café por miedo al
insomnio, evidentemente un enemigo común), que vivía en el piso de debajo y tenía un sueño ligerísimo y si
se despertaba ya no volvía a dormirse, le impidió pulsar
por segunda vez (y por tercera, y por cuarta, y quién
sabe cuántas veces) el botón para repetir la alarma y,
mezclado con el miedo a no despertarse hasta mediodía
y fallar por primera vez desde que tenía diecinueve años
a la apertura del bar, lo obligó a abandonar la cama.

Se metió en la ducha con la esperanza de que el agua
pudiera despertarlo. Se acordó de cuando era niño: se
divertía con locura quedándose debajo del chorro, metido a medias en la bañera, imaginando ser una nave en
plena tempestad. Ahora pensó en una playa, en un dilu-
vio tropical y en la sensación de dejar que le lloviera encima. Pero no había tiempo para quedarse oxidándose
allí: el uniforme de camarero lo esperaba sobre la silla.
Se puso la camisa blanca de costumbre, los pantalones
negros a juego con el chaleco y el corbatín y se preparó
para vivir un nuevo día de superhéroe de lo cotidiano.

Bien. Tras los fantasmas y las sugestiones nocturnas,
tras el carteo con Carlotta y, sobre todo, tras aquel extraño beso incomprensible, le parecía haberse decantado,
entre ser y no ser, por la primera hipótesis, aunque solo

fuera para no arrepentirse luego (si se lo decían Darío y Carlotta, algún motivo habría, si además su padre se había tomado la molestia de venir a jugar a las canicas con él, si además un destino disfrazado de mensaje en una botella había decidido enviarle una señal, no le quedaba otra cosa que rendirse: el mundo real y también el paranormal conspiraban para que él chocara contra las horcas caudinas de las penas de amor. ¡Que así sea!).

Eso no se dice

Luego toca volver a verse. Se trata de un conjunto de sensaciones vertiginosas, paralelas y contrarias.

Había una buena loncha de azoramiento disponible en el mercado, y alguna libra de timidez cuando Geneviève entró de nuevo en el bar Tiberi, después de haberse ausentado un día, rebautizado como el día más largo (pero, con respecto a *aquel* día más largo, infinitamente más aburrido y carente por completo de cualquier forma de fundamento heroico), seguido después de una noche sobre la que será mejor pasar de puntillas.

Y no es que, si uno está mal, va a ahorrarse por la gracia divina las malos rollos de Antonio, el fontanero, las salidas cortantes del seor Brambilla y las miserias de Luigi, el carpintero, que con toda probabilidad si se limitara a pagar tranquilamente viviría mucho más y mucho más feliz.

El caso es que Geneviève apareció y quiso seguir su itinerario por la tierra del café, él le dio cuerda de buena gana, pero se notaba que había algo, como una capa de polvo depositada encima de su relación. Ambos pasaron de puntillas sobre lo acaecido, para no despertar al oso dormido, y Massimo se convenció de que, fuera cual fuera su movimiento equivocado, quedaría superado por la costumbre de estar juntos.

Sí, pero ese mismo día Geneviève le preguntó a Dario si podía ir a su casa para echarle una mano con las cajas de los vestidos de la señora Maria. ¿Entendido? A pesar de que el señor Dario era un hombre grande, grueso y juvenil, tenía también sus años, y además había sido Menò quien le proporcionara las cajas y se ofreciera a ayudarla: en fin, que se trataba de un claro intento de evitarlo.

«Basta muy poco para perder la cabeza —se dijo Massimo—, y estar celoso de mi mejor amigo con sus setenta años bien cumplidos no es, seguro, una buena señal... sí, sí, lo que tú quieras, pero en cualquier caso él ha subido a su casa y a saber si ella no tendrá una de esas preferencias... en fin, cada uno tiene sus gustos, hay chicas que prefieren a los hombres maduros.» Por lo que él sabía, podía ser cualquier cosa. Sabía tan poco acerca de ella que, cada vez que se acordaba de este detalle, Massimo se imaginaba que la muchacha podía salir volando de repente, igual que un globo sin cordel.

Tonino, el mecánico, lo apartó de esos oscuros pensamientos:

—Eh, tú, ¿qué tiés?, ¿duermes de pie como los caballos?

—No, ¡si es que ahora uno no va a poder siquiera quedarse un rato meditando!

—Ah, estabas meditando. Perdona si te molesto, ¿te importaría ponerme un café largo? Ya sabes cómo se hace, ¡pa eso estás detrás de la barra!

—Sí, vale, pero solo porque se trata de ti.

—Ah, por cierto, he visto a tu novieta entrando por

su portal con Dario, ¿qué pasa, te está robando la novia ese viejo golfo?

—¡Venga y dale! Pero ¿no hay nadie aquí que se ocupe de sus propios asuntos? *In primis*, esa no es mi novia, quítatelo de la cabeza. *In secundis* solo le ha pedido a Dario que le eche una mano con las cosas de la señora Maria. Y además, en según qué cosas con él pisamos terreno seguro; hay ciertas prácticas que abandonó en los primeros años de posguerra.

—Sí, claro, esto es lo que él dice, pero a lo mejor luego a la chita callando..., pero ¿de verdad se dice también *in secundis*, tras *in primis*? No lo había oído nunca, pero me fío, ¡tú eres el latinista!

—Y yo qué sé. Quedaba bien. Ya sabes que a estas alturas mis estudios clásicos se remontan *ad calendas grecas*.

—Ah, pero la cultura es como montar en bicicleta: una vez que lo aprendes, ya no lo desaprendes.

—Lo que tú digas.

Entre un cliente y otro, Massimo encontró tiempo para rumiar: «Pero ¿cuándo van a volver? Pero ¿cómo se permite hacer algo semejante? Bueno, en realidad, cómo se lo permiten ambos, aunque ya se sabe que a la mujer se la perdona enseguida, mientras que el amigo tiene que darme explicaciones. Y además, ante mis propias narices, y además en horario de trabajo, y además delante de todo el mundo. Ah, a este casi casi que lo voy a despedir, así aprenderá.»

En ese momento regresó Dario, Massimo lo miró a los ojos y se dio cuenta de hasta qué punto eran idiotas e inútiles sus paranoias: Dario era un hombre bueno como el pan y de él no podía proceder nada malo, bastaba con observar su rostro sincero y luminoso, siempre dispuesto a comprenderte, a escucharte y, si era posible, a ayudarte.

Es más, con toda probabilidad, al subir a casa de Geneviève el viejo Dario habría soltado con discreción alguna frase conveniente, obteniendo puntos a favor de Massimo. Lástima que la situación de Massimo fuera desesperada.

Pero como todos los desesperados por amor, Massimo era un desesperado lleno de esperanza, y en cuanto vio en el periódico que en las Scuderie del Quirinale había una exposición de su amado Jack Vetriano, su primer y único pensamiento fue el de invitar a Geneviève a ir a verla con él.

Ella dijo que sí (a veces la vida es así de sencilla: «¿Quieres venir?» «Sí.»), y ese sábado por la tarde fueron.

Otra vez, de nuevo, Roma cumplió con su cometido, las Scuderie, además, eran capaces de conquistar a cualquiera. Estaba claro que Massimo no se olvidaba de que la muchacha venía de París, por tanto, cómo decirlo, tenía un paladar fino si de belleza se trataba, pero él tenía una gran confianza en su propia ciudad porque, con el debido respeto, ciudad eterna solo hay una y no hay nada más que hablar.

Él tenía sus propias ideas, no particularmente originales, pero muy claras, por lo que respecta a ciudades: hay muchas en el mundo y hasta tal punto hermosas y sorprendentes que abrir una discusión sería improductivo, por lo que al final era conveniente zanjar la cuestión y, resumiendo la esencia de las cosas (se lo decía siempre su profesora de letras del instituto: el resumen es como un buen café, no basta con escribir un texto más corto, lo que sería como poner un poco de café largo en una taza pequeña, sino que es necesario captar la esencia y concentrarla en pocas líneas, del mismo modo que en la tacita del *espresso* hay un aroma milenario y omnicomprensivo), las Ciudades con ce mayúscula eran solamente dos, digamos que una para el pasado y otra para el futuro: Roma y Nueva York. En el fondo eran, según su opinión, las únicas ciudades en el mundo en las que podías pasarte años sin perder esa sensación de maravilla que te hacía decir cada dos por tres, mientras ibas caminando por la calle, con el corazón lleno de emoción: «Estoy en Roma», o bien: «Estoy en Nueva York», con la idea de estar en el centro del mundo conocido.

Obviamente, era algo partidista. Y no se habría atrevido a compartir su teoría con una francesa: chocar con el orgullo nacional más desarrollado del mundo habría sido dar un paso en falso.

Compartió, en cambio, su propia preparación sobre el estilo figurativo hiperrealista de Jack Vetriano, pintor que, en su opinión (y no solo en la suya), había sido escandalosamente infravalorado por la crítica, que a veces parece estar fuera del mundo, celosa, casi, del éxito de público, y se atrinchera detrás de una especie de esnobismo intelectual.

A pesar de que los cuadros hablaban por sí mismos, Massimo echó el resto hablando a más no poder, como si el grifo de la historia del arte, una vez abierto, se hubiera transformado en una cascada. Por otra parte, siempre había sido una de sus grandes pasiones.

El contacto con la belleza, las atmósferas *noir* y eróticas de los cuadros hicieron el resto, reconstruyendo aquella confianza cargada de electricidad entre los dos.

En aquellos cuadros estaba todo lo que era necesario: soledades divinas que repentinamente se diluyen en la sensualidad. En aquellas mujeres, Massimo alcanzaba a ver algo de la mujer que tenía a su lado. En aquel momento, prefería las imágenes carentes de presencia masculina, porque, en el fondo, el hombre frente a la mujer es tan solo pálida imperfección. Se demoraron bastante delante de la obra titulada *In thoughts of you*. Ella está sentada en una butaca cubierta con una sábana blanca y sujeta en la mano una taza de té, con la mirada perdida en una ventana con las cortinas echadas. Sus hermosísimas piernas añaden perfección a una figura que se ve y no se ve, que nos succiona con su belleza y nos rechaza con la otra mano por su altiva frialdad. Massimo intentó explicarle a Geneviève el vértigo que sentía frente a todo ello y revelarle el peso de los distintos elementos compositivos así como el uso del color.

—Pero tú eres un experto. Un profesor... —comentó Geneviève admirada.

Sin embargo, no había logrado decirle lo más importante y era que en ese cuadro, aún más que en el resto, veía a Geneviève. Claro, revelar un secreto de ese tipo habría sido como desnudarse delante de todo el mundo. Porque ¿qué es el amor sino ver a una persona incluso donde no está?

—Es solo una pasión. Pero me habría gustado estudiar más. Mejor dicho, cuando era pequeño hasta quería ser artista. Luego me di cuenta de que de talento tenía poquito. Mira. ¿Tienes una pluma y un papelito, o una servilleta?

—*Oui*. —La muchacha sacó de su bolso una pluma, luego abrió su misterioso cuaderno de apuntes en una página nueva y dijo—: Más mejor, ¿no?

—La Virgen —dijo él—, tienes que dejar de frecuentar esa especie de barucho, te están enseñando una pésima versión de nuestra lengua.

El hecho es que cogió el cuaderno e intentó dibujar un hombre. Era un hombrecito estilizado, estilo Keith Haring, muy muy fácil, y pese a ello, a partir de ahí podía verse ya la línea temblorosa, la presión irregular del trazo, el círculo torcido de la cabeza.

—¿Te haces una idea? ¿Lo has comprendido?

Ella intentó no hundirle la moral:

—Es... ¡original!

Cogió el cuaderno de nuevo y añadió una raya que partía de la mano del hombre con dos óvalos torcidos encima, coronados por un garabato informe.

Geneviève hizo una expresión que parecía decir: «Yo he intentado defenderte, pero tú insistes, ¡no hay nada que hacer!»

Massimo se vio obligado a escribir una acotación al lado del garabato: «ROSA.»

—¡Ah, una rosa! *Pour moi? Merci.* Gracias, Menò. ¡Eres un artista!

Él retomó la conversación de antes:

—Bien, como puedes ver no sé hacer muchas cosas, pero sentía tanta pasión que decidí estudiar Historia del Arte, quería llegar a ser un crítico, un profesor universitario, no sé, en fin, que quería trabajar en ese sector. Para mí se trataba de algo instintivo, una vocación. En resumen, que mientras los demás corrían detrás del balón, o de las primeras chicas, yo suspiraba por un Caravaggio, por las líneas arquitectónicas del barrio Coppedè, por una fuente de Bernini. Visitaba las iglesias, los museos, tanto los bajo techo como los que están a cielo abierto, naturalmente. Y Roma me tentaba en todas las esquinas con bellezas de toda clase. Bueno, resumiendo, el descubrimiento de que no tenía talento alguno fue en cierto modo una desilusión, pero la idea de estudiar suponía un gran consuelo. Luego, con el tiempo me di cuenta de que era justamente mi camino, quiero decir, el de observar, no el de hacer... en fin, a cada uno lo suyo. Por eso me matriculé en el bachillerato clásico, el primero de la familia...

—¿Y después?

La intervención de Geneviève le dio fuerzas a Massimo, que tenía miedo de haber hablado ya en exceso sin que ella entendiera ni una coma; en cambio, parecía sinceramente interesada por el tema.

—Y después. —Se detuvo un instante, hay algunas cosas que no son fáciles de afrontar, pero cuando uno se siente con fuerzas, se siente con fuerzas, por tanto se decidió a proseguir—: Después el destino se cruzó por en medio, como esos defensas que te hacen una entrada con los dos pies por delante, rompiéndote la pierna por la tibia y el peroné de un solo golpe.

—¿Te hiciste daño?

—No, era una comparación. En fin, esas cosas que te llegan de golpe, como cuando en el Monopoly coges la carta del montón de Suerte que te manda a la cárcel sin pasar por la casilla de salida y tú tienes que ir a la cárcel y no te llevas ni siquiera los veinte mil de cuando pasas por la casilla de salida. Pero ¿tú me estás entendiendo?

—*Comme ci, comme ça...* ¿tú, a la cárcel?

—No. No. Yo estaba estudiando. Último año del instituto. Tenía el examen de reválida al cabo de un mes.

Me acuerdo perfectamente: era mayo, alrededor flotaba ese anticipo de verano estupendo, había sacado un siete en el examen de filosofía. Era feliz. Fuera del centro veo a mi hermana Carlotta, que ha venido a buscarme. Qué raro, pienso, y a medida que me voy acercando leo en su cara que algo no va bien. Está pálida, mientras que a nuestro alrededor todo tiene color.

A riesgo de que no lo entendiera, Massimo quiso explicárselo bien, porque no le surgía a menudo la oportunidad de hacerlo, mejor dicho, a decir verdad, era la primera vez que se lo contaba a alguien que no lo supiera ya, como las pocas personas con las que hablaba del tema, como Dario y su hermana.

—Le digo: «¿Todo bien?», y me gustaría no tener que oír la respuesta, porque ya sé que algo ha pasado, ¿te imaginas?

Ella asintió convencida y añadió:

—Sí, lo entiendo perfectamente.

—Ella dice tan solo «papá» y se echa a mis brazos sollozando sin ser capaz ya de hablar. Sin ningún anuncio previo, algo en el cerebro de mi padre hizo «clic» y entró en coma. Tras una semana de hospital, se marchó sin haber tenido tiempo siquiera de despedirse. De manera que tuve que dejarlo todo, me puse el chaleco y el corbatín, y me coloqué detrás de la barra porque era lo que tenía que hacer. No es que sea infeliz, sé que no siempre se puede elegir en esta vida, en fin, es mucho mejor conseguir que te guste lo que haces, lo que pasa es que me gustaría saber cómo habrían ido las cosas si no hubiera sucedido esa tragedia...

Y era verdad: cuando Alberto Tiberi (tan joven, decía todo el mundo) se marchó para siempre, Massimo se arremangó y cargó con su madre y su hermana a sus espaldas sin volver nunca la vista atrás.

Ayer era un estudioso humanista, hoy un camarero como su padre y su abuelo.

Hay que decir, no obstante, que parecía cortado a medida para dicha profesión, casi como si se tratara de algo genético.

Le bastó poco tiempo para descubrir que no se trataba de dinero, ni tampoco de sentido del deber. Era una cuestión de alegría. Y de responsabilidad: esa gente tenía derecho a ese bar, del mismo modo que las personas tienen derecho a un hogar, a un amigo, o simplemente a una palabra amable.

Naturalmente, también era una historia de café. Pero no es difícil para las almas sensibles captar el vínculo profundo entre vida y café.

El bar Tiberi, en el Trastevere, estaba considerado como un auténtico lugar de culto por los amantes de esa mezcla entre almendrada y rojiza, atigrada por una crema de no más de tres o cuatro milímetros de espesor, de persistencia permanente, de gusto corpóreo, rotundo, equilibrado y duradero.

Massimo había heredado el talento tanto técnico como humano de sus predecesores y no tardó en entrar en los corazones de los parroquianos, muchos de los cuales, por otro lado, lo conocían ya (y lo habían dicho siempre, ellos, que tarde o temprano acabaría él también tras la barra, ¡el profesor!).

Como todo Tiberi que se respete, con el paso de tiempo él también inventó su propia interpretación personal, el café con Nutella, aunque tal vez su abuelo habría torcido el gesto. La gente hacía cola para probarlo y hasta un artículo aparecido en el periódico *Il Tempo* había encomiado los cafés especiales de los Tiberi.

En definitiva, que todo bien; no obstante, especialmente en los últimos años, después de que mamá se les fuera, Carlotta se hubiera casado y a esas alturas el bar fuese toda su vida y no ya una elección obligada, de tanto en tanto asomaba por su cabeza ese deseo de saber cómo habrían podido ir las cosas.

En el silencio que siguió, Massimo se dio cuenta de que Geneviève estaba llorando:

—También esto entiendo perfectamente. No se puede elegir *rien*. Y no puedes cambiar pasado.

Parecía a punto de añadir algo pero luego se detuvo. Era la tercera vez en tiempos recientes que alguien estaba a punto de confiarle un secreto y que luego se detenía, por lo menos esa era la sensación de Massimo.

Se quedó a la escucha, pero ella se recobró de golpe, cambiando de tono:

—¡Mardita sea su arma!

—¡Caramba!, ¿y esto quién te lo ha enseñado? ¿A quién tengo que echarle la culpa esta vez?

—No se dice.

Esta frase, «no se dice», siguió retumbando en la cabeza de Massimo como si tuviera un significado decisivo que él, de momento, todavía no estaba capacitado para captar, pero que echaba una sombra sobre su humor.

Caminaron por la habitual galería de las maravillas hasta la plaza de Santa Maria in Trastevere.

—¿Sabes, Menò?, lo siento que yo pronto vuelvo a casa, tengo que volver *à Paris. Tu... me manqueras.*

Esa era tal vez la frase más larga que ella le había dicho. Él quería preguntarle cuándo, pero la pregunta se le quedó en la garganta porque tenía miedo de oír la respuesta, tenía miedo de que fuera muy pronto. Seguro que era muy pronto.

Como el otro día, tras haberle partido el corazón, ella se acercó y le dejó un beso en los labios, demorándose una fracción de segundo de más. Esta vez, hasta el extremo de que a él le dio tiempo a darse cuenta de que estaba sucediendo.

Pero luego se marchó de allí.

Sí, volver a París. Pero ¿por qué? Y, sobre todo, pensó Massimo, la pregunta desagradable era: ¿A casa de quién? Sí, porque uno podía explicarse toda esa historia como quisiera, pero al final era bastante obvio que había alguien esperándola allá.

Pero, para entonces, ya estaba más que decidido. Echarse para atrás ya no era una opción posible. Antes de dormirse, Massimo también se dio cuenta de por qué esa frase, «no se dice», le había sorprendido tanto: porque él se estaba mostrando tal y como era, poco a poco estaba explicándole toda su historia, mientras que ella seguía siendo un misterio oscuro e impenetrable. De ella no sabía nada.

«No se dice.»

Dio vueltas en la cama y volvió a dar más vueltas, hasta que se encontró sentado y preguntándose cómo era posible que no pudiera conciliar el sueño. Era como si su organismo quisiera obligarlo a luchar para rebelarse ante el inevitable fin: «Ella dentro de poco se marcha y ¿tú qué haces, dormir? ¡Vamos, que ni lo sueñes (ironía de la suerte)!»

¿Quién ha dicho que «no se dice»? Se dice, se dice todo; de lo contrario, ¿para qué se enamora uno?, ¿por qué sufrir así si no es para buscar a alguien con quien ser uno mismo? Sí, era así, y haría todo lo que estuviera a su alcance para lograr que lo entendiera ella también.

Por suerte, había conseguido obtener su número de teléfono. O por desgracia, según la teoría de que los mensajes escritos por la noche son siempre un error porque han sido dictados por un ánimo sugestionado. Pero tanto da: cuando la persona está a punto de marcharse hasta las buenas teorías pierden su valor y tú tienes que emplear tus últimos cartuchos porque, en caso de derrota, no quieres tener arrepentimientos, ni medio siquiera.

Por tanto, cogió el móvil y fijó una cita con ella para el día siguiente por la mañana, delante del bar, cerrado porque era domingo. «Ah —añadió—, tráete un vaso.»

Se dice todo.

EL RUMOR DE LA CASCADA

Con su coherencia habitual, Massimo, tras haber constatado sin sombra de dudas que se había arriesgado en exceso en la balanza de la relación con Geneviève (y quien es demasiado amado, como nos enseña la canción, amor no da), había decidido elevar la apuesta y compartir con ella cuanto de más íntimo le fuera pasando por la cabeza.

«Si de verdad no quiere amarme, por lo menos que sepa qué se está perdiendo.»

De manera que se la llevó consigo al viaje de las fuentes. Una estratagema que su padre inventó para que a Carlotta le entraran ganas de beber agua, al ver en un determinado momento, siendo pequeña, que la mayoría de las veces se negaba a beber y esto le había provocado algún problema de salud.

Alberto Tiberi había elegido siete fuentes, porque el siete es un número siempre de buen augurio: siete como las colinas de la ciudad, los reyes de Roma, las estrellas de la Osa y las Pléyades, siete la cohorte de los *vigiles*, siete los magistrados *septemviri*, siete los *septemviri epulones* y un largo etcétera. En fin, que era un buen número y, como quiera que fuentes con agua buena y potable en Roma había un sinnúmero, había que ponerle algún límite.

El itinerario construido por papá Alberto, que la familia Tiberi repetía religiosamente cada domingo y que incluso ahora Massimo recorría de tanto en tanto (corriendo, pues así unía lo útil y lo deleitable), era tan hermoso que podría tranquilamente haber figurado en cualquier guía turística; en cambio, estaba destinado a seguir siendo parte de ese patrimonio inestimable que solo una familia puede poseer.

Geneviève se presentó puntual en el bar, con su bolso, del cual extrajo un vaso y el termo de té negro con rosas para enseñárselos a Massimo, como si dijera: «¿Has visto como he hecho los deberes?»

Él le señaló el termo:

—Eso hoy no lo necesitas: hoy invito yo. Mejor dicho, invita Roma.

Durante el viaje, parte a pie y parte en autobús, Massimo le fue explicando varias historias familiares y las razones que habían empujado a su padre a escoger cada una de las fuentes. Geneviève parecía sinceramente admirada. De vez en cuando tomaba alguna nota en su cuaderno, o se descolgaba con algún dibujo estilizado de algún detalle (ella sí, cierto talento sí que tenía). Cuando, en un momento dado, le dijo a Massimo que le habría gustado conocer a su padre, él se derritió literalmente y fue un milagro que no rompiera a llorar delante de todo el mundo.

Cuando se disfruta de un día en todos sus detalles, el tiempo se nos escapa entre los dedos igual que si estuviera compuesto de infinitos granitos de arena... Mejor dicho, si quisiéramos ser más precisos, infinitos no exactamente, porque, a partir de cierto punto, acabar se acaban, pero son tantos y tan pequeños que es imposible contarlos...

A la hora del almuerzo se sentaron en un banco con una enorme bandeja de fresas que habían comprado en un puesto cercano a la fuente de la Piña, en la plaza de San Marco, elegida por el padre de Massimo porque la piña traía suerte y, sobre todo, a Carlotta le encantaban los piñones y él había podido decirle que el agua que salía de la misma era en realidad un zumo de piñones. Y, qué casualidad, de esa fuente sencilla, elegante y no demasiado antigua (del año 1927) salía un agua con un retrogusto azucarado que era considerada la más dulce de Roma.

Regresaron cuando la tarde iba cediendo ya el paso a la noche, cansados pero felices, y de la mano, como si fuera lo más natural del mundo.

Este contacto encendió la epidermis de Massimo, quien, no obstante, se había jurado a sí mismo ser paciente, no forzar nada, no estropear la atmósfera también esta vez. Por este motivo mantuvo los ojos agachados cuando se despidió en el portal, porque sabía que el encuentro con esos relámpagos verdes encendidos a la luz del ocaso habría sido irresistible e irreparable.

—Gracias por haberme acompañado. Significa tanto para mí... A mí también me habría gustado poder presentarte a mi padre, era una bellísima persona y las bellísimas personas tendrían que encontrarse.

Geneviève se aclaró la voz:

—Gracias a ti, Menò, por haberme *transportado*.

Él sonrió:

—Llevado. Se dice llevado. Pero está bien así.

Ella se sonrojó. Era tan hermosa...

—*Oui*. Perdona. Mi italiano todavía está... ¡en obras! —añadió señalando una señal de tráfico que estaba al final de la plaza, donde la administración, con los tiempos geológicos habituales, tendría que haber reparado un agujero de la pavimentación.

—No, has mejorado muchísimo. Hablas mejor que Antonio, el fontanero, eso seguro.

—*Merci*. Tu agua ha sido buenísima. Casi como mi té con rosas...

La chica se lo pensó un momento, luego sacó del bolso el termo y se lo tendió a Massimo.

—¿Quieres? ¿Probar?

Massimo no había tenido el valor de pedírselo, pero se moría de ganas de probar esa bebida que parecía formar parte de la personalidad de Geneviève. En efecto, el sabor era fuerte y aromático, y en cierto sentido iba directo al cerebro.

—¿Te gusta, sí?

—¡Ah! Fantástico. —Massimo se puso la mano sobre el pecho e hizo ver como si fuera a arrodillarse—. Juro por lo más querido que tengo que nunca intentaré reproducir una bebida como esta. Es necesario tener más respeto y dejar a cada uno su labor, yo sé hacer café, pero el té no sé siquiera lo que es, ¡tengo que admitirlo!

—No te preocupes, Menò, basta con tener los ingredientes apropiados.

También su voz era irresistible, con la erre gutural y los acentos cambiados de sitio. Massimo estaba en el río, en el trecho anterior a la cascada, oía el ruido que se iba haciendo cada vez más potente, sabía que su última esperanza de salvación era lanzarse hacia la orilla y agarrarse a alguna rama saladiza y, sin embargo, hipnotizado por el canto de las sirenas, era incapaz de hacer otra cosa que dejarse arrastrar hacia lo inevitable.

Era el momento de separarse o bien de no hacerlo, el recuerdo de las despedidas precedentes estaba ahí entre ellos, entre atrayente y desagradable a un mismo tiempo. Luego un ruido rompió aquella atmósfera: a Geneviève se le había caído el manojo de llaves de sus temblorosas manos.

Como si fuera una escena de una película romántica de Hollywood, los dos se agacharon simultáneamente para recogerlo.

Con ese movimiento se acercaron hasta tal punto que habría sido imposible medir el espacio que había entre ambos. Luego se levantaron pero siguieron permaneciendo a esa distancia. Ahora no resultaba posible uno de esos besos rápidos de las otras veces, porque esos besos parten desde lejos y aprovechan el recorrido para salir huyendo. Ahora tenía que ser un beso de verdad o nada. Y superar esa pequeña distancia no cuantificable era como lanzarse desde diez metros de altura. Luego cierras los ojos, y te lanzas, y ahí estás.

Besarse así es como hacer el amor. Mejor dicho, es el primer acto del amor. El que te sorprende y te hace decir: «Sí, pero ¿será verdad?» Querrías pellizcarte para convencerte de que no se trata de un sueño, aunque sería estúpido estropearse este momento de gloria (con tanta banda sonora y latidos de corazón que podrían oírse desde la otra punta del globo), pasando el rato pellizcándose el brazo; por lo tanto, conviene disfrutarlo sin reparos ni peros; total, si se descubre luego que se trataba de una ilusión, de alguna forma ya nos daremos cuenta.

Por regla general, es mera contingencia si uno de estos besos no nos arrastra hasta la cama o donde sea con la urgencia imprescindible de la respiración y de la sed de implicar en ello cada centímetro del resto del cuerpo, porque ese sería su curso natural, del mismo modo que un río va a parar al mar o un satélite a recorrer su órbita. Pero, por otra parte, si es verdad que hemos construido un mundo lleno de automóviles e inventado las minas antipersona, no debemos extrañarnos de que no siempre el curso natural de las cosas coincida con el curso efectivo de las cosas, por eso de repente Geneviève se separó de él, o tal vez sería más exacto decir que se arrancó de él. Y, visto que un segundo antes eran una cosa sola —acerca de eso no cabía la menor duda porque sus corazones latían al mismo ritmo, junto con las respiraciones y la ondulación de sus caderas superpuestas—, era evidente que ella había sido sorprendida por algún pensamiento ajeno, fuerte como un rayo o algo semejante.

Lo miró con aire asustado y dijo:

—*Pardon*. No puedo. Dentro de poco me voy. No es justo, ¿comprendes?

—¡No! —dijo él, y quería decir: «No lo comprendo, de ninguna manera, no es justo, no puedes hacerme esto»; y en cambio añadió:

—Pero vale, si eso es lo que quieres, está bien. Buenas noches.

Y se dio la vuelta, dejándola ahí, abatido, pero no arrepentido.

Por ironías de la suerte, en su mente se deslizó un recuerdo casi blasfemo respecto a la situación, de aquella vez que estaban viendo un partido de fútbol de la selección, en el pueblo: estaban todos juntos, excitados delante de la pantalla, cuando de repente se estropeó el televisor y la imagen se vio reducida a una línea blanca y, más tarde, desapareció del todo. No hubo nada que hacer y, además, Italia perdió, y nada logró sacarle de la cabeza a Massimo que la culpa tal vez fuera también de aquel televisor que se había estropeado de repente, frustrando el sueño de una familia.

Es cierto, el amor no es un partido de fútbol y, por otra parte, actualmente el interés de Massimo por el fútbol rozaba el cero (también por eso era un hombre con el que casarse: un hombre capaz de llevarte a cenar fuera la noche del derbi sin tener que apuntarle con una pistola en la nuca), pero también es cierto que la vida es una concatenación de metáforas, y aquella decepción infantil le parecía un pariente muy cercano del dolor que estaba sufriendo en ese momento.

Si hay algún aspecto positivo en caerse por una cascada, para quien lo ha probado y puede contarlo, es que, en cuanto se ha activado el proceso, la cuestión se resuelve más bien deprisa y en el transcurso de pocos instantes, se tiene claro si uno ha sobrevivido o no. En cambio, en este específico caso era como si Massimo se hubiera quedado parado mediante la tecla de pausa justo a mitad del vuelo y ahora estaba allí, mirando el precipicio por debajo de él sin saber cómo iba a terminar aquello.

Levantó los ojos al cielo en busca de una respuesta: «¡Ah, Maria, ojalá pudieras tú ayudarme a entender algo más sobre esta extraña pariente tuya!»

La cascada

Pasaron unos cuantos días. Geneviève siguió frecuentando el bar como si nada hubiera pasado, dirigiéndole sonrisas que, en principio, él ni se habría esperado y sin mostrar un especial azoramiento, hasta el punto de que Massimo empezó a sospechar que era posible pasarse la vida entera mirando el abismo bajo sus pies sin que la fuerza de gravedad lograra salirse con la suya.

Pero la cuenta atrás proseguía de forma inexorable, él intentaba no pensar en ello, aunque, cuando reinaba el silencio, podía oír el tictac. Ella se marcharía pronto, esto lo sabía, y no había nada que hacer. Y, por si fuera poco, entre las fugaces sombras asomadas a la orilla resbaladiza del jodidísimo abismo le parecía vislumbrar de vez en cuando a aquel *hipster* al que no se había vuelto a ver por ahí, pero que permanecía amenazador en el fondo de la mente.

Un día, era el 10 de agosto, Geneviève, de buenas a primeras, se descolgó con una extraña petición. Le pidió a Massimo que reuniera esa noche a las nueve a los clientes más fieles delante de la fuente de la plaza de Santa Maria in Trastevere, porque había preparado una sorpresa para ellos. Algo sorprendido, Massimo obedeció.

Mejor no llevarle la contraria a una mujer, le dijo una vocecita sabia en el fondo de su cerebro, sobre todo cuando se le mete algo en la cabeza.

Sus amigos, obviamente, no se ahorraron una buena sarta de alusiones a la relación entre los dos:

—Pero ¿qué bromita tiene pensada tu novia? ¿Quiere proponerte matrimonio?

Y él subrayaba una y otra vez que no era su novia. Lo hacía, no obstante, encogiéndose de hombros, un gesto que, podía verlo cualquiera, había tomado de ella, casi como si se hubiera contagiado de una enfermedad.

—Se ve, de todas formas, que andáis siempre juntos, os estáis volviendo prácticamente iguales —comentó Tonino, el mecánico.

—Pero pardiez: ¿cómo es posible que él siga siendo el tontolaba sempiterno mientras que ella zagala es asaz inteligente? —intervino el seor Brambilla, quien a pesar de llevar lavando la ropa en el Tíber[7] desde hacía años, seguía aún con sus incurables dosis de habla redicha en la sangre.

—Ya ves, ahí hay poco que hacer: uno el cerebro lo tiene o no lo tiene —dijo Antonio, el fontanero, atacado de inmediato por Tonino:

—Tú de eso sabes un rato, ¿verdad?

Era el turno de Dario:

—Y tampoco en el aspecto físico estamos a la altura.

---

7. Para comprender la ironía, hay que recordar que para su versión definitiva de la novela *I promessi sposi* (Los novios), A. Manzoni declaró que había «lavado la ropa en el Arno», es decir, había pulido su lengua literaria buscando el modelo toscano para su italiano. (*N. del T.*)

No te ofendas, Mino, pero ella es una flor mientras que a ti, especialmente en los últimos tiempos, no se te pué mirar, ¡ties dos peazo bolsas en los ojos que ni las de Mary Poppins!

Cuando uno está entre amigos, los días pasan volando, y en un abrir y cerrar de ojos había llegado la hora ya de cerrar y de reunirse con los demás en la plaza (que por suerte no quedaba lejos).

Estaba todo el mundo: desde Lino con su perro *Junior* hasta Pino, el peluquero, pasando por Alfredo, el panadero; Rina, la florista, y hasta Paolo, el sindicalista, quien no pisaba el bar desde hacía tiempo y no sabía siquiera quién era Geneviève, pero le había llegado la voz y había decidido dar un salto, total una chica francesa siempre valía la pena.

Ella se presentó con algunos minutos de retraso, como una estrella sui géneris, provista de tela y caballete. En el caballete colocó la tela cubierta con una sábana que luego hizo caer descubriendo su obra entre el clamor general.

Se trataba de un crucigrama gigante con los números y las casillas blancas para rellenar. Geneviève agitó un papel:

—Tengo aquí las definiciones. Gracias al señor Dario, que me ha ayudado con el italiano.

Massimo miró a su amigo con recelo y le dijo:

—¡Vaya, así que sabes guardar un secreto!

—Pues claro —dijo él, deliberadamente en voz alta—: ¡El valor de un hombre se mide en su capacidad de guardar un secreto!

—Sí, claro, solo cuando tú quieres —comentó alguien, pero el debate se interrumpió porque otro gritó:

—¿Entonces qué?, ¿jugamos o no?

—Vale, vale, pero dejad que hable esta pobre chica, ¿o tengo que ir a buscarle un megáfono?

—¿Empezamos entonces?

—¡Sí!

—¡Pos dale! Yo soy er mago de la enigmística.

—¡Jo!, ¿sus vais a callar ya de una vez?

La intervención de Rina, la florista, no por nada la más seria autoridad en materia de crucigramas, impuso el silencio necesario para comenzar.

—Uno horizontal: «Ser un buen cliente lo es, pero en el momento de pagar nunca encuentra la moneda o bien ha ido un momento al baño.»

—¡Venga ya, pues decidlo entonces, que es tan fácil!

—Eh, Luigi, es inútil que te escondas, ¡sal que te veamos!

Massimo se sentía emocionado y conmovido al ver a esa muchacha tan tímida e introvertida plantando cara a un rebaño de trastiberinos DOC siempre listos para la broma y la burla. Era extraordinario ver cómo se había ganado el respeto de todos, simplemente permaneciendo fiel a sí misma, tal vez solo soltándose un poco respecto al principio.

Se empezó así, con el pistoletazo de salida. Pero no faltaron indiscreciones para todos los paladares, desde el tinte para el pelo de Angelo, el tranviario, que era un secreto a voces (y, de hecho, todo el mundo se reía, menos él), a la hipocondría de Antonio, el fontanero (que naturalmente lo negó hasta la muerte, aunque tuvo que capitular cuando sacó el blíster de Maalox para el ardor de estómago), a la propensión por el trabajo de Tonino, el mecánico (quien, en cambio, admitió sus propias preferencias: el trabajo, en pequeñas dosis, es estupendo). En la definición del seor Brambilla («Milán será un gran Milán, pero bares como el Tiberi haberlos no los hay») se veía claramente la patita del viejo Dario, pero Massimo estaba seguro de que la mayor parte de las observaciones nacían de Geneviève, tan reservada y silenciosa como pendiente del prójimo.

En resumen, que pasaron un par de horas de carcajadas generales, entre otras cosas porque, entre una definición y otra, Geneviève escribía el nombre sobre la tabla con un rotulador negro mientras que los interesados buscaban mil y una coartadas antes de admitir sus propios defectos.

Al final, el megacrucigrama tomó forma y, en diagonal, aparecía el lema «BAR TIBERI», que quedó convenientemente resaltado.

De inmediato Mauro, el fabricante de marcos, se apoderó del cuadro porque, en su opinión, merecía un emplazamiento adecuado y tenía que ser colgado con pompa y circunstancia tras la barra del bar Tiberi. Massimo, en realidad, lo habría colgado tal y como estaba, y sobre todo tenía miedo de que Mauro le colocara un grueso marco dorado y barroco, con un peso de treinta y cinco kilos y mayor que el propio cuadro.

—Te lo ruego. Discreción. Ya sé que tú eres un artista del enmarcado, pero este cuadro tan geométrico requiere algo más bien esencial, ¿estás de acuerdo conmigo?

—Pos claro, Mino, ¿por quién me has tomao?, hace treinta años que me dedico a este oficio. Tengo ya pensada una solución excepcional para resaltar esta valiosísima obra de arte.

La suerte estaba echada: Massimo se veía ya haciendo un agujero en la pared con el martillo neumático para poder colocar un taco del veinticuatro capaz de sostener el catafalco de una tonelada con los que habitualmente se acompañan las obras de arte valiosísimas.

Entre despedidas y agradecimientos, poco a poco la plaza se vació. Estaba claro que lo de Geneviève había sido un gesto de despedida, por tanto, la partida debía de ser inminente, pero Massimo no era capaz de preguntárselo, le parecía estar mutilándose por su cuenta o pegándose un tiro en su propio pie.

En el hombre queda todavía un tímido rastro de animal que es imposible borrar y así, igual que un jabalí herido redobla sus energías y es capaz por un breve instante de abalanzarse contra cualquiera, Massimo, al sentir la inminencia de la separación, no pudo evitar jugarse la última carta, o aquel beso suspendido se quedaría ahí toda la eternidad sin ir ni hacia arriba ni hacia abajo, igual que el famoso huevo duro.

Cuando también el señor Dario se despidió de Geneviève con una sonrisa y guiñándole un ojo, los dos muchachos se quedaron solos en el relativo silencio de la plaza: silencio entre ellos y sinfonía de gritos aislados, tintineo de botellas, cháchara y, en la lejanía, alguna bocina y algún motor pasado de vueltas.

—Ven conmigo, quiero que veas una cosa —se decidió al fin y la miró con una determinación demasiado intensa como para que no la contagiara a ella también. Estaba a punto de llegar el momento y el momento llegaría.

Massimo la cogió de la mano y la condujo hasta el portal de casa y, luego, escalera arriba, corriendo para no sentir el dolor, sino tan solo el instinto de supervivencia.

El último tramo iba a dar contra una puerta de metal.

Massimo sacó del bolsillo de los pantalones una llave más larga y oxidada que las demás y la metió en la cerradura. La puerta se abrió chirriando y dejó pasar una ventada del aire fresco de la noche, cargado de olores, y con algo de imaginación hasta el del mar también era capaz de llegar hasta allí.

La vista desde la azotea del edificio quitaba el aliento, y ese espacio común, donde no obstante por la noche nadie ponía el pie, regalaba al instante una sensación de intimidad y de prohibición que chocaban entre sí y que al final se ponían de acuerdo para confirmar que estaba a punto de llegar el momento, que el momento llegaría.

Esta vez sí, la mesa estaba decididamente servida.

Geneviève observaba con la boca abierta la extensión sin límites de tejados y colores distintos punteados de azoteas, plantas, macetas, cortinas, coronados por las cúpulas romanas aquí y allá. A Massimo estas imágenes siempre lo conquistaban, se sentía pequeño viendo cuántos otros lugares y cuántas otras vidas se desplegaban en aquel espacio, pero luego su espíritu se elevaba trepando por la brisa y era como si durante breves instantes el resto del mundo y él se convirtieran en una misma cosa. Estaba seguro de que también Geneviève, atrapada por el paisaje, experimentaba esa sensación.

Pidiéndole idealmente excusas a la propietaria (fuerza mayor...), cogió una sábana seca de una de las cuerdas del tendedero y la extendió en el suelo.

Pero fue ella la que se sentó la primera y la que lo invitó con un gesto, como demostrando casi que marchaban al mismo ritmo.

Desde allí ya no se veía el horizonte, sino tan solo el cielo, donde se habían encendido miles de estrellas.

—Mira. Esta es la noche de San Lorenzo, la noche de las estrellas fugaces.

Con un dedo, Massimo señaló una estrella y siguió una trayectoria ideal hasta hacerla desaparecer tras el parapeto y las siluetas de los tejados. Geneviève lo imitó y con la mano tendida empujó una estrella hasta la Tierra.

—Estrella fugaz... *étoile filante*. Menò, ¿tú tienes *désir*?

Él sonrió:

—Sí. Claro, ¿cómo no? Y tú, ¿lo tienes?

Ella se dio la vuelta y lo miró fijamente a los ojos, casi golpeándolo físicamente con la intensidad de la mirada.

—*Oui. J'ai un désir. Et toi?*

Massimo se acercó un poco más todavía, moviendo ligeramente la cabeza.

—No puedo decírtelo, de lo contrario no se cumpliría. Pero si quieres te lo puedo enseñar... ¿quieres?

—Sí —dijo ella, y riéndose añadió—: ¡Con ganas!

—Ya. ¡No sabes cuántas!

—No lo sé. ¿Cuántas?

Luego él se aproximó a ella y esta vez el beso pudo seguir su curso libremente hasta el final.

Cada centímetro de piel era un descubrimiento sorprendente y sensacional pero, al mismo tiempo, parecían volver a saborear un gusto ya probado en la noche de los tiempos del que luego habían sido privados en contra de su voluntad.

Sí, más que hacer el amor, parecían estar volviendo a hacerlo, con la misma fascinación que un monje que vuelve a ver la luz del sol después de tres años y tres meses y tres días de meditación en su celda y es capaz de captar cualquier matiz del milagro al que está asistiendo.

Así. Cada terminación nerviosa sentía las caricias de

todas las demás y, a pesar de la emoción y el apuro inevitable de una primera vez tan deseada que parecía inalcanzable, no hubo nada que fuera forzado, todo fue perfectamente natural, como si quien los guiara fuera una voluntad superior.

Massimo era un hombre de mundo y no le faltaba experiencia, por lo tanto no es que tuviera particulares congojas, pero en esos momentos se esmeraba por regla general para mantener cierto distanciamiento y buscar el placer femenino probando distintos caminos, porque cada mujer es diferente. Obviamente, siempre le había gustado hacer el amor, pero era como si estuviera tocando un instrumento musical que requería una gran concentración y, por lo tanto, a la alegría le acompañaba siempre también un poco de miedo a equivocarse, de ser juzgado por su propia habilidad.

Ahora no. Ahora nada importaba. Ahora no se mantuvo a la escucha para percibir qué le gustaba a ella o qué no le gustaba, porque oía tan solo la voz del instinto y no había nada que fuera equivocado.

Al final se miraron a los ojos y fue como si todo se hubiera concentrado ahí.

Una sensación extraña. Pero si hubiera tenido que contarlo (aunque no sabría a quién hacerlo, porque cuando se habla entre varones de estas cosas, se tiende a mantenerse más a ras de suelo), habría dicho que habían alcanzado el orgasmo juntos a través de la mirada, como si en ese instante cada estímulo disperso por el cuerpo hubiera sido llamado a capítulo hasta el flujo de la mirada y desde allí hubiera hecho primero implosión y luego explosión.

Massimo se dio la vuelta hacia el otro lado y ella le frotó la cara bajo su brazo.

—¿Tienes frío? Tienes la piel de gallina...

—¿De gallina? No, si estás tú no tengo frío.

A Massimo se le vino a la cabeza otra locura que había hecho en los últimos días pero que se había guardado para sí mismo. Sacó del bolsillo un papelito arrugado y lo miró a la luz de la luna, que estaba saliendo y que pronto expulsaría a las pobres estrellas de San Lorenzo.

Suspiró. Se avergonzaba un poco:

—Mira, se me ha ocurrido hacerte un regalo para que te lo lleves contigo, visto que te marchas y no quiero que te olvides de Roma ni tampoco de mí.

—¡Imposible!

—Vale, vale, todo el mundo dice lo mismo, y luego... por ahora he querido ayudarte con esta canción que tanto te ha gustado, pero que era difícil de entender. He hecho que me ayudaran a traducirla, aunque no ha resultado fácil.

Ella respondió únicamente con un suspiro y lo besó en la mejilla, él se lo tomó como una muestra de aliento, se incorporó, se aclaró la voz y empezó a cantar en un francés completamente suyo:

Rome ne pas me décevoir ce soir
Aide-moi afin qu'elle dise oui...

En el silencio que siguió a la incierta actuación (Massimo no entonaba demasiado bien, pero en ese clima de «o todo o nada» no se había preocupado demasiado, dado que con los ojos del amor una actuación desentonada y torcida tiene la misma fuerza que el Pavarotti de sus mejores años), Geneviève se acercó y le dio otro beso, como si ahora ya no supiera hacer otra cosa.

—¿Te ha gustado? —le preguntó.

—¡Con ganas! —respondió ella.

—Claro, ¡de ti siempre tengo ganas!

Luego él se dejó caer sobre ella y fue como volver a ver la misma escena de antes, igual pero diferente, todavía mejor, evidentemente, porque si uno está enamorado la vez más bonita es siempre la última, amenazada en su primacía tan solo por la próxima.

Aquella noche que nunca era suficiente se marchó volando en un instante y la vida real los sorprendió al amanecer un poco aturdidos, llevándolos reluctantes de regreso, a una hasta su cama, al otro detrás de la barra del bar Tiberi, respectivamente.

La caída

La respuesta a la pregunta que Massimo no había tenido valor de formular llegó por sí sola pocas horas después.

Ella entró en el bar arrastrando tras de sí la maleta, la mochila y todo lo demás: no había duda de que se estaba marchando. No mañana, no dentro de tres días, no esta noche: ¡de inmediato, ahora, *maintenant*!

¿Sería posible que hubiera resuelto las cuestiones burocráticas con la casa, la herencia y todo lo demás? Era posible. Llevaba allí más de un mes. ¿Sería posible que no tuviera ni una pizca de corazón ni de piedad por él? ¿Y a qué venían esas prisas? Había que preguntárselo a ella.

Tenía un aspecto trastornado y los ojos hinchados de llorar y no era necesario recurrir a Einstein para comprender que su amor recién nacido había terminado ya (a Massimo le parecía estar oyendo, de fondo, *Se telefonando*, canción que le arreaba en plena cara una noticia que tendría que saber desde hacía mucho tiempo).

Fue como si las dos o tres personas presentes en el bar desaparecieran y un haz de luz iluminara únicamente el espacio entre Massimo y Geneviève.

Ella se acercó por esa calle imaginaria:

—Me vuelvo a casa, *à Paris*. Lo siento.

Massimo no se contuvo, por más que la voz que le salió estuviera rota, tan cercana a la desesperación que sobresaltó a los espectadores involuntarios. Tonino, el mecánico, se juró a sí mismo que jamás de los jamases le tomaría el pelo por esto. Quizá.

—¡Nooo! Te lo ruego, no te marches. Quédate aquí. Quédate por lo menos un día o dos, no, no puedes marcharte ahora.

Pero en sus ojos, relucientes como solo lo son entre un llanto y otro, no había ni un ápice de esperanza:

—Te lo ruego, Menò, es muy difícil. Tengo que marcharme. *Pardonnes-moi.*

De repente, la fiera herida se dio cuenta de cuánta hipocresía había en aquellas lágrimas: «Pero ¿cómo? ¿Por qué lloras si te estás yendo? Al fin y al cabo, es una decisión tuya, ¿verdad? No puede ser de otra forma.» Y de esa manera le salió, como siempre en el momento equivocado y del modo equivocado, esa sospecha que no lo dejaba respirar:

—Tú. Tú tienes a alguien que te está esperando en París, ¿verdad?

Ella puso unos ojos como platos, asustada por esa agresividad inédita. «Te he pillado con las manos en la masa», pensó Massimo.

Ella miró a su alrededor como un cervatillo acorralado y tenía escrito en su cara que desearía estar en cualquier parte, salvo allí, manteniendo esa conversación.

—Sí, Massimo. Sí. Muy bien.

Rechinó los dientes un instante y sus ojos se velaron con una rabia repentina, justo como la primera vez: *tu quoque.*

Se dio la vuelta y se marchó cojeando.

Dario la siguió fuera del bar y desapareció con ella del campo visual de Massimo, que lo veía todo negro desde hacía unos segundos.

Cuando Dario regresó, un cuarto de hora después, lo encontró en la misma posición: inclinado hacia adelante, con los puños casi hundidos en la barra.

Los testigos oculares juraron y perjuraron que no lo vieron moverse ni un centímetro mientras tanto, cual si fuera un mimo de esos de la plaza Navona.

En su cabeza resonaba el eco de una sola frase.

«Se ha marchado. Se ha marchado de verdad.»

SEGUNDA PARTE

Puertas entreabiertas

«Se ha marchado. Se ha marchado de verdad. Las persianas de la casa están echadas. En un mes un incendio me ha destruido, arruinado, ha dejado de mí un esqueleto carbonizado. He tocado el cielo con un dedo solo para descubrir que era inalcanzable. Y ahora no sé si ha sido una gracia o una maldición.»

Eso era más o menos lo que pensaba Massimo. Continuamente. Repetidamente. Componía variaciones sobre el tema sin aburrirse nunca, sin acostumbrarse, sin acomodarse, encontrando, por el contrario, matices siempre nuevos.

Si no era un esqueleto carbonizado era un espantapájaros, unas ruinas abandonadas, una cáscara vacía, un uniforme sin un cuerpo dentro. Y así podríamos seguir.

Si hubiera tenido que elegir una lectura para ese periodo de su vida, habría elegido *Los sepulcros* de Foscolo, si hubiera tenido que elegir una película habría sido una reelaboración personal suya: *Cuatro funerales y una boda (imaginaria)*.

Con semejante estado de ánimo le pareció perfectamente coherente dirigirse en peregrinación a la tumba de la señora Maria. Llevó flores consigo, y su disposición espiritual era tal que no se habría sorprendido si la anciana se hubiera levantado del sepulcro para consolarlo, hacerle una caricia y aconsejarle sobre lo que tenía que hacer.

En cambio, bajo la lápida, cerca del cactus y precisamente dentro de su tacita desportillada de París (¡ay, ironías del destino al cuadrado!), encontró una nota que se sintió autorizado a recoger, si no por otra cosa, al menos por el lugar en el que había sido depositada.

Era un papelito doblado sobre sí mismo varias veces, pero no estaba muy estropeado, mejor dicho, parecía más bien reciente. ¿Y cómo podría ser de otra forma? En el fondo, desde el funeral tampoco había pasado tanto tiempo. Eran los acontecimientos los que alejaban, y mucho, aquellos días.

Massimo abrió la nota que, por cómo se encontraba en ese momento, para él podía proceder hasta de la propia señora Maria en persona.

En cambio, obviamente, estaba dirigida a ella:

Querida Maria:

Perdona errores, pero comprenderás, creo. Escribo en italiano como puedo, visto que tú has hecho tu carta en francés como puedes. Y deprisa, porque estoy a punto de marcharme a París. Nunca nos hemos conocido, por desgracia, y cuando he sabido de tu existencia y de la herencia me he preguntado por qué solo ahora, cuando ya no podíamos hablarnos y no antes. Una casa está muy bien, pero un afecto es mejor.

Ahora me ha llegado tu carta, justo antes de partir y deprisa quiero dejarte un mensaje. Luego con el pensamiento podremos seguir hablando, quién lo sabe.

El mensaje es que entiendo y te perdono. He visto muchas fotos en la casa, también mi madre. Y un afecto de Dario, Massimo, y todos. Tú eras una persona fantastique, *me he dado cuenta.*

La vida ha sido... injusta. Te quiero decir que no tengas arrepentimientos. Tú no has equivocado, solo el destino ha sido así. He aprendido de aceptar. Ahora voy aeropuerto, ¡a casa! Te quiero y lamento no conocerte.

Tuya,

Geneviève Remi

Massimo abrió y cerró los párpados para estar seguro de lo que estaba viendo. Sabía por experiencia que la imaginación puede gastar bromas pesadas, pero llegar hasta ese punto habría sido muy grave. De hecho, el papelito estaba ahí y no desaparecía, ni tampoco las letras, ligeramente corridas por la humedad (¿sería acaso una lágrima?).

Bien. Esa nota era una pista. Cómo interpretarla era harina de otro costal. Lo que estaba claro era que desde lo alto alguien tramaba para impedir que se sacara de la cabeza a esa muchacha.

¿La señora Maria había escrito una carta a Geneviève? ¿Y cómo le había llegado, si era verdad que le había llegado poco antes de partir? ¿Se la había dejado a alguien para que la guardara? ¿Al notario, quizá?

¿Y qué podía haberle escrito la señora Maria a Geneviève? Una vez más, Massimo se dio cuenta de que no tenía nada clara la situación. Hummm, pensó, si fuera un personaje de un relato de Conan Doyle seguro que no sería Sherlock Holmes.

Vaya, vaya. La señora Maria, la extraordinaria señora Maria, tenía algo por lo que hacerse perdonar. Pues claro: «¿Cómo no lo has pensado antes? *¡Mis culpas aún me persiguen*, dijo tras haber dejado caer la tacita parisina!» Tal vez en aquellas culpas reales o presuntas estuviera la clave de todo.

Massimo se echó las manos a la cabeza y se insultó una vez más. De modo que no solo, con su estúpido egoísmo disfrazado de timidez, disfrazado de respeto por la vida privada, le había arrebatado a una persona a punto de morir la posibilidad de liberarse de una carga, sino que se había negado a sí mismo también la posibilidad de conocer una historia que iba a cambiarle la vida.

Sí, porque de esa forma habría sabido cómo tomarse a Geneviève desde el principio, habría sabido cómo hablarle, habría sabido cómo comprenderla, como probablemente sabía hacer ese novio suyo que la esperaba en París.

Ah, a saber cuántas estupideces le había dicho a la luz de sus profundos dramas, y ella habrá pensado que ese pobre italiano *pizza-spaghetti-mafia-mandolina* no era capaz de entender el profundo dolor que le impedía abrirse y entregarse al prójimo.

Sí, claro, había escuchado sus historias melodramáticas de niñito de mamá e inmaduro solterón, se había divertido en el teatro romano, el de verdad y el de ficción, pero al final, tras darle vueltas y más vueltas, no lo había considerado digno de explicarle sus secretos.

Había habido ese momento, tras la exposición, ¿quién sabía si era verdad o era solo su imaginación? Hacía siglos. Parecía como si ella estuviera a punto de decir algo, pero luego se había vuelto a cerrar.

«La historia de mi vida. Puertas entreabiertas que de repente, tal vez golpeadas por el viento, se cierran para siempre.»

Massimo regresó a su casa con el andar torcido de un borracho, el mundo le pesaba sobre los hombros y no había forma de reaccionar.

Por un puñado de dólares

TEDIO. De haber tenido que resumir en una sola palabra su estado de ánimo durante aquellos días, esa es la que habría utilizado.

Pensaba con frecuencia en los poemas de Leopardi que había estudiado en el instituto y nunca como entonces sentía que podría haberlos escrito él, de no haberle ganado por la mano, con un margen de casi dos siglos (tampoco con la poesía le iban bien las cosas, ¡maldita fuera su estampa!).

Había intentado centrarse en el trabajo y algún resultado lo obtuvo: nuevas creaciones, como el café con chicoria, el café con cúrcuma, el café-tónic (probado por Dario y retirado inmediatamente de la producción, so pena de ser objeto de denuncia), el café con pomelo amargo, el café con ruibarbo y, para terminar, el hiper-café: un café concentradísimo, adornado con cacao amargo al ciento por ciento, que era imposible beberse sin una grotesca mueca de desagrado.

Era más fuerte que él: era capaz de sintonizarse únicamente con las más amargas sustancias conocidas por el hombre.

Miraba avieso a quien se atreviera a pedir el clásico

sobrecito de azúcar (que para entonces ya no ponía en el platito), sosteniendo que el azúcar hacía subir el colesterol y era un camino seguro hacia la obesidad, mientras que para el edulcorante dietético tenía preparada la docta argumentación del seor Brambilla sobre el aspartamo cancerígeno y solo tras una larga insistencia cedía abriéndose de brazos y diciendo:

—Haz lo que quieras, si quieres fastidiarte la salud, aparte del gusto del café, eres muy dueño de hacerlo, no por nada ya eres mayorcito, pero ¡luego a mí no me vengas llorando!

El punto álgido le llegó cuando se negó a servirle a un cliente un café marroquí sosteniendo que no había oído nunca hablar de él. Aquella vez, el cliente, que era uno nuevo y que se quedó de piedra, le señaló el cartel de detrás de la caja, con la relación de los cafés, y le indicó que el marroquí aparecía en aquella lista.

Massimo entonces lo miró fijamente a los ojos y dijo:
—¿Ah, sí?

Luego se subió a un taburete y con el rotulador trazó una raya sobre el nombre:

—Ese artículo ya no está a la venta. Si quiere un *espresso* aquí me tiene, en caso contrario hay un montón de bares en esta zona, ¡así que no veo cuál es el problema!

Por suerte, el señor Dario le echó un capote haciéndose cargo de la situación y enviándolo a la parte trasera para que tomara un poco el aire.

—El chaval es más bueno que el pan, pero está pasando por una mala época. En realidad, hacemos un marroquí de rechupete. Naturalmente, ¡invita la casa!

Más tarde Massimo le dijo que quería descontárselo del sueldo.

—¡Mira, me voy a esperar a que te hayas desfogao a ver si así te vuelves normal! —replicó él—, y de todas maneras se lo vamos a cargar a Luigi en su cuenta, que un euro más ese siempre lo suelta de buena gana, ¿no?

No. Massimo no tenía la menor intención de volverse normal. Antes siempre iba en busca de la luz, de la belleza, los secretos escondidos en las pequeñas cosas, ahora le parecía que de todos los objetos, de todas las paredes y de todas las esquinas de las calles le llegaba el mismo mensaje: que todo era gris, triste y sucio y que nada en el mundo valía el esfuerzo de ilusionarse. Hasta levantarse por las mañanas era un deber triste e inútil y lo hacía solo porque siempre lo había hecho así y por ahora no sabía imaginarse obrando de otra forma, pero alguna vez tenía la tentación de encerrarse en casa y no volver a salir. Algunos amigos le habían sugerido que era el momento de hacer algún viaje, de cambiar de aires, de darle un giro a su vida, y él sabía que en el fondo no estaban equivocados, pero le faltaba la energía incluso para plantearse la hipótesis de un cambio, como si el dolor que lo afligía fuera al mismo tiempo lo único que lo mantenía con vida.

Se puede uno imaginar, por lo tanto, con qué estado de ánimo recibió al cliente que estaba acercándose a la barra hacia las once de la mañana del 25 de agosto, más o menos.

Cliente con aire somnoliento, barba descuidada y unas gafas de ver cuya montura no pasaba desapercibida, pantalones elásticos, una camiseta blanca con el cuello algo deformado, como si hubiera dormido con ella, auriculares blancos de Apple, uno en el oído y el otro colgando, en resumen, sí: un *hipster*. *Aquel hipster*.

El cerebro de Massimo empezó a girar vertiginosa-mente, centrifugando las hipótesis más absurdas, desde la habitual y querida alucinación (pellizco, parpadeo, pero él seguía estando ahí), al otro amante abandonado que busca consuelo y solidaridad junto al ex rival (¡solo le faltaba esto!), al novio auténtico que había descubier-to la intriga y venía a desafiarlo a un duelo (¡tal vez era esto lo que faltaba!).

Por el contrario, el otro no traslució emoción alguna y hasta tuvo el valor de pedir un café largó (sí, largó, con el acento en la o: ay, ay).

La tensión podía cortarse con un cuchillo y Massimo pareció escuchar las notas de Ennio Morricone saliendo de los altavoces que había a su espalda. «A saber qué pensáis vosotros los *hipster* de los *spaghetti western*. ¿Han sido ya objeto de una revalorización o son demasiado comerciales?»

—Cuando un hombre con una pistola se encuentra con un hombre con un rifle, el hombre de la pistola es hombre muerto, ¿dijiste eso? Veamos si es verdad.

Seamos sinceros, además: todo hombre sueña con poder pronunciar alguna vez una frase de este tipo, por tanto Massimo no dejó escapar la ocasión.

—¿Cómo? Llevo un montón de años en Italia, pero aún me ocurre a veces que no entiendo vuestras bro-mas... Estaba buscando a Massimo, ¿eres tú? —respon-dió él tendiéndole la mano por encima de la barra.

Massimo se la miró como si acabara de salir de una cloaca, luego comprendió que no podía dejar de estre-chársela.

—Soy yo.

Sabía que tenía que haber añadido algo más, pero era

más fuerte que él, el dolor le había hecho abandonar cualquier clase de formalidades y, además, estaba bastante aturdido, al haberse materializado su peor pesadilla precisamente allí, a pocos centímetros.

Le sirvió el café largo esforzándose por no colocarlo sobre la barra con demasiada violencia.

—Veamos. Yo soy Jean-François, encantado de conocerte.

Aquellos acentos que tanto había amado ahora le provocaban náuseas, tuvo que apretar los puños hasta hacer que le blanquearan los nudillos para resistirse a la tentación de lanzarle un buen puñetazo a la barbilla, pero ya se sabe que la violencia nunca resuelve nada; además, él siempre había sido más pacífico que Gandhi, y seguro que no iba a transformarse de repente en un camorrista cualquiera, por más que en aquella absurda fase de su vida no pudiera excluirse nada.

Tras un silencio exagerado, Massimo habló:

—¿Y entonces? ¿Por qué me estabas buscando?

Total, mejor si entraban en materia sin demasiados circunloquios.

—Bah, francamente, yo vivo de alquiler en la casa de Geneviève Remi. Me ha dicho que es amiga tuya.

—Ah. ¿Y tú eres amigo suyo?

—No. He contestado a un anuncio suyo en Internet para el alquiler de la casa.

—Ah.

—Llevo aquí poco tiempo.

—Ah.

—Bonito. Vivir en el Trastevere es mi sueño. Un barrio maravilloso.

—Ah. Eh. Sí.

Massimo se encontraba prácticamente paralizado y le hubiera venido bien un *time out* para procesar una noticia que no se esperaba. Es increíble hasta qué punto la mente humana toma en consideración directamente las peores hipótesis, descartando las más obvias y normales y carentes de ambigüedad. Una vez más, el cine lo ayudó a resumir su propia situación interior: «Sigamos así, hagámonos daño.»[8]

—Lo que pasa es que —prosiguió el francés con un tono pacato y amable que hizo que Massimo se avergonzara por cómo lo había tratado— me he puesto en contacto con Geneviève porque se dejó olvidadas algunas cosa suyas. Me ha dicho que no importa, solo una cosa me ha dicho que te la dejara a ti en persona.

Le dio un golpecito al bolso que llevaba colgado en bandolera, luego, como si repentinamente le hubiera entrado alguna duda, le preguntó:

—Pero ¿tú eres Massimo? ¿De verdad? Ella me ha hablado de una persona amable y alegre...

Massimo se dio cuenta en ese momento de que ser educados con el prójimo no era solo un hermoso gesto hacia los demás, sino también hacia uno mismo.

—Tienes razón. He sido un poco brusco, en este periodo es algo que me sucede a menudo. Pero soy yo, no te preocupes, tengo el carné de identidad, tengo testigos, lo que quieras.

Dario, que se había mantenido apartado, se sintió llamado en causa.

—Parece de verdad que es él, pero tienes razón al

---

8. Frase célebre de la película *Bianca* (1984) de Nanni Moretti. (*N. del T.*)

sospechar. Piensa que el otro día yo tuve que pedir una prueba de ADN para obtener una confirmación al respecto. No se sabe qué le ha ocurrido, pero es él, es él, ¡maldita sea su estampa!

—Bien —barbotó Jean-François con una tímida sonrisa—. Pues entonces, aquí tienes.

Sacó del bolso en bandolera un sobre de papel más bien delgado y se lo tendió:

—Para ti.

Luego sacó la cartera, pero Dario se le anticipó:

—Faltaría más, has sido muy amable. ¡Lo menos que podemos es invitarte al café!

—*Merci* —respondió el joven—. Hasta la próxima, entonces. Espero volver a veros pronto.

Massimo se despidió de él con un gesto, esta vez más por el *shock* que por hostilidad.

—No lo entiendo, ¿has decidido invitar a beber a todo el mundo? ¿Qué pasa, es tu cumpleaños? Entonces ¿por qué no vamos a avisar a Luigi, el carpintero, y tal vez incluso le damos algo de calderilla? ¡Como él no paga como norma, no quisiera que se sintiera excluido de esta jornada de rebajas extraordinarias!

—Pero ¿por qué tienes siempre que protestar por todo? Salvo la clientela que tú tratas mal para desfogarte. Ya verás que cuando se te pase esa tontería que ties, me lo agradecerás.

—Sí, esa es buena. Sin blanca como va, a lo mejor sí que vuelve, pero solo porque espera que lo invitemos de nuevo. ¿No sabes que las reglas funcionan solo si no hay nunca excepciones?

—Pero ¿qué dices? ¡Son las excepciones las que dictan las reglas! Y, de todas maneras, mira que estás raro:

uno te trae un paquete de esa chica que, se ve a un kilómetro, la ties metida en la cabeza en to momento, y tú en vez de salir escopeteao para abrirlo te pones a discutir sobre los cafés a los que invito o no invito... ¡tú no eres normal!

—Sí. Es que tengo que recomponer los pedazos del puzle.

—Eso. Muy bien, recompón, recompón. Mejor me voy yo a darme un voltio, total, aquí no hay nadie; por lo menos, te dejo tu intimidad.

Dario se encaminó decidido como si tuviera que llegar hasta Latina a pie, y se sentó en la primera mesita del exterior. Massimo lo miró sonriendo (algo que no sucedía desde hacía tiempo) y pensó que por lo menos así atajaría a los eventuales plastas siempre al acecho.

Decidió, de todas formas, irse a la parte de atrás y sentarse en aquella especie de retiro a cielo abierto para estar seguro de que nadie se metería de por medio. Ya tenía alguna sospecha y extrañamente de vez en cuando atinaba. Dentro del sobre de papel había un cuaderno. Era precisamente el que tenía la reproducción del cuadro de Magritte en la tapa. Tras haber contemplado aquella casa de noche con el fondo de un cielo diurno, visto ya muchas veces y pese a todo siempre sorprendente, se le ocurrió de forma instintiva acercarse el cuaderno al rostro y olerlo.

Obviamente, el olor a ella que le pareció sentir era solamente sugestión.

Que vienen los nuestros

Massimo no quería hablar con Dario del cuaderno y Dario no quería preguntarle a Massimo qué había en el paquete. Ambos tenían sus buenas razones, probablemente distintas, para evitar el tema. El caso es que los hombres demuestran gran habilidad tanto para estar callados como para hablar de esto y aquello, por lo tanto se las apañaron estupendamente, sin zozobras y sin problemas.

Massimo, sin embargo, no veía la hora de cerrar para irse a reflexionar con calma sobre la cuestión.

Cuando llegó la hora, Dario se despidió con un abrazo y dijo:

—Si me necesitas, ahí estoy, ¿lo sabes?

—Lo sé —respondió Massimo con un suspiro, luego lo miró a los ojos y se relajó un poco—. Lo sé, tú siempre eres muy... perfecto, si no estuvieras no sabría cómo apañármelas. Pero tengo que resolverlo por mi cuenta, ¿comprendes?

—Comprendo. Pero cuando quieras pedir ayuda yo tardo cinco minutos en plantarme a tu lao. Y eso porque estoy algo achacoso, que si no tardaría tres y medio.

—¿Achacoso tú? ¡Pero si le has vendido el alma al diablo!

—¡Vaya, me has pillao! Pensaba que os había despistao con aquella historia del café antioxidante...

—¡A lo mejor los demás se la han creído, pero tú a mí no me la das con queso!

Massimo se demoró colocando las últimas cosas pero, mientras salía, le cayó la mirada sobre el jazmín. No era necesario ser un botánico para darse cuenta de que le faltaba agua desde hacía algunos días: las flores se habían secado y las hojas estaban ahí, mustias, mientras las raíces buscaban inútilmente en la tierra bien reseca.

Massimo volvió dentro y llenó la regadera. Aunque no lo hubiera admitido nunca, esto significaba que ciertas esperanzas aún las conservaba: solo quien ha renunciado a luchar deja morir una planta a propósito.

Bien. Por fin se encontró a solas y lejos de ojos indiscretos. Pasó la mano por la casa de Magritte. Sin duda, aquello era una especie de diario, más que una miscelánea de pensamientos; en definitiva, seguro que se trataba de algo íntimo.

De manera que las posibilidades eran dos: o Geneviève había hecho que se lo llevaran a él porque se fiaba de su discreción o bien quería que él lo leyera. Pero, en este último caso, se lo habría entregado directamente antes de marcharse, ¿no? Pues entonces era más plausible la primera. De hecho, Massimo tenía un profundo respeto por la vida privada y la intimidad ajena. Sí, él pensaba que la libertad de una persona acaba allí donde empieza la del vecino, ¿era así? Más o menos...

Existía un espacio inviolable alrededor del individuo

que podía explorarse solo mediante invitación explícita, renovable, pero no permanente.

«Está claro —se dijo mirándose en el espejo para resultar más creíble—, yo nunca voy a leer este diario. Nunca.»

Cogió el cuaderno, lo guardó bajo llave en un cajón del escritorio, sacó la llave y la metió en un libro: naturalmente *Mensaje en una botella* de Nicholas Sparks. La fijó con cinta adhesiva en la página 63.

Estaba pensando en dónde esconder el libro cuando sonó el teléfono.

El teléfono de casa era autorreferencial: en el noventa por ciento de los casos se convertía en heraldo de maravillosas ofertas de compañías telefónicas que luego, seguro, eran un timo.

«Tengo que decidirme a quitarlo», pensó Massimo, mientras iba a contestar, pero contestó de todas formas:

—¿Diga?

—¡Hola! ¡Soy Carlotta! ¿Qué tal vas?

—Te diré. ¡De cráneo! ¿Quieres que hablemos por el Skype? ¿Qué hora es allí?

—Las nueve, ¿por qué?

—¿Cómo que las nueve? ¿De la mañana? ¿Hay doce horas de diferencia? Siempre pensé que había nueve...

—Las nueve de la noche.

—Ah. ¿Entonces es que hay veinticuatro horas de diferencia? Pero ¿de qué día, perdona?

—¡De hoy, idiota! ¿Por qué no me llevas a cenar una pizza?

—¡Ah, mi gran hermanita! ¡Qué bien que hayas vuelto! Si me lo hubieras dicho habría preparado algo...

—Precisamente, ¡por eso no te he dicho nada! Bromeo, ¡quería darte una sorpresa! Y además, lo he decidido a última hora.

—¿Y Luigi?, ¿dónde lo has dejado?, ¿también ha venido?

—No, estaba ocupado con el premio Nobel y todo lo demás. Pero ha dicho que me deja a tu cargo.

—¡Ah, pinta bien, estoy en forma de verdad! Venga, entonces, ¿dentro de cuánto nos vemos?

—¿Tres minutos? ¿Cinco?

—Pongamos siete, que todavía tengo que ducharme, ¿te parece?

—Siete... ni uno más. Te espero abajo.

Massimo decidió acabar con la búsqueda del tesoro y colocó el volumen en su muy surtida biblioteca con la idea de olvidarse voluntariamente de su ubicación, de manera que escapara así a cualquier tentación. Cierto es que en el aparador de la cocina había también alguna cosa útil, por no hablar del cajón donde guardaba el talonario de cheques, la contraseña de la cuenta *online* y otras muchas cosas —se veía ya obligado a descerrajar su propia casa—, pero tanto da, no siempre las soluciones instintivas brillan por su raciocinio (esta, en particular, era verdaderamente demencial).

Massimo y Carlotta se abrazaron. Como algunos vinos tintos que al envejecer mejoran, su relación adquiría cada vez más automatismos y afinidades electivas y no costó nada restablecer la confianza de siempre.

—Ay, cuánto echaba de menos el aire de aquí. ¡No hay nada como marcharse de aquí para amar este lugarucho repleto de defectos!

—Así es —respondió Massimo, que no es que hubiera estado mucho fuera, pero creía entenderlo—. Bueno, es un amor distinto al que sientes estando siempre aquí, en mi opinión. Me explico: para mí Roma es extraordinaria, pero también es la esposa con la que te topas cada dos por tres, todos los santos días, por lo tanto algunas chispas saltan, y de vez en cuando te gustaría tomarte unas vacaciones...

—En cambio, para mí es ese amante fogoso al que si lo viera más a menudo a lo mejor no lo soportaría; en cambio, estas pocas veces se me enciende una pasión que... ¡ni que fuera Brad Pitt!

—Otra vez con el dichoso Brad Pitt, la verdad es que tienes una fijación que no veas... de todas formas, Roma hay una sola, eso es indiscutible.

—Sí, pero también es un poco una *sòla*[9]... depende de cómo pongas el acento.

—En efecto.

—Si te acostumbras a vivir en un lugar civilizado, vuelves aquí y te echas las manos a la cabeza, parece una jaula de grillos. Pero es tu casa, ¡y casa solo hay una!

—¿Una *sòla*?

—Una sola. Pero, venga, ¿no teníamos tú y yo una conversación pendiente?

—¿Qué conversación?

—¿Una chica? ¿Francesa? ¿Poco experta en café? ¿Te dice algo?

—Aaah, déjalo correr... ¡No estropeemos esta velada! ¿No notas qué brisita? ¿Por qué me miras así? ¿Es que no se puede ni cambiar de tema? Venga ya, es una historia complicada.

---

9. Juego de palabras intraducible. En dialecto romano, *sòla* (variante popular de *suola*, «suela») significa también «timo, chasco». (*N. del T.*)

El camarero se llevó los platos y dejó las jarras de cerveza, Carlotta bebió un trago largo y apoyó teatralmente los codos en la mesa, la barbilla en las manos y dijo:

—No te preocupes, a mí el tiempo me sobra, puedo esperar.

—Vale, pues, ya me he dado cuenta de que, si no te sales con la tuya, no vamos a entendernos. Pero que sepas que es una historia triste, así que ya estás borrando esa sonrisa que tienes grabada y preparando los pañuelos.

—Por Dios, oh, no, venga. ¡Espera! —Empezó a revolver dentro de su bolso—. Debería tenerlos porque con el aire acondicionado que hay por todas partes te pones enfermo más en verano que en invierno. Tú de todas maneras puedes empezar, porque ya soy mayorcita y estoy vacunada. ¡Y que sepas que si hay una que te hace sufrir tendrá que vérselas conmigo!

Carlotta puso un rostro fiero y mostró el bíceps.

—¡La Virgen!, das miedo. No te preocupes, que aquí se trata más de una cuestión psicológica que de músculos.

—Ah. Pero ya sabes que yendo al grano uno no se equivoca nunca. Venga, ¿me vas a explicar esta historia o qué?

Massimo le explicó el asunto desde el principio hasta el final, hasta en sus mínimos detalles, y Carlotta quiso llegar hasta el fondo con mil preguntas, ni que fuera Miss Marple, hasta el punto de que se vieron obligados a pedir otra cerveza, y luego otra más, y al final estaban algo achispados. Pero mejor así: los frenos inhibidores de Massimo descendían de manera directamente proporcional a la cerveza, permitiéndole confiarse más que ante un psicoanalista, condición primera para aceptar que nos den consejos, de los buenos.

Carlotta escuchaba, asentía, preguntaba, observaba y tan solo le faltaba tomar apuntes en una libreta. Cuando se dieron cuenta de que los camareros iban recogiendo las mesas que tenían a su alrededor, de que el local estaba completamente vacío y de que miradas cada vez más insistentes se posaban sobre ellos, comprendieron que había llegado el momento de levantar el campamento.

Carlotta vivía allí mismo, en un pequeño apartamento familiar que habían dejado sin alquilar precisamente para darle la posibilidad de regresar cuando quisiera (como decía mamá, estar cerca no tiene precio), de manera que Massimo la acompañó a casa intentando no pensar en cuando escoltaba a Geneviève hasta el portal.

Se despidieron con dos besos en las mejillas y un largo abrazo, luego Carlotta metió la llave en la cerradura.

—¡Oye, Mino! —lo llamó justo cuando él se estaba dando la vuelta—, ¿dónde dices que has escondido ese cuaderno?

À LA GUERRE COMME À LA GUERRE

Como es natural, Massimo tuvo unos sueños surrealistas. Señores voladores con manzanas en la cabeza, pipas que no eran pipas, nubes en botellas y copas de árboles sin tronco en mitad del cielo, caballetes con paisajes que se salían de la tela, señoras con rostros de hortensia, zapatos con forma de pie y castillos sobre rocas suspendidas.

Evidentemente, el estudiante había interiorizado la lección sobre Magritte. Nota: un diez y matrícula de honor.

Bien, pero ahora no hacía falta ser el doctor Freud para comprender que ese cuaderno ejercía una tentación difícilmente sostenible. «Es una cuestión de rectitud moral —intentaba repetirse—, un diario NO SE LEE.» Así de simple. Sin embargo, cuando alguien deja un diario, tal vez de manera inconsciente quiere que sea leído; y además, ¿qué se esperaba esa chica?, ¿que podía dejarle tirado, sin más explicación, y con un diario delante de sus narices que a lo mejor podía contener esa explicación? ¿Qué era él, un santo? «En fin, dadme un motivo y yo cargaré con el mundo a mis espaldas, ¡pero dadme ese motivo! ¿O es que me quieres además de cornudo, apaleado?»

El día siguiente se lo pasó en el bar en un estado de semidelirio, con una parte de su cerebro hipnotizada por aquel Magritte escondido en el cajón. Carlotta pasó para saludar, charló largo rato con Dario y luego se marchó para verse con Rina, la florista, pero primero le echó un vistazo a Massimo y se lo llevó un momento a un rincón:

—Si tienes la solución al alcance de la mano, no dejes de intentarlo, o solo podrás echarte la culpa a ti mismo.

—Está bien. Ya he captado cuál es tu opinión. Hablamos más tarde.

La mirada de Carlotta había sido tan intensa que no quedaron dudas. Quería decir: «A lo mejor tú estás tan aturdido que no sabes bien qué es lo que hay que hacer, pero yo sí.» Era una mirada de las que te señalan el camino.

Massimo, desorientado, se volvió hacia Dario en busca de aprobación.

—Paeces un perro apaleao, ¡me vas a romper el corazón! No sé na del asunto, pero si quieres que te dé mi opinión, haz lo que te dice tu hermana. Tu hermana siempre ha sido mucho más lista que tú. No te enfades: las mujeres siempre tienen una marcha más.

—¡Eso si tienen motor!

—Eso sí. Pero te digo que, a igualdad de motores, tienen una marcha más.

—No sé si esta conversación tiene sentido. Luego dirán que mujeres y motores son alegrías y dolores...

—Pero si esta historia del motor la has sacao tú, yo hablaba de una marcha más.

—¡El velocípedo carece de motor y bien que está provisto de marchas!

—¿Ves como hasta el seor Brambilla me da la razón? ¡Y él nunca habla al tuntún!

—Ya te digo, no se le entiende un carajo y tú enseguida piensas que habrá dicho algo genial, como si yo ahora me subiera a la silla, tras un mes de silencio, y me pusiera a declamar, yo qué sé: *¡Mulondi nadur katalamé, landú, landú, landú!*

Dario estaba sinceramente admirado:

—¿Quieres decir entonces que *randarau mistrabó nabodian*?

El seor Brambilla meneó la cabeza:

—Tú no entiendes, ya lo aprecio, ni una brizna, yo no hablo a humo de pajas. —Y, como para demostrar su propia buena fe, desenfundó un trabalenguas muy utilizado en su tierra—: «Era una gallina ética, pelética, peleticuda, mochicalva y orejuda que tenía unos pollitos éticos, peléticos, peleticudos, mochicalvos y orejudos. Si la gallina no fuese ética, pelética, peleticuda, mochicalva y orejuda, no tendría unos pollitos éticos, peléticos, peleticudos, mochicalvos y orejudos.» ¿Lo coliges?

Bognetti pagó y se marchó de allí con aire de quien no va a volver nunca más. Como siempre.

—Pero ¿de dónde hemos sacado a este tío? —preguntó Massimo, tras quedarse un minuto largo con la boca abierta.

—No lo sé, me parece que es él quien nos encontró a nosotros.

—Pero, en tu opinión, ¿tú crees que en Milán todo el mundo es así?

—¡Amos, anda! Es imposible. Aunque sería divertido. Todo el mundo así —sonrió Dario y añadió—: Oye, ¿por qué no te vas a dar una vuelta? Cierro yo, ya sé cómo se hace. No falta mucho y ya se ve que hoy no hay mucha gente.

Massimo se dejó convencer: tenía ganas de mirar el río.

El Tíber corría perezoso y turbio ante sus ojos. Al alcanzar el puente, Massimo había arrancado la rama de un arbusto y ahora la tiró hacia abajo. La observó dando vueltas en su lenta caída, quedarse luego un instante como indecisa sobre qué dirección tomar, como si de veras pudiera elegir, y al final la vio seguir su curso hasta desaparecer en la lejanía. Quién sabe adónde llegaría. Tal vez se quedase varada al cabo de trescientos metros, tal vez llegara hasta el mar y luego quién sabe.

Le parecía extraño. Aquella ramita era el emblema de algo que está a merced del destino, y, pese a todo, probablemente de haber tenido conciencia, se habría hecho la ilusión de que podría influir en ese destino. En cambio, no podía hacerse nada, aunque no por esto supiera cómo iban a terminar las cosas. En fin que, recapitulando: no había elección, el destino ya estaba escrito pero era desconocido. ¡Qué vida más bella, la de esa ramita!

Descartada la tétrica perspectiva de ser igual que esa ramita, Massimo pensó en un consejo de su padre. Una vez, cuando tenía dieciséis años, tuvo un disgusto con unos amigos suyos. Había hecho algo que es inútil explicar ahora y se encontró de repente con todos ellos en su contra, se había sentido juzgado y le había sentido mal.

Su padre le dijo: «Tú déjales que hablen. No te preocupes. Tú mira el río y espera a que pase el cadáver de tu enemigo.»

Desde entonces, cada vez que miraba el río, pensaba en ello. No es que tuviera claro qué significaba ese proverbio chino, pero le gustaban los lazos entre el río y el destino. En esas palabras se hablaba del momento oportuno, de un sentido de justicia cósmica, una idea de que tarde o temprano te será restituido lo que te mereces, aunque, ¿dónde queda tu espacio de acción? ¿Estás autorizado a remontar el río para saber algo más (y acaso para encontrar a tu enemigo aún con vida y vigor, dispuesto a matarte)? Y viceversa, ¿estás desanimado para llevar a cabo lo que sea y únicamente tienes que dejar que el tiempo y el agua fluyan?

Quién sabe.

Massimo intentaba comprender, la explicación parecía estar a un paso, pero se escurría igual que el horizonte, la base del arcoíris o una palabra en la punta de la lengua.

Luego concluyó que el río le había llevado ese cuaderno.

Y que él no podía mirarle a la cara a nadie. Que no se hacen prisioneros. Que estaba en juego su propia supervivencia y que leer ese diario no solo no era una equivocación, sino lo único que podía hacer.

Todo lo demás es aburrimiento, miedo y pajas mentales.

Bien, aunque solo fuera por ser pragmáticos como los americanos era conveniente hacer una *to do list*:

Uno: dar media vuelta y volver a casa.

Dos: sacar a Sparks de la estantería, extraer con cuidado la llave del aparador, fijada con un trocito de cinta adhesiva en la página 63.

Tres: abrir el aparador.

Cuatro: recuperar la llave del cajón del escritorio.

Cinco: abrir el cajón del escritorio.

Seis: sacar el cuaderno con la tapa de Magritte del cajón del escritorio.

Siete: sentarse en el sillón y afrontar el destino.

Ejecutó en rápida sucesión las operaciones que había
programado, haciendo realidad los objetivos que se había propuesto.

Una vez sentado, abrió el cuaderno y se le vino a la
cabeza el paso número ocho: aprender francés.

No era posible leer de esa forma. No había nada que
hacer. Claro, algunas palabras las entendía, no era ciríli-
co, después de todo, pero esta cercanía lingüística podía
resultar todavía más insidiosa. No sabía cómo decirlo en
francés, pero existía el problema de los *false friends* y ese
tipo de cosas; en conclusión: que a pesar de ser tan curioso como una culebra, cerró de nuevo el cuaderno y se
dijo que es mejor no entender nada que entender mal.
Malentendidos había habido ya hasta en exceso.

Y luego veía a ese Mel reaparecer al principio de cada
página, Mel arriba, Mel abajo, Mel por aquí, Mel por
allá. ¿Qué quería decir? En fin, que no era necesario ser
Pierre Curie para intuir que de seguir así habría acabado
preso de una violenta paranoia.

Pero había visto en una página su dibujo aproximado
de hombre con rosa y se conmovió. Luego se entristeció.

Luego reescribió el punto ocho de su programa, porque siempre es necesario tener un plan B.

Ocho: llamar a Carlotta.

Dicho y hecho. Marcó el número de su hermana.
—¿Estás libre esta noche?
—¿Otra pizza?
—No, mejor te preparo una pasta a la *amatriciana* aquí en mi casa, ¿qué me dices?
—Mejor me la haces a la *gricia*,[10] ¿puedes?
—Claro que puedo.
—Entonces voy para allá. Llevo yo el vino.

---

10. La salsa *gricia*, típicamente romana, se prepara con tocino (papada), queso pecorino y guindilla, mientras que la *amatriciana* incorpora también tomate. *(N. del T.)*

Olas

Mel,

empiezo este nuevo cuaderno todavía aquí, en París, por-
que sé que después de estas palabras aún podré verte y la idea
me consuela. Cuando vuelva a leer estas palabras sé que serán
el principio de una aventura y me da fuerzas saber que no ha
empezado sin ti.

Como dije en cierta ocasión, sin ti no voy a ninguna parte.
Tal vez entonces no sabía exactamente qué quería decir, ha pa-
sado tanto tiempo...; aunque tal vez, por el contrario, sabía lo
que quería decir, pero hoy no quiero decir lo mismo; en fin, que
todo cambia aunque no lo queramos, pero yo conservo el espí-
ritu de entonces y sigo contigo, donde sea que la vida me lleve.

Me veo obligada a marcharme, pero volveré, lo prometo, y
sabes que las promesas las mantengo.

Carlotta hizo una pausa y miró a Massimo a los ojos. Él
tenía miedo de echarse a llorar y mantenía la mirada hacia abajo, pero sabía que era necesario aclararse de alguna manera. La empresa, que sobre el papel parecía tan
sencilla, en la prueba de los hechos estaba manifestando
por completo su intrincada naturaleza: una violación de
la intimidad al cuadrado. La lectura de un diario es una

operación reprobable que exige ciertas agallas, pero ese aspecto ya había sido destripado y analizado por un lado y por otro, llegándose a la conclusión de que en el amor no existen reglas. Lo que no habían tomado en consideración (y ahora estallaba en toda su evidencia) era el papel de Carlotta, que lo ayudaba a él, que a su vez estaba escuchando el diario de Geneviève. Como alguien que espía por el ojo de la cerradura a otro que mira a una muchacha que se desnuda desde la ventana de enfrente.

Complicado. Pero los hermanos están para esto.

—Me has dicho que quieres saber. Creo que tú tienes razón y yo te ayudo de buena gana, pero te lo pregunto otra vez: ¿de verdad quieres llegar hasta el fondo? A mí me duele un poco verte sufrir con el sonido de mi voz, me duele revelarte ciertas cosas. Sería mejor que lo leyeras tú por tu cuenta, aunque esto es imposible, quiero decir, a menos que tú aprendas francés... en fin, no sé cómo... o bien podríamos hacer esto: yo traduzco y grabo o transcribo la traducción, así tú puedes descubrirlo todo sin tenerme a mí delante, mirándote.

Él la interrumpió (tendría que haberlo hecho de inmediato, pero no encontraba las palabras):

—No te preocupes. Déjalo correr. Tu voz solo hace que las cosas suenen mejor. En fin, eso es: si alguien tiene que verme así, hermanita, mejor que seas tú a cualquier otro. Es más, en el fondo es mejor así, ¿sabes? No sé cómo decírtelo, pero si me lo leyera yo solo (como sería lo natural que hiciera), si entendiera algo de este puñetero francés, luego estoy seguro de que no podría sincerarme con nadie, porque hay algunas cosas que uno no es capaz de explicar. En cambio, así tú me ves y lo sabes todo sin necesidad de que yo te diga nada. Tú eres mi hermana, en fin, eso es, nunca te lo he dicho, pero creo que estamos unidos por ondas telepáticas, si alguien pronuncia la palabra «sintonía», a mí me vienes tú a la cabeza. Por tanto, no, no me molesta que tú me veas así, en definitiva, es más...

Carlotta tenía los ojos brillantes. Se acercó a su hermano y le frotó la cara sobre su hombro, como hacía a veces cuando era pequeña, luego le dio un empujón:

—Ah... nunca sé si los hombres subís o bajáis. Os hacéis tanto los duros y luego, en cuanto os abrís un poquito, os deshacemos como nieve al sol. Maldita sea tu estampa. Sabes que haría cualquier cosa por ti, incluso violar la privacidad de una francesita chalada, incluso sentirme de sobra, así que sigamos adelante, tú me paras cuando quieras.

—¡Venga! Muerto el perro, se acabó la rabia. Prosigue hasta que te quedes sin voz.

¡Resulta increíble hasta qué punto decide a veces la vida atraparte y obligarte a tomar un desvío imprevisto! Tengo miedo, y este miedo lo siento como un bloque de piedra a la altura del diafragma. Me doy cuenta al instante de lo frágiles que eran los muros de rutinas con las que me protegía. Pocas relaciones, pocas palabras —y, pese a todo, jugando con ellas me gano la vida, ¿no resulta irónico?—, pocas ambiciones, para evitar exponerme en exceso. Luego la vida decide —por sí sola— que tengo que entrar en el juego, romper el ritmo, marcharme, pero ¿por qué?

Qué bien se me da, dirás tú, analizarme y racionalizarme; a saber por qué tanta agudeza no me sirve luego para sufrir menos.

Pero dejemos a un lado las teorías, dado que las teorías no cambian nada. El otro día regreso a casa aturdida por una de esas visitas a la redacción que de vez en cuando me toca hacer, no muy a menudo —bendito ordenador—, pero excesivas para mí.

El buzón de la correspondencia está tan lleno ya que urge tomarse una pausa para hacer limpieza. Me refiero al correo de papel, no el virtual, en la práctica son un puñado de facturas rodeadas por una corte de los milagros de publicidad. Me digo: tanto da... puesto que hoy el destino quiere que tenga relaciones con el mundo exterior, eso querrá decir que luego voy a encerrarme en casa durante una semana. Llego a la buhardilla con las bolsas de la compra y el pliego de sobres.

Esto es lo que me gusta de cuando paso el día fuera: regresar y sentir ese olor a mi casa que, por regla general, la costumbre no me permite notar.

Entre las demás cosas, está el comprobante de un envío que tendré que recoger en Correos. Perfecto: eso es que hay alguien que no me quiere: mañana otro baño de multitudes. Y además, ¿para qué? ¿Una multa?

Tal vez el que habla sea mi incorregible miedo, pero una voz me dice que las sorpresas agradables son más escasas que las sorpresas desagradables.

De vez en cuando mi miedo se equivocaba porque la sorpresa era agradable, eso no puedo negarlo. Hasta tal punto era agradable que proporcionaba aún más alimento a mi miedo, hasta tal punto era agradable que casi querría rechazarla.

Pero ¿cómo puede hacerse eso? Si la fortuna llama a la puerta no se le puede decir que no. En el pasado ya lo hice, dirás tú, loca, más que loca, no lo hagas de nuevo, y añadirás que esta vez tengo que ir, y de hecho voy.

Entras en Correos con miedo a no haber pagado la tasa de las basuras o sabe Dios qué y sales de allí siendo propietaria de un piso en Roma, ¿te lo puedes creer, Mel? En Roma. Y descubres que tienes ese familiar, o mejor dicho, que lo tenía, y no sabes si darle las gracias a esa mujer por este regalo inesperado o si odiarla porque no ha dado señales de vida antes, cuando estaba viva, quiero decir. En cambio, para dar señales de vida ha tenido que esperar a estar muerta. ¡Qué contradicción!

La maleta ya está lista, apoyada ahí, cerca de la puerta, yo estoy aquí en la mesa, escribiendo, admirando la luz del ocaso que estalla en la habitación por las claraboyas tiñendo las paredes, los objetos y mi piel. ¿Sabes, Mel?, ahora que tengo que marcharme aprecio más cada detalle de aquí. No sé cuánto tiempo tendré que estar fuera, a decir verdad no sé qué hacer con este piso romano... estaría bien alquilarlo para tener una renta fija y, quién sabe, ir por allí de tanto en tanto. O bien venderlo, pero ¿qué hago yo luego con el dinero? De vez en cuando me pregunto para qué sirve el dinero... quiero decir, parece el único y el último valor de nuestro tiempo, todo el mundo acepta y da por descontado que ante el dinero puede ceder cualquier otro principio, pero ¿qué es de verdad el dinero? No se trata de hacer un discurso moralista, estoy descendiendo a lo concreto. ¿Es posible que correr detrás de una especie de convención simbólica pueda condicionar de tal manera nuestras vidas?

¡Es hora de irse a dormir!, dirás tú. ¿Y quién puede dormir?, te responderé yo, con todas estas cosas rondándome por la cabeza. Mañana iré a verte por última vez hasta quién sabe cuándo, quizá un mes, quizá más. Luego me marcharé a Italia.

¿Qué será de mí? Han pasado algunas horas, pero no el miedo. Podrás imaginarte cómo he dormido, luego esta mañana he ido a la casa del té y me he hecho con provisiones con las que podríamos permitirnos hacer frente a una gran carestía. Pero las dividiré equitativamente en dos partes, por eso solo

podremos hacer frente a media carestía, si la distancia nos separa. Sin separarnos, en cambio, no tenemos nada que temer. Para ti he cogido diferentes calidades: té verde, té blanco, Oolong, Bohea, negro, aromático, prensado, Puah. Es de locos. No tendrás tiempo de aburrirte.

Para mí, en cambio, he cogido el té negro con rosas de costumbre, pero lo he cogido en tal cantidad que en la aduana probablemente me pararán los perros antidroga y seré arrestada por tráfico internacional y nunca voy a poder poner mis manos sobre esa herencia. Pero, por otra parte, nada me dice que en Roma pueda encontrar mi té y, como tú bien sabes, sin té no voy a ninguna parte.

Prepararme hace que me sienta segura, pero cuando haya acabado será el momento de partir. Estoy contenta de ir a verte, aunque lamento que sea la última vez. Siento curiosidad por lo que me espera y, no obstante, tengo miedo y creo que lo único que quisiera es quedarme aquí, en los rieles que cada día me conducen. Tal vez vuelo bajo, llevo una vida gris, pero si despegara del suelo podría caerme de repente y hacerme daño.

¿Por qué existirán estas contradicciones? No es justo. Quiero encontrar las leyes matemáticas que regulan la vida, la alegría y el dolor, tienen que existir. No estoy diciendo que tendría que ser más sencillo, no, es otra cosa. Solo que tendría que seguir unas reglas, como los crucigramas: con esquema fijo, blancos, sin esquema, crípticos, con cruces obligados, silábicos, a la inversa, a la inversa con cruces y así podría seguir. Pueden ser extremadamente difíciles, pero son honestos, porque la solución existe y no hay engaño.

La vida no. En la vida no sabes nunca si la solución existe o no, si está al alcance de la mano o alejada años luz. La vida es deshonesta.

La guarida del esquimal

Mel, *bien mío,*

cuando los problemas que hay que afrontar son tantos, por lo menos hay que dejar de lado alguno durante cierto tiempo. Hasta que vuelva a llamar a nuestra puerta en el momento oportuno. Será por eso por lo que mi corazón está latiendo a un ritmo que a mí me parece decididamente por encima de la norma. Porque me he distraído pensando lo que quiere decir Roma, lo que quiere decir tener una pariente salida de la nada pero ya muerta y enterrada incluso antes de ser útil para algo y blablablá.

He vivido los últimos días negociando con nuevos problemas, aunque deteste las novedades y no haya tomado en consideración que un billete low cost *para Italia también significaba esto: colocarme en el asiento de un avión. Tendrías que verme.*

Pero ¿quién habrá inventado este medio de transporte?

Rodamos por la pista y yo creo que aún sigo con vida únicamente porque mi cuerpo todavía no ha decidido de qué hacerme morir: el corazón, la apnea, el cerebro o un mero accidente.

Sé que voy a sobrevivir a este viaje. Lo escribo para que la posteridad lo sepa. Los motores aumentan sus revoluciones.

Tengo aquí el cuaderno porque imagino que en el momento de la muerte a lo mejor tendré un pensamiento digno de ser recordado.

En mi opinión, sería necesario coleccionar los pensamientos de quienes están a punto de morir. No me refiero a esa especie de testamentos espirituales repletos de retórica, me refiero justamente al postrer pensamiento que precede al fallecimiento. Tal vez sea imposible, pero yo, por lo que pueda ser, tengo aquí mi cuaderno.

Total, ya sé que si no escribo hundiré los dedos en los brazos de la butaca y tensaré las piernas, arriesgándome a que me den calambres, y el tiempo no va a pasar.

Escribiendo, por lo menos me concentro y desvío la atención de toda esta palabrería estúpida sobre los chalecos salvavidas y salidas de emergencia y los asistentes de vuelo que se preparan para el despegue.

Ya está. De ahora en adelante si algo sale mal estamos muertos. Mi estómago está por los suelos mientras nosotros vamos hacia el cielo. Dios mío, van a pensar que estoy loca garabateando palabras con la mirada clavada aquí, pero si no estuviera esta página me pondría a gritar, ¿y qué dirían entonces sus señorías biempensantes? Me gustaría hacer una encuesta. Preguntar a las personas que me rodean: «Pero ¿qué hay que sea tan satisfactorio en la vida? ¿Qué es lo que te hace sentir tan realizado?»

Ya lo tengo decidido: si sobrevivo voy a dejar de quejarme. Mejor dicho, no, así no vale.

Poco a poco nos vamos poniendo horizontales y ahora ya no me parece mal el avión, en el fondo aquí estoy protegida, hay respeto y discreción, tengo mi asiento numerado y únicamente he de responder que no a todas las preguntas que me hagan.

Aún sigo con vida. Toda la humanidad se alegra de ello, mientras la compañía nos da las gracias por la confianza otorgada, aunque nos ruega que permanezcamos sentados y con los cinturones abrochados hasta que la señal correspondiente se apague. Me parece que soy la única que ha oído la indicación. Me siento agotada como si hubiera hecho el viaje a pie, son las diez menos veinte de la mañana y estaría lista para irme a la cama.

Mel. Tal vez vuelva antes de lo preciso. Llevo en Italia menos de un día y ya han conseguido ponerme como una moto. No sé si vale la pena explicarte con todos los detalles cómo he sido acogida por este pueblo bárbaro y alucinante.

Recoger el equipaje ya fue una odisea, pero dejémoslo correr...

Cojo un taxi, mejor dicho, casi tendría que decir que el taxi me coge a mí, desde el momento en que literalmente sufrí un asalto de taxistas, como si fuera la última turista que quedara sobre la faz de la Tierra. Había leído que existe una tarifa fija, por tanto he intentado decírselo pero no hubo nada que hacer, el tipo me señalaba el taxímetro, haciéndose el tonto, y al final imagino que me ha estafado, como siempre con los turistas.

Y, por otro lado, esto hay que decirlo, ¿es que a nadie se le pasa por la cabeza que uno quiera pensar en sus cosas? ¿Es que algún médico ha prescrito que es necesario entablar conversación a la fuerza? Por si fuera poco, para hablar de nada, porque yo su idioma no lo entiendo, aunque el cariz de las intervenciones era más o menos el siguiente: «Ah, es francesa, ¿así que viene de Francia? ¡Ah, París, París: la Torre Eiffel! ¡Arco de Triunfo! ¿Cómo se llama el río? ¡Sena! Ah, en París tengo un amigo que se llama Philippe, ¿lo conoces?, a decir verdad no me acuerdo de su apellido. Tal vez Rolland. O era Rollier. Vivía, sí, vivía en un pueblo muy cerca de París.»

Por fin, cuando me bajo del taxi, me estaba quedando casi sin aire, me sentía débil.

He ido a la dirección de la casa, no a la del notario, porque lo primero que quería era hacerme una idea de esta plaza, de esta casa, de lo que me esperaba.

Ya estaba cansada, tenía hambre y hacía calor: imagínate lo que he pensado cuando me he dado cuenta de que el taxi no me había dejado en el sitio correcto. En el letrero, en efecto, se leía plaza de San Callisto, mientras que yo le había dicho muy claramente plaza de Santa Maria in Trastevere. Estaba a punto de echarme a llorar, lo único que me ha salvado ha sido el miedo a encontrarme en una situación embarazosa y, naturalmente, mi termo de té negro con rosas. Me lo he acabado de un trago y el cerebro enseguida se ha calmado (cada vez estoy más convencida de que se trata de una poción mágica, Dios mío, nunca me cansaré de darle las gracias a quien la inventó, mejor dicho, a quien la descubrió, porque algo tan perfecto no puede haber sido inventado por el hombre).

Lo que más me preocupaba era tener que preguntar a alguien por la dirección, no tenía las más mínimas ganas. He dado algunos pasos al azar y luego, con un golpe de suerte —el primero y el último del día—, he visto una flecha que señalaba la iglesia de la plaza de Santa Maria in Trastevere.

En efecto, estaba ahí al lado. Todo era hermoso: la iglesia, la fuente en medio de la plaza y el piso que he podido ver desde fuera.

Solo que en ese momento he tenido una especie de desfallecimiento y enseguida me he dado cuenta de que tenía que llevarme algo a la boca.

Allí enfrente había un bar y he entrado sin pensármelo mu-
cho: ¡cuánto me habría gustado que alguien saliera a mi en-
cuentro para ayudarme con la maleta! Me parecía bonito e ín-
timo, como esos bistrot *del Barrio Latino y, además, tengo que*
empezar a conocer el barrio.

—¡Aquí fue cuando nos conocimos! —dijo Massimo.

—Te agradezco que me lo hayas dicho, ¿sabes que no
me lo esperaba? —respondió Carlotta—. No sé muy
bien por qué, pero tengo la impresión de que tienes un
poco de miedo a continuar...

—En efecto, me parece que no voy a hacer un buen
papel. Pero sabré recuperarme. Y tú, ¿tienes ganas de tomar algo? No querría que te quedaras sin voz cuando
lleguemos a lo más bonito.

—Venga, dame un poco de agua, pero luego prose-
guimos, que la historia me está enganchando.

—Ya ves tú. Yo tengo la impresión de que va a acabar
mal.

—¿Estás loco? Estas historias románticas siempre tienen un *happy ending*, confía en mí.

Ojalá no lo hubiera hecho.

No sé si odiarlos más a ellos por cómo me trataron o a mí
misma por mi ataque de pánico. Mi idea era: «Cojo una carta,
señalo un bocadillo, me siento, espero, doy las gracias. Fácil.»

En cambio, allí dentro me miran como a un bicho raro.
Será uno de esos sitios con la misma gente desde hace cincuen-
ta años donde si entra alguien nuevo le tienen que hacer hasta
las pruebas del ADN. ¡Ya lo dicen que los italianos son lobbis-
tas y provincianos!

No solo me observan, sino que también me gastan bromas. Y no hay carta. Hay una lista colgada detrás de la barra, café espresso, café largo, café con Nutella, café blablablá. Pero ¿es que aquí se alimentan exclusivamente de café? Yo no he tomado café en toda mi vida y no tengo la más mínima intención de empezar hoy. Debajo hay escrito algo más, pero no me dice nada y no soy capaz de concentrarme.

El muchacho intenta ser amable pero ya me he dado cuenta de que la manera de ser amables aquí tiene algo de pegajoso que nunca voy a poder valorar, es mucho mejor una sana indiferencia.

No sé qué piensan ellos, pero yo ya no soy capaz de respirar, me gustaría estar en otra parte, pero ya estoy allí y tengo que pedir algo, lo que sea. Se me viene a la cabeza mi termo vacío y pido un té negro con rosas. Si hubiera pedido una oreja de oso polar asada se lo habrían tomado mejor: se han oído algunas risas a mi espalda y han añadido comentarios que no he entendido, y tal vez haya sido mejor así. Ese camarero falsamente amable se reía por lo bajo y yo estaba a punto de tirarle a la cara ese gran vaso lleno de agua y monedas colocado sobre la barra. ¿Quién puede darle una propina a alguien semejante?

Tú no te lo vas a creer, pero he cogido el azucarero y lo he derramado sobre la barra. Tendrías que ver cómo me han mirado. ¡Qué vergüenza!

Perfecto: he llegado hace menos de media hora y ya me he peleado definitivamente con los del bar que hay debajo de casa. Mel, ¿dónde me he metido?

Al cabo de un rato he entrado en la iglesia de enfrente y me he quedado allí no sé cuánto tiempo. Se estaba fresquito, allí, y me calmaba el hecho de que nadie podía molestarme, ¿quién molesta a una mujer que está rezando?

Una vez, hace siglos, en el colegio de monjas, algunas compañeras construyeron un iglú muy bien hecho: la nieve estaba bastante dura, habían cortado unos bloques con la pala en el suelo y los habían amontonado unos sobre otros con una notable pericia ingenieril. Yo me había quedado aparte, pero al final del recreo, cuando todas se habían alejado ya del patio, entré dentro, me senté allí durante unos minutos y luego volví a clase con retraso, donde fui recibida por la regañina habitual de la profesora. Me acuerdo bien de la luz del día que entraba filtrada y de una extraña sensación de calor en el frío. Desde entonces se me vuelve a la cabeza con frecuencia, cuando me gustaría sentirme protegida, cuando quisiera mantener alejado de mí el mundo, sin renunciar de todas formas a su luz. ¿Dónde está ahora la guarida del esquimal? ¿Es que no hay una para mí?

Hoy la luz filtrada por los ventanales de la iglesia me ha causado ese efecto, pero estaba claro que no podía quedarme allí para siempre.

Durante el resto del día he dado vueltas sin meta, he tenido la confirmación de algo que había oído decir: «¡Roma es el lugar más hermoso del mundo, lástima que esté lleno de romanos!»

Ahora estoy en una habitación de hotel, pero mañana tengo que ir a ver al notario y a lo mejor mañana por la noche, a estas horas, estaré ya en mi nueva casa. Ahora me voy a dormir: si pudiera formular un modestísimo deseo pediría por favor un sueño profundo y sin sueños.

Empieza a excavar

Mel, *amor mío,*

las cosas van de mal en peor. Tú no puedes imaginarte lo que me ha pasado hoy. Si fuera una película no sabría muy bien qué genero elegir: comedia, tragedia, drama... Si es una comedia, la que se ríe no soy yo, eso es seguro.

Por la tarde he ido al notario, que por suerte hablaba francés y es la única persona civilizada con la que me he topado hasta ahora. Él me ha explicado un poco los detalles, pero más que nada nos hemos dedicado a esas grandes formalidades burocráticas que había que resolver. Qué aburrimiento.

Esta señora era una prima de mamá, se conocían de pequeñas porque mamá vivía en Roma. ¿Y quién lo sabía?

Lo cierto es que ella sabía de mi existencia, en caso contrario no habría expresado esta voluntad. Y entonces resulta lícito preguntarse por qué nunca antes hizo nada al respecto. Según el notario, estuvo —¿cómo decirlo?— muy pendiente de enterarse de mis vicisitudes, señal de que le importaba...

La gente sigue lógicas extrañas. Tal vez tendría que ser menos severa con los demás, desde el momento en que yo no me quedo atrás —claro, yo creo tener mis buenas razones, pero ¿habrá alguien que no piense lo mismo de sí?—, de todas maneras, dejémoslo estar, no es el primero de mis problemas y sin duda tampoco el último, por desgracia.

Entre una cosa y la otra se me acaba haciendo de noche cuando consigo llegar al fin al apartamento. Tú dirás: «De qué te quejas, el día te ha ido bien.» Deja que el tiempo siga su curso y al final verás que las cosas salen como tenían que salir, es decir, mal.

Sigo las indicaciones del notario, mi vate, mi gurú, mi único maestro de vida, al margen del único conocedor del francés, y me veo delante de la puerta de casa. Hogar, dulce hogar. No te conozco y, pese a todo, ya eres mi casa. ¿Le habrá pasado ya antes a alguien? No lo sé, yo creo que si una persona recibe una casa como herencia difícilmente se trata de una casa que no ha visto nunca en una ciudad que no ha visto nunca donde vivía alguien a quien no ha visto nunca.

No es tan fácil como parece. Entre otras cosas porque abrir una vieja cerradura presupone familiaridad, porque tienes que girar la llave de una forma determinada, a lo mejor ejerciendo una presión hacia abajo en el momento de saltar el cierre o truquitos de este tipo. Al principio me he temido, de hecho, haberme equivocado de puerta, pero con cierto esfuerzo lo he logrado. Dentro flotaba el olor a cerrado y, naturalmente, no se veía un pimiento. Palpando las paredes he encontrado un interruptor de la luz, pero no he tenido tiempo de disfrutarlo porque ni aplastándolo ha habido forma de que se encendiera lo más mínimo. Entonces se me viene a la cabeza que el notario me había dicho que buscara el cuadro eléctrico en alguna parte dentro de la casa, porque por ahora no había sido dada de baja de la red —por suerte, de lo contrario habría tenido que reactivar todos los servicios metiéndome, quieras o no quieras, en otra jungla de burocracia— y probablemente bastaba con darle al interruptor general.

La luz que se filtraba desde el rellano ha sido devorada al cabo de un par de metros por la oscuridad polvorienta del piso y casi me siento tentada de sentarme en el suelo, para esperar allí las luces del día —y tal vez habría hecho bien, vistos los resultados—, pero ya tengo miedo ahora de las ratas y los escarabajos que pueden salir de las tinieblas —la oscuridad lo hace todo más inquietante—, pero tú me dirás: «Cuando hayas terminado con las obviedades, ¿acabarás esta historia?»

Pues bien. Me aventuro disipando las tinieblas con la flébil luz de la pantalla del móvil. Tal vez ese tipo de iluminación sea incluso más siniestra que el negro telón que había antes. La visión de esos muebles de antes de la guerra semiocultos en la sombra me recordaba la escena de Titanic cuando el robotito con su cámara de televisión submarina de rayos infrarrojos devolvía a los investigadores de la superficie las imágenes desdibujadas de otra época.

Sigo avanzando a tientas y me parece estar así una hora. El aire se va haciendo cada vez más asfixiante. No tienes idea... ¡si hubiera decidido echarme para atrás probablemente no lo habría logrado!

Por fin me topo con una cortina y, detrás, una ventana. La desatranco y abro las persianas. La primera bocanada de aire tras una larga apnea. Junto con el oxígeno entra ese poco de luz concedida por el crepúsculo inminente.

Por lo que puedo ver me parece que la casa está ordenada, aunque vetusta. Mejor así: podré regresar a París más pronto.

Prosigo con la búsqueda del cuadro eléctrico, pero pronto me doy cuenta de que tan solo me puedo dejar la vista en el intento. Además, me parece haberme topado con una cama. De repente, todo el cansancio del mundo se me echa sobre la espalda. Suma dos más dos: hay una persona agotada y hay una *cama, chirriante y probablemente llena de ácaros, pero sigue siendo una cama. La persona agotada se duerme.*

Pero no pasa mucho tiempo, creo, cuando algo me despierta. El chirriar de la puerta de la entrada, tal vez. Por un momento me siento completamente desorientada, ¡cuánto echo de menos mi mansarda, donde cada respiro de los muebles y de las paredes es como una voz, no digo ya amiga, pero al menos conocida e inteligible! Luego, silencio. Yo en la oscuridad, preguntándome si de verdad lo he oído, si no era un sueño, si no era un ruido procedente, no sé, de la calle o del apartamento de al lado.

No. El crujir del suelo. Pasos ligeros y circunspectos. Hay alguien.

—¡Ay, ay, aquí me parece que esto acaba con un jarrón en la cabeza! Ya me parece estar sintiéndolo... —intervino Massimo.

—Pero, es que tú también... ¿cómo se te ocurre hacer algo semejante? ¿No podías gritar? ¿Tocar el timbre? En fin, la verdad es que cualquiera habría reaccionado así, es más, me parece que aún saliste bien parado...

—¡Pero es que quería coger al ladrón con la manos en la masa!

—¿En qué película creías que estabas, James Bond? A lo mejor si hubiera sido de verdad un ladrón ahora no estarías aquí para contarlo... bien dicen que a vosotros, los hombres, os iría de miedo tener una nodriza.

—Bueno, vale, vale, pero sigue, venga; bueno, si quieres, se puede pasar de puntillas, solo en este momento, por la historia del vil atentado de que fui víctima.

La carrera hasta el hospital tiene matices surrealistas. Ya me ves a mí, con un pequeño corte de nada, montada a rastras en la ambulancia con él, aunque un policía me sigue y me vigila. Entretanto, he podido darme cuenta de que el ladrón no era un ladrón, sino el chico del bar de ayer, que quería verificar si había ladrones. Y, ¿sabes? En ese momento en que lo veo dormir me parece hasta guapito. Indefenso como un pollito.

—Ja, ja, ja, que me muero: ¡un pollito!
—¡Venga ya, Carlotta, para ya! Son cosas serias...
—Perdóname, tienes razón, es que no he sido capaz de contenerme...

Por suerte, ahora que hemos llegado al hospital y eso, se reúne con nosotros el notario, la única persona amable que he conocido, que nos hace de intérprete y nos ayuda en la mediación. A decir verdad, creo que no me ha traducido fielmente todos los detalles, porque ese señor, quiero decir el que lo socorrió y que trabaja también en el bar de ayer (¡una maldición, ese lugar!) debe de haber dicho cosas de todos los colores, con ese tono de loco que se gasta y gesticulando sin parar con unos aspavientos que no prometían nada bueno.

Y así nos enteramos de que el muchacho iba de buena fe, porque al haber visto las ventanas abiertas ha venido a verificar qué pasaba. De todos modos decido no presentar ninguna denuncia y esto debería aplacar los ánimos, aunque me parece que el viejo se muere de ganas de liarse a bofetadas, no sé por qué motivo.

Las condiciones del muchacho son buenas y me dicen que puedo marcharme para casa: el mundo aquí es tan feroz que estoy aprendiendo rápidamente a cogerle cariño a este rinconcito, sobre todo ahora, que he cerrado la puerta con tres vueltas de llave.

Salir del hospital resulta un buen laberinto y una vez en el exterior soy incapaz de parar un taxi. Aquí conducen como si estuvieran corriendo para hacerse un trasplante de corazón con toda urgencia y les quedaran diez minutos de vida.

Por si fuera poco, veo que llega el muchacho al que tumbé (evidentemente no estaba tan mal...) junto con el viejo; se acercan amenazadores. El viejo para un taxi —no sé cómo lo ha conseguido— y me invita a entrar. No sé dónde me quieren llevar, pero ya he visto demasiados episodios de película, por tanto subo volando al taxi y me marcho de allí.

Te había dicho antes que llevo encima todo el cansancio del mundo. Pues imagínate ahora. Pero tenía ganas de poner negro sobre blanco todo lo que me ha pasado esta tarde, nunca se sabe, tal vez este cuaderno pueda servir como prueba en el curso de las investigaciones.

Pedazos de cristal

Este *suelo es como mi vida. Pues entonces, ya basta de estarse con los brazos cruzados: ¡venga con la estopa! ¡Fuera estos añicos y este polvo!*

Es evidente que no puedo anotar todas las cosas con tanto detalle como ayer: la realidad es mucho más rápida que mi pluma. Ya te lo habré contado: hace unos años había un chico al que no podía quitarme de encima. Se llamaba Nicolas y no paraba de invitarme al cine, o a exposiciones, o a jardines. Muchas veces me esperaba fuera de las monjas, cuando podía salir. Me lo encontraba clavado en la acera con un ramo de flores en la mano. Pero cuanto más amable era él, peor me sentía yo. Algo me apretaba la garganta y me quitaba la respiración y tan solo tenía ganas de salir huyendo. Lo trataba mal porque herirlo me proporcionaba cierto alivio, en fin, me parecía que era más justo obrar así que fingir que aceptaba su cortejo.

Él fue incluso demasiado paciente, es más, empecé a creer que estaba enfermo de alguna enfermedad rarísima que lo obligaba a estar junto a una persona infeliz y consumir sus propias energías en una causa perdida que iba a amargarle la vida.

Luego, un buen día, me dijo que lo había entendido, es más, que lo había sabido desde muy pronto, en realidad, pero se ha-

bía ilusionado con la idea de poder cambiar las cosas. Añadió que yo, al contrario de la mayor parte de las personas que intentaban mostrar su mejor lado y esconder sus defectos, quería desanimar a toda costa a los demás mostrando mi cara más fea y reprimiendo mi belleza y mi aspiración a la felicidad.

Dijo que por desgracia su paciencia de ser humano en carne y hueso se había agotado, pero que él veía en mí algo espléndido y luminoso, y que yo, en cualquier momento, solo con que lo decidiera, podría brotar como una flor y deslumbrar al mundo con mi fulgor. Estaba llorando mientras lo decía. Claro que se trataba de un tipo algo melodramático, pero tenía la mirada firme de quien está diciendo algo verdadero.

De vez en cuando deseo que tuviera razón. Deseo que antes o después el hielo que tengo en el corazón pueda deshacerse.

Luego veo todo lo que hay a mi alrededor y doy gracias por mis barricadas, las compruebo y las refuerzo.

Ah. Esta tarde han llamado a mi puerta y me he encontrado delante al chico del jarrón. Llevaba en la mano una bandeja con una tetera y todo lo demás. Por un instante he pensado que quería vengarse. ¡Cualquiera comprende la simbología de las venganzas tribales italianas!, me he dicho.

En cambio, me ha dado la bandeja y se ha marchado. A lo mejor es que quería ser amable. El té, de todas formas, era imbebible, por tanto ¡o es un inútil o pretendía envenenarme!

—¿Qué te parece, hacemos una pausa? —dijo Carlotta, exhausta.

—Claro. De todos modos eres una traductora simultánea perfecta. Tienes una salida profesional al alcance de la mano...

—Vale, lo tendré presente en el caso de que decidan despedirme...

—¿Por qué no te despides tú misma, no te vuelves a Roma a vivir? Un sitio para ti detrás de la barra lo habrá siempre.

—¿Y a mi mariducho, dónde lo metemos?

—También a él detrás de la barra, así por lo menos de vez en cuando me puedo poner al otro lado para ver qué efecto produce.

—Mira, yo creo que en cuanto le concedan el Nobel y se retire a la vida privada, podemos tener alguna posibilidad. ¡Siempre que tú no decidas trasladarte a París!

—¡Sí, claro! ¿Con Mel o sin Mel?

—Claro. ¿Quién será Mel? Mira que resulta extraño, te lo digo yo: ella escribe como una muchacha solitaria. Cerrada, desesperada, desconfiada. No sé qué es lo que le ha pasado, pero tiene un miedo horroroso a soltarse. ¿No será un amigo imaginario?

—Pero ¿qué es?, ¿una esquizofrénica? No, no es posible. Se dirige a alguien. ¿Qué ha dicho, «mi amor»? ¿«Amor mío»? ¡Tú podrás contarme lo que quieras, pero lo que yo noto es precisamente olor a novio!

—No me convence. ¿No ves cómo le habla? Y, además, venga ya, en estos tiempos a un novio lo ves en el Skype, le escribes un *mail*, ¡no le escribes esta especie de diario! Es como si solo existiera ella, es decir, no hace preguntas o referencias a la vida con él..., no sé, es demasiado raro.

Massimo se acarició la barbilla:

—Tienes razón. Es verdad. Pero el amigo imaginario no es una solución, ¿de qué estamos hablando, de *El resplandor*?

—Bonita situación: tú que quieres envenenarla, ella que pide ayuda a su amigo imaginario... ¡yo que tú me encerraría en casa con doble vuelta de llave, no vaya a ser que te encuentres en la puerta a Jack Nicholson con el hacha!

—A propósito —rebatió Massimo—, ¿te has fijado que ha hecho referencia a *Titanic*? Por lo tanto, tampoco le disgustan esos buenos peliculones de Hollywood...

—¿Es que acaso debería?

—Pues claro que sí, ¡no te acuerdas de la historia esa del *hipster*, de las películas *mainstream* y de todo lo demás! ¿O no te lo dije?

—Sí que me lo dijiste. No creo que quede nada que no me hayas dicho. Pero me parecía también que tu castillo de cartas se había derrumbado en el momento en que ese tipo vino al bar y te diste cuenta de que ni siquiera se conocían.

—Tienes razón, a veces me olvido de ello.

—Parece casi que le hayas cogido gusto a la idea del rival, te imaginas rivales por todas partes.

—Ahora no me trates de paranoico. ¿Ves lo que hay escrito aquí? ¡Mel! M-E-L... me parece poco equívoco.

—Sí, pero se trata tan solo de una palabra, y además muy corta, no puedes construir sobre la misma vete tú a saber qué.

—Yo no construyo nada. Solo me pregunto...

El envenenador ha vuelto.
Y otra vez más.

Y otra vez. Es obstinado y testarudo, me recuerda un poco al pobre Nicolas.

—¿Te das cuenta? ¡Le recuerdo al pobre Nicolas!

—¡Pero espera un poco! Ten un poquito de paciencia: ya dijiste tú que al principio te odiaba...

—Pero una cosa es sospecharlo y otra cosa es... En fin, oír que a uno le tratan explícitamente de pobre diablo ¡es harina de otro costal!

—No ha dicho pobre diablo...

—Sí, claro, pobre y ya está, lo que es aún peor. ¡Por lo menos el diablo tiene ese encanto perverso y un tanto satánico!

—Ya te lo he dicho: has de tener paciencia. Por ahora todo es coherente con lo que me has contado.

—¿Y eso es bueno o malo?

—Bueno, es bueno. Por lo menos quiere decir que la historia ocurrió de verdad.

—¡Menudo consuelo!

Mel. No sé cómo hacérselo entender: tengo la casa llena de teteras y de tazas. ¡Ya no sé dónde meterlas! Y además yo es que su té no me lo tomo: me basta con el mío, que es mucho mejor, por más que el tesón que demuestra sea admirable.

Esta ciudad me conquista, tendrías que verla. Queda mal decirlo, pero de vez en cuando es tan hermosa que parece de mentira... De todas formas, no tengas miedo, sigo pensando en volver cuanto antes, aunque tal vez me haya planteado que merece la pena tomárselo con un poco más de calma, dado el esfuerzo que he tenido que hacer para venir aquí.

Tendría que servirme como lección: basta muy poco —mejor dicho, nada— para crearse pequeños hábitos tranquiliza-

dores. Y además, ¿cómo decirlo? Si no estás con nadie nunca te sientes sola, ¿verdad?

—¿Lo ves? ¡Dice que no está con nadie!
—Pero se refiere a los amigos, a la vida social. En resumen, que solo está con Mel y volverá con él, que es, por otra parte, lo que ha hecho.

Otra vuelta del tiovivo. Esta vez le he devuelto al fantasmagórico camarero —a propósito, se llama Massimo— todas sus cerámicas. Se ha quedado tocado, el pobrecito...

—¡Y dale otra vez! Pobrecito, pobrecillo, pero ¿qué pasa?, ¿es que doy pena?
Pero en su interior, Massimo había sentido un fuerte calor solo con oírse llamar por su nombre.

Aunque ha sido divertido espiarlo desde la ventana mientras cruzaba la plaza con todas esas cosas: ¡parecía Philippe Petit caminando sobre las nubes!

—¿Y quién es este Philippe Petit? ¡Seguro que es un pobre diablo, no sé, un blanco humano para el campeonato de dardos!
—No, no, mira aquí.
Carlotta, desenvuelta y pragmática como siempre, había aprovechado la pausa para hacer una rápida búsqueda en la Red sobre el tipo en cuestión.
—Es un personaje de culto. Un equilibrista. Es famoso porque en 1974 tendió clandestinamente un cable de acero entre las Torres Gemelas e hizo de funambulista allí arriba. ¿Entiendes? ¡Sin seguridad!

—¡Sus muertos! ¡Qué fuerte! ¿Me dejas ver? Han hecho hasta una película, ¿cómo es que no la he visto?

—¿A mí me lo preguntas? En cualquier caso, si me lo permites, no se trata precisamente del último de los pobres diablos. Y además, te espió desde la ventana... ¡no me digas que no hay ya ternura en ello!

—¡Me espió para reírse de mí a mis espaldas! Y me parece que no fue la única. Pero ¿sabes una cosa?

—No. ¿Qué?

—Esa imagen del equilibrista se me pasó a mí por la cabeza también en ese momento. En fin, que caminaba con un montón de cosas que se me podían caer de un momento a otro y precisamente pensé en la figura del equilibrista, ¿no es raro? No había ningún cable, ni ninguna barra, y sin embargo yo me sentía un funambulista y ella me veía funambulista. ¿Por qué?

—¿Tal vez porque ver a un tipo que cruza una plaza con dieciocho bandejas en precario equilibrio hace pensar en un funambulista? Pero si tú quieres ver ahí la Providencia, no te cortes.

—¡Gracias por el apoyo!

—Perdona, tan solo intento ser realista. Ni me exalto ni me deprimo.

—Bien.

—¡Ah, mira! La próxima palabra del diario es «Bien». La misma que has dicho tú sin leerla. ¿Será esta también una señal del destino?

—¡Venga, venga! ¡Prosigamos, venga!

Bien. ¡Ahora me gustaría tener aquí delante a ese maldito Nicolas que me dejó con la duda de que yo podría ser mejor si me soltara, de que yo incluso podría estar mejor si me soltara!

Ahora sabría qué contestarle. Le contestaría que si te sueltas lo que haces no es más que prepararte para la próxima estafa, que los buenos y los ingenuos no sobreviven largo tiempo, pero esta no es la cuestión, la cuestión es que los buenos en su ya breve existencia se ven obligados también a sufrir, no solo porque todo el mundo se aprovecha de ellos —lo que, paradójicamente, podría hacerles sentir útiles—, ¡sino también por esa dosis de sadismo humano que empuja a echarse sobre los indefensos!

He vuelto al bar de debajo de casa. Me parecía justo disculparme con ese Massimo tan insistente, pero amable, a su manera. Pobrecito, en el fondo casi le parto la cabeza. ¡Imagino que para un italiano dejar que una mujer le haga morder el polvo debe de ser una suprema humillación!

—Pero ¿qué se cree, que somos trogloditas?

—Tiene razón: ¡sois unos trogloditas!

—Ah, ¿así que encima le das la razón? ¡La verdad es que las mujeres sois terribles!

—Y entonces, ¿cómo es que no podéis prescindir de nosotras?

—Ya. De tanto en tanto yo también me lo pregunto...

Tengo que ser honesta: la culpa también es mía. Pero sobre todo de Nicolas. Yo no estoy hecha para soltarme, no estoy hecha para hablar con la gente, tendría que encerrarme en la celda de un convento y tirar la llave.

El ambiente, tengo que decirte, no me ha ayudado. Entro y me encuentro a esos personajes que me miran como si fuera un extraterrestre recién desembarcado de su astronave. Yo, como de costumbre, me bloqueo y ellos, como los salvajes que son, empiezan a burlarse de mí. El tipo se azora porque le gustaría unirse a los patanes, pero al mismo tiempo quiere mostrarse educado.

Como la otra vez, me veo obligada a huir porque estoy a punto de romper a llorar y porque me parece que me he tragado un vaso roto y mi cuerpo sangra por dentro.

Me encuentro de nuevo en la plaza, confundida como siempre. Pero ¿qué hay en mí que no funciona?, ¿por qué no consigo vivir?, ¿por qué no estás tú para darme una sacudida de energía?

Por fortuna, cuando estás al borde del abismo, a veces aparece alguien que te tiende la mano. Desde el bar me ha seguido una señora, que me ha parado rozándome el brazo. Ya lo sabes, no me gusta dejar que me toquen, pero cuando alguien te toca comprendes muchas cosas. Este era un toque amable, el toque de alguien que te entiende.

La señora me ha llevado hasta su tienda, un quiosco de flores, y me ha hablado y, aunque haya comprendido la mitad de las cosas que ha dicho, me he sentido acogida. También las flores han puesto de su parte.

CAMARERA POR CASUALIDAD

—¡HOMBRE, mira, esta letra me resulta familiar! —dijo Carlotta, tendiéndole a su hermano una notita.

—¡Ah, no la había visto!

—Sí, estaba medio pegada detrás de una página.

—La notita que le dejé delante de su puerta...

—¡Qué tierna ha sido al conservarlo! Se ve claramente que poco a poco te la has ido camelando como solo pocos saben hacerlo.

—¡Qué va! A lo mejor es una de esas personas que no son capaces de tirar nada. ¿Te acuerdas de esa mujer a la que mamá ayudaba por caridad? ¿Cómo se llamaba?

—Carmen. Se llamaba Carmen.

—Sí, eso es, esa. Una vez mamá me llevó a su casa. Prácticamente había que abrirse paso con el machete porque lo guardaba todo: tiques, propaganda, periódicos viejos, cajas, no quedaba ni un centímetro despejado.

—¡Ahí es na! ¡Qué gente! ¿Y cómo se las apañaba con la comida?

—Me parece que los voluntarios le echaban una mano con la cocina, en fin, que se encargaban ellos de esas cosas, de hecho mamá le había llevado algo de comida y tuvo que tirar verdura estropeada que había en la nevera. Luego me explicó que hay una enfermedad por la que una persona es incapaz de desprenderse de nada.

Carlotta suspiró y miró al cielo, fuera de la ventana:

—Geneviève tiene razón: el mundo está repleto de dolor y a veces te paras a pensar y te parece que te lo notas todo encima de ti...

—Sí, claro. Pero es necesario saber reaccionar —dijo Massimo, contento de que su hermana valorara a Geneviève.

Después de todo, es un chico amable. Ya verás como volveré al bar para darle las gracias. ¡Ya lo digo yo que soy demasiado buena!

¡Es bien verdad que nunca entenderás el sentido del tiovivo si no estás al mando del mismo por lo menos una vez en la vida! Tú dirás que soy voluble, pero lo dirás con una sonrisa de satisfacción —Nicolas y tú: que os den morcilla— porque siempre has estado esperando a que se me encendiera el entusiasmo, te conozco, mientras que yo sé que mi prudencia y mi encierro me salvarán la vida. Por lo tanto, no te hagas ilusiones respecto a si he cambiado, ¡pero reconozco que a veces puede una divertirse!

Como te decía, he ido al bar, entre otras cosas porque antes he trabajado duro y enviado a la redacción tantos crucigramas como para permitirme relajarme un poco también...

En cambio en el bar el clima no era en modo alguno relajado. Había más gente que en el Louvre cuando hay entrada gratuita.

El pobre Massimo se empleaba a fondo inútilmente, y la escena me recordaba las películas mudas de antaño, con su ritmo acelerado.

¡Era tan tierno...!

Esta empatía me ha provocado una extraña reacción: estaba hasta tal punto absorta compartiendo su impasse *que me he olvidado momentáneamente de mis dificultades. ¡No hay nada como ver sufrir a alguien para encontrar el valor de soltar el freno y meterte de cabeza en la refriega!*

Me he colocado detrás de la caja y le he prestado auxilio igual que una chica de la Cruz Roja. Él no tenía tiempo que perder en cháchara —¡mejor así!— pero de vez en cuando me lanzaba una mirada de agradecimiento que calentaría hasta el corazón de una estatua, de hecho ha calentado también el mío...

—¡Le calentaste el corazón! ¡Qué tierno!

—No recuerdo haberte autorizado a hacer comentarios... de todas maneras ya es oficial: ¡le doy pena!

La verdad, me lo he pasado bien. Te parecerá extraño, pero así es. A mí me gusta hacer las cosas. Nadie te pide que le hables, hay alguna mirada, alguna frase, pero nada embarazoso. La vida discurre y ya está.

Ahora me parece entender algo más del bar. Es como un microcosmos al que la gente acude y se desahoga, charla un rato, bromea un poco. Me parece raro volver a pensar en las ofensas del otro día, porque ahora sé que no hay nadie que sea malo allí dentro. ¡Es bonito ver los engranajes del tiovivo!

La otra noticia es que tal vez haya encontrado a alguien para alquilarle la casa dentro de un par de semanas o algo más. Ya veremos qué pasa.

Viendo el clima del bar he intentado imaginarte allí, bromeando y riendo con algún cliente habitual, como Antonio, el fontanero, o Tonino, el mecánico. Te gustaría. ¿Es una estupidez decirte que te echo de menos?

Mel, no te lo vas a creer. Tal vez estoy bajo los efectos de alguna sustancia estupefaciente. Me entran ganas de reírme. Me siento llena de energía. Optimismo. Ganas de hacer cosas. Luego vuelve el miedo a hundirme.

Ah, he probado el café por primera vez en mi vida: ¿será por eso? Por Dios, dicen que no te deja dormir... solo me falta el insomnio en mi colección de problemas.

Pero ¿cómo he podido vivir sin café? ¿Cómo es que nadie me ha avisado hasta ahora? Sería necesario contárselo al querido Nicolas: el café despierta los sentidos mucho más que los razonamientos. Por lo menos, para mí es así. Estará relacionado con lo que te decía: el café es acción.

Energía. Pero ¿por qué el miedo a la caída me aplasta contra el suelo?

Tengo que decirte algo. Ordenando aquí en casa he hecho descubrimientos interesantes. ¡Es demasiado pequeño nuestro corazón para poder soportar la tempestad que se le echa encima en el curso de los años! He encontrado un álbum de fotos que exhalaba tormento desde las tapas. Te juro que no lo había abierto siquiera y tenía ya lágrimas en los ojos.

En muchas he reconocido a Maria. Está también en otras fotos que hay repartidas por la casa y a estas alturas he aprendido a considerarla de verdad como a una pariente, aunque no haya podido conocerla... ¡será que vivo entre sus paredes! Había fotos en blanco y negro de hace bastante tiempo. Las calles son estas de aquí, pero se ve que envejecen ellas también y no solo las personas. El mobiliario urbano, los escasos automóviles, el vestuario. Y, a pesar de todo, para ellos se trataba del presente, con sus palpitaciones y sus esperanzas.

Pensar que algún día yo también seré solamente una fotogra-
fía en tono sepia y colores desvaídos hace muy relativas las
preocupaciones de lo cotidiano. Hay también una foto de fa-
milia —a saber quiénes de ellos viven aún, y detrás de qué
arrugas—, se estrechan entre sí y miran a la cámara, son-
rientes y confiados como quien tiene poco dinero, pero mucho
afecto. Aquí veo a alguien conocido, justo por debajo de la se-
ñora Maria. He tardado un rato, pero luego le he relacionado:
ese guapo muchacho de anchas espaldas es el señor Dario, el
que ayuda a Massimo en el bar. A propósito, antes lo odiaba,
ahora me cae simpático, hasta el punto de que me conmueve
verlo aparecer en las fotos. Hay algo entre ellos. Podría ju-
rarlo. Maria y Dario. Quién sabe. Tal vez un secreto que na-
die sabía, o tal vez es tan solo una fantasía mía, pero ¿qué im-
porta?

—¡No! ¿Dario y Maria? Menuda imaginación galopante
tiene esta chica... —Massimo no fue capaz de contenerse.

—¿Tú crees? Yo en cambio siempre noté cierta vibración... Será la sensibilidad femenina.

—Pero ¿qué dices? ¡Oye, que ella siempre le fue fiel a
la memoria de su marido! Y ya está bien de tocar las narices con esta historia de la sensibilidad femenina que
utilizáis para fastidiarnos. Veamos ahora si tu sensibilidad femenina te dice también cuántas veces voy al
baño...

—Generalmente no la malgastamos con cosas de este
tipo, pero si me pongo a ello te lo podría decir. ¿Te interesa?

—Déjalo correr. Prosigue.

—Ya voy, ya voy, pero si lo piensas un poco es precisamente esta mentalidad tan cerrada la que podría haberla bloqueado...

—¿A qué mentalidad cerrada te refieres?

—Venga, no finjas que no me entiendes: ¡ese mito de la viuda inconsolable! ¡A lo mejor ella estaba enamorada de verdad de Dario, pero nunca se permitió a sí misma la libertad de vivir esa historia!

—Si tú lo dices... Venga, sigue leyendo...

¡Qué risa! Más adelante se ve a menudo a Massimo, cuando era pequeño. Qué gracioso...

—Gracioso. La verdad es que se trata de un cumplido único. Ya he entendido por qué se dice siempre que no hay que leer los diarios de los demás. ¡No es por respeto a ellos, sino porque por poco que estés ligeramente bajo de moral, encuentras allí todos los motivos para lanzarte al Tíber con una piedra al cuello!

—¡Exagerado! ¿No sabes que a las mujeres hay que hacerlas reír?

—Sí, esta es la respuesta estándar de las famosillas en las revistas de la prensa rosa. ¿Quieres que te descubra qué es lo primero que miramos los hombres en una mujer? ¡Los ojos!

—¡Estás de guasa! ¿O me estás diciendo la verdad?

—La verdad es que ejercéis un montón como feministas, pero las verdaderas obsesionadas sois vosotras. No perdéis oportunidad de subrayar el abismo que existe entre hombres y mujeres. Si por mí fuera, ya te digo: somos iguales, no hay ninguna diferencia.

—Y entonces, ¿por qué no te lías con Dario y así terminas? Los hombres maduros no están nada mal.

—No, no quiero estropear la hermosa amistad que existe entre nosotros.

En fin, que cuando estoy a punto de cerrar el álbum encuentro al final un bolsillo oculto en el interior del cartón. Está estropeadísimo y se despega al tocarlo.

De ahí sobresale una fotografía.

Imagínate la situación: allí estoy yo, recogiendo conchas de distinto tipo en una playa que ha quedado libre a causa de la baja marea y me sorprendo continuamente ante las maravillas regaladas por el mar. Luego, cuando estoy en lo mejor, llega una ola anómala que me arrastra. Eso es: más o menos, así me he sentido al ver esa imagen tras las otras que habían ido preparando el terreno.

Una muchacha y una niña: la primera de unos veinte años —la señora Maria—, radiante y en la flor de la vida, con una luz que más adelante se verá como marchita, tiene las manos apoyadas en los hombros de la segunda, de unos cinco... ¿qué puedo decirte? Hay una foto mía a su edad, me la dieron las monjas del orfanato. Dos gotas de agua. Te lo he dicho todo. ¡Cómo me gustaría que pudieras verla tú también! Ahora tengo una foto de mamá para llevar en la cartera. Detrás está escrito: 1955, MARIA Y NANÀ. Mamá. ¿Te das cuenta? En la plaza de Santa Maria in Trastevere, y a sus espaldas la fuente y el letrero del bar Tiberi. Cuánto me gustaría entrar ahí dentro y mirar más allá de los bordes granulados de la imagen, oír las voces, los aromas, dadme solo diez minutos ahí adentro, no pido nada más...

Miro la plaza desde arriba y me enfrento con la magnitud del pensamiento de mamá de niña allí abajo. ¿Y qué sucedió después? Me parece que no voy a dejar nunca de llorar.

Massimo tenía los ojos brillantes y estaba cada vez más enamorado de aquella muchacha fuerte y frágil al mismo tiempo, capaz de tocar el infinito y no obstante siempre a punto de quebrarse. No había salida. En modo alguno. A esas alturas había perdido ya la cuenta de las veces que había pensado en ella, como si fuera una iluminación, como si hubiera alcanzado el límite extremo de las penas de amor y, pese a todo, el listón siguiera situándose cada vez más arriba: récord personal, récord nacional, récord europeo, récord olímpico, récord del mundo.

Miró a Carlotta, que lo observaba con una sonrisa y los ojos brillantes. Estaba claro que ella veía todos sus pensamientos. Sensibilidad femenina, o tal vez el afecto auténtico de una hermana...

¡Está bien! Me estoy metiendo en un lío. ¡Tengo que huir, tengo que dejar esta ciudad, es una trampa! Ese chico está minando mis defensas con su café, luego me ha asaltado con una invitación al teatro, luego me ha doblegado con la noche romana, llamando a capítulo a las estrellas más rutilantes, y las siluetas de las ruinas, y los puentes, y cualquier cosa que pueda asediarme en esta velada. ¡Menudo aprieto! Todos son aliados suyos, todo el mundo.

Y luego me abraza, me rodea con la excusa de enseñarme a hacer el café, como en la escena de Ghost...

—¡No me lo puedo creer, ella también lo pensó! ¡Es imposible!

—Dios los cría y luego los junta... Sois más empalagosos que una copa de dulce de leche recubierta de miel y nata montada con azúcar: intentad moderaros que me estáis dando apuro.

Massimo ni siquiera la escuchó: «Y entonces ¿por qué?»

Luego me despierto de golpe. Me vienes tú a la cabeza, me viene a la cabeza que prometí no ir a ningún lado sin ti, me viene a la cabeza que esta no es mi casa. Aunque a lo mejor tampoco se trata de eso. No es una desesperada defensa racional, en caso contrario cualquiera podría decir que soy una estúpida que no hace otra cosa que hacerse daño por su cuenta. Es el instinto. Sí: exactamente ese instinto animal que tendría que echarme a los brazos de un hombre que me gusta; en cambio, me deja sin aliento, me atenaza el estómago, me hace estar mal. No hay otras palabras para explicarlo. Me acerco porque hay algo que me empuja a hacerlo. Pero luego estoy mal, estoy físicamente hecha un asco, mi cuerpo flaquea y se rebela, el corazón pierde cualquier clase de ritmo, tengo que huir o podría morir.

Lo siento. Ahora me toca a mí sentirme culpable por esto.

Pero lo beso. En el portal le doy un beso rápido: visto y no visto. Cierro la puerta a mis espaldas, me siento en el suelo, con la espalda contra la puerta, y espero media hora a que la vida vuelva a mí. Tal vez esté destinada a una existencia pálida, porque los colores fuertes me matan.

Massimo estaba convencido de que se había oído el ruido de su corazón al romperse en mil pedazos, y se avergonzaba de ello. Un poco era por revivir esas emociones, otro poco era por sentir la ineluctabilidad de la fuerza centrífuga que se la llevaba siempre lejos, en cualquier caso, y otro poco más era por sentir que él, por el contrario, se veía succionado irresistiblemente por aquel agujero negro.

*Necesito saber más. De la historia de Maria, de la historia
de aquí. Tengo que preguntarle a alguien. ¿El señor Dario?
Sí, tal vez sea él la persona adecuada. Es alguien que también
inspira confianza.*

*¿Quizá sea el arte la salvación? ¿Por qué no dejar esos cru-
cigramas y pasar a algo más visionario? Poner mi sufrimiento
al servicio de la belleza.*

*Lo he besado de nuevo. ¿Podía? Y estoy mal. Tengo que
marcharme, tengo que volver contigo.*

—Mira, mira esto. Aparte de este espléndido dibujo
tembloroso, marca Tiberi...

—Hombre con rosa. ¿Crees que se refería a este cuando hablaba de belleza?

—En mi opinión, se refería a él cuando hablaba de sufrimiento. Sin ánimo de ofender, obviamente.

—No, no, tú sigue, si, total, mi autoestima está a estas
alturas al nivel del mar, como esas zonas de Holanda,
¿cómo se llaman?

—¿*Polders*?

—Sí, eso es. Mi autoestima es un *polder*.

—Sí, vale, vale... De todos modos, hay aquí bocetos, creo
que hechos por ella, seguro que no por ti, muy bonitos.

—Sí, debe de ser de cuando la llevé a hacer el recorrido de las fuentes.

—¡Si has usado también el recorrido de las fuentes,
eso es amor de verdad!

—¿Tenías alguna duda?

—No. Dada la situación en la que nos encontramos,
yo diría realmente que no. Mira, ha anotado aquí todas
las fuentes. Dice que le gustaría proponer el itinerario a

una guía turística, que sería digno de figurar en ella, pero que es demasiado íntimo como para ser traicionado. Ahora su sensibilidad ya no me sorprende.

—¿Tú también te estás enamorando?

—Casi, casi... Oye, yo tengo un sueño terrible. No tengo valor para mirar el reloj porque será tardísimo.

Massimo le echó un vistazo a la pantalla del móvil e hizo una mueca.

—Ya te creo que tienes sueño: es la una pasada. ¡Pero por suerte mañana es domingo!

—¿Qué te parece si nos vamos a acostar y mañana, en cuanto me despierte, vuelvo aquí y terminamos la lectura? Sé que sientes curiosidad, pero, por otro lado, las cosas tardan tanto en suceder que tampoco es justo que nosotros las quememos todas en una noche, ¿no?

—Es una excusa como cualquier otra, pero me parece bien. A lo mejor las cosas también sedimentan un poco.

—Ok. Entonces, me marcho. Pero antes tomémonos la última copa. ¿Te apetece?

—¡Con ganas!

En cuanto lo dijo, Massimo se esforzó por no pensar en Geneviève, pero había poco que pudiera hacer, a esas alturas ya estaba por todas partes. Cogió una botella de licor de mirto y dos vasitos:

—¿Hielo?

—Sí, gracias, un cubito. ¡Ah, cómo me gusta!

—¿Estás muy cansada?

—Bueno, tengo que decir que es agotador. No tanto traducir al vuelo, eso se me da bien, es que psicológicamente no resulta nada fácil... e imagino que para ti aún es peor.

—Pues sí, la verdad.

Carlotta había vaciado ya el vaso:

—¿Te molesta que me sirva otro? ¡Total, no tengo que conducir! —Se notaba que se le había ocurrido algo.

—Venga, escúpelo. Te conozco...

—Oye. Tal vez se trata de una hipótesis muy aventurada, pero ¿y si Mel estuviera en coma? Claro, ¿por qué no? Todo encajaría. Él bloqueado en un limbo entre la vida y la muerte, y ella atada con un doble nudo que no encuentra...

Carlotta se interrumpió porque su voz, habitualmente tan segura, se estaba rompiendo en un sollozo:

—Perdóname si lloro, pero, pobre chica, ahora entiendo por qué está tan saturada de dolor... ¡es como si tuviera una gran piedra atada a los tobillos que la hunde cada vez que ella se aproxima a la superficie!

También Massimo estaba cansado y el escenario propuesto por su hermana fue de inmediato aceptado por su debilitada mente:

—¡Tienes razón! Pues claro, ¿cómo es que no se nos ha ocurrido antes? Tiene que ser así. Por tanto, no hay esperanza. ¿Hay esperanza?

Carlotta lo miró a los ojos:

—Tú tienes que creer en ello. Ella necesita un buen motivo para ponerse de nuevo a vivir. Claro que es duro, porque si se hubiera muerto sería una cosa, pero en coma... Es comprensible que ella siga allí, esperándolo, pero sin valor para pasar página. Darse cuenta es el primer paso. Ya verás como encontramos una solución. Una cosa es cierta: con ella vale la pena. Es una bellísima persona. Tú solo piensa en esto. Consúltalo con la almohada, permanece sereno y ya verás como todo sale bien.

Massimo se puso en pie, se sentía anquilosado y magullado, igual que si lo hubiera embestido un camión:

—Venga, te acompaño a casa, así doy una vuelta.

Principio del invierno

Ya lo dicen: agosto es el principio del invierno. En efecto, poco antes de amanecer se desató un violento temporal sobre la ciudad. Del asfalto fue levantándose el olor de la lluvia. Massimo se sentía como si alguien le hubiera hecho un nudo con su estómago, sus intestinos y todo lo demás: echaba terriblemente de menos a Geneviève, que a lo mejor ni siquiera se acordaba de él, su hermana Carlotta tardaría aún unas horas en regresar y el francés nunca le había parecido tan incomprensible.

Sí, la historia del rival en coma era decididamente verosímil. Pero ¿cómo se enfrenta uno a un rival en coma? No puede ni siquiera hablar mal de él, imaginémonos retarle a un duelo. En definitiva, no puede uno tumbar en la lona a alguien que se encuentra ya en coma, no sería nada elegante.

Aunque, luego, echando cuentas, ¿por qué no? Amar de verdad a alguien significa comprenderlo, seguirlo, aceptarlo, esperarlo y él podía hacer esto por ella. De repente se vio asaltado por una oleada de optimismo y también el cielo pareció estar de acuerdo con ello, porque a lo lejos, justo en la rendija que las casas le concedían al horizonte, un desgarro entre las nubes dejó pasar los rayos del sol naciente. Massimo salió al balcón para disfrutar mejor del espectáculo mientras la lluvia iba mordisqueándole la piel y las nubes desafiaban al amanecer en un duelo de titanes.

La belleza es una forma de energía, eso no puede negarse, y Massimo intentó absorber la mayor cantidad posible.

Cuando llueve, cuanta menos ropa lleves menos te mojarás, decía siempre su padre, que odiaba los paraguas, sombreros y lo demás. De manera que Massimo, sin pensárselo dos veces, se puso unos pantalones cortos, camiseta y zapatillas deportivas y se lanzó al agua en pos de aquel desgarro de las nubes.

Le bastó superar el primer golpe de cansancio, aquellas primeras resistencias del cuerpo (y del habitual cerebro despechado que le preguntaba: «¿por qué lo haces?»), para alcanzar el agradable estado de suspensión que tanto le gustaba de salir a correr: los pensamientos se veían centrifugados y se limpiaban, eliminando las toxinas y favoreciendo la consideración de nuevos puntos de vista.

Las ruinas romanas, en este majestuoso escenario en equilibrio entre sol y tempestad, eran con toda evidencia las mismas que habían inspirado a los artistas del Romanticismo inglés durante su gran *tour* por la vieja Europa. A medida que le iba faltando el oxígeno, Massimo sentía la belleza sin tiempo penetrándole en cada célula y cuando regresó a casa, cansado y empapado por la lluvia y el sudor, estaba seguro de que de alguna manera iba a conseguirlo.

Después de la ducha se echó en la cama y retomó aquellos locos pensamientos optimistas de antes. Y se repitió: «¿Por qué no?» Él podía convivir con este Mel, solo tenía que convencerla también a ella. En ese momento le pareció todo muy sencillo y se durmió.

Hacía tiempo que no dormía así: plano, perfecto, cansado, hundió sin miedo el cuerpo en el colchón como si pudiera fundirse con el mismo y halló de nuevo el olvido de los viejos domingos sin preocupaciones.

Así, el sueño atrasado se aprovechó de la ocasión para presentar la factura y lo mantuvo ocupado durante tres generosas horas, hasta que lo despertó la vibración insistente del móvil sobre la mesita de noche.

—¿Massimo?

—¿Eh?

—Carlotta.

—Ah, Carlotta. ¿Todo bien?

—Sí, perdóname, voy con retraso pero he tenido un ataque de sueño inexplicable y me acabo de despertar prácticamente ahora.

—¡No me lo puedo creer! Se ve bien a las claras que somos familia. Yo también he caído derrengado de sueño. No había dormido nada, de manera que me he ido a correr al amanecer, bajo la lluvia, pero luego, al regresar, me he quedado frito, como un rey. ¡Ah, no hay nada como dormir!

—Entonces ¿qué, seguimos con la lectura? ¿Qué te parece, me acerco hasta allí?

—Sí, venga, concluyamos. Muerto el perro, se acabó la rabia.

—Te noto más sereno, ¿qué te ha pasado?, ¿bonitos sueños?

—No, nada de sueños. Al final los sueños son un engorro: si han sido bonitos te despiertas decepcionado porque no son verdad; si son malos se te echa encima una inquietud que te persigue durante todo el día. Pero, en compensación, he hecho algunas reflexiones que me han dado... la paz de los sentidos, si así puede decirse.

—Fantástico, no veo la hora de escucharlas. Ayer por la noche habría dicho lo que fuera, menos esto. Voy enseguida.

Massimo colgó y se puso a intentar reemprender las argumentaciones que tanto lo habían calmado: ya se sabe que, a veces, en los momentos de exaltación, se toman decisiones disparatadas.

Por un instante, incluso, no se acordó de nada y tuvo miedo de que esas famosas seguridades fueran únicamente una ilusión onírica; luego, poco a poco, se fue recobrando.

Mel. Obviamente, en el centro del círculo estaba Mel. Sí, ese misterioso Mel del que Geneviève nunca le había hablado, pero que venía causando destrozos en sus pensamientos igual que los bárbaros en las fronteras del tardo Imperio Romano. Mel era el dictador del corazón de Geneviève y Geneviève era la dictadora del corazón de Massimo. La situación, aparentemente, carecía de vía de escape. Pero la forma en que Geneviève hablaba de este Mel era extraña, esto lo habían comentado y vuelto a comentar con Carlotta. Si hubiera sido su novio, en el sentido clásico del término, ella no le habría hablado, seguro, de Massimo. Es verdad: ese diario dirigido a Mel no habría sido necesariamente leído por Mel, sin embargo...

Cuanto más lo pensaba, menos lo entendía. Pero sí, la idea que lo había calmado seguía siendo válida. Si de verdad Mel era un viejo prometido en coma, él aceptaría la situación, amaría a Geneviève y, si fuera necesario, también a Mel. Cuidaría de él junto a ella. Podían trasladarlo a Roma. O bien... una idea alocada: Massimo podría abandonarlo todo y reunirse con ella en París. No es que fuera una época para poder estar tranquilos, a nivel económico, pero él siempre había sido prudente y tenía sus ahorros. Podía ceder la gestión del negocio y ponerse a estudiar Historia del Arte. De hecho, ¿qué mejor lugar que París podía acunarlo en esos sueños (excluida Roma, naturalmente)?

Perfecto.

Massimo, que mientras tanto había ido al lavabo para remojarse la cara, se miró en el espejo y se sonrió. «Está decidido, entonces. Solo falta saber si también ella está de acuerdo, pero son detalles.»

¿Y si luego Mel resulta que se despertaba? Algo así como el náufrago que regresa al cabo de los años y se encuentra a su viuda casada con un americano medio... ¿así que él iba a ser ese odioso e inútil hombre de plástico usurpador de una vida que no era suya? No, esto no era una película, en definitiva, del coma no se sale, y luego queda siempre la posibilidad de un triángulo (claro, ¿por qué no?; como él había aceptado a Mel, también Mel tendría que aceptarlo a él: lo que es justo es justo).

Massimo encendió el fuego bajo la cafetera y miró el cielo detrás de la ventana: decididamente, se estaba riendo (quién sabe si con él o de él).

Al volver a su habitación para coger la ropa, vio con el rabillo del ojo un extraño brillo en el salón. Recorrió hacia atrás el pasillo y miró mejor a través de la puerta. En efecto, la luz del sol rebotaba sobre el suelo de un modo distinto al habitual. Durante una fracción de segundo se divirtió por aquel gracioso fenómeno, pero luego se dio cuenta de que la causa del reflejo no era otra que un amplio charco de agua que había entrado por la puertaventana del salón.

Corrió hacia la cocina para coger una pila de periódicos viejos y empezó a tirarlos hacia el suelo. Estaba ya dándole las gracias al cielo por haber descartado la idea de poner parqué que había estado haciéndole cosquillas tiempo atrás, cuando se fijó en que la tela que cubría el sofá se había visto involucrada en el incidente. Dado que llegaba a rozar el suelo, el *batik* indonesio que le había regalado la señora Maria (que, obviamente, era una autoridad en materia de telas) estaba completamente empapado: era increíble cómo había ascendido la humedad desde el suelo hasta la mitad del sofá.

«Y ahora deberé tener mucho cuidado al lavarlo —pensó Massimo, imprecándose a sí mismo con buen humor—. Qué desastre, por suerte ahora llega Carlotta, que es un ama de casa y me echará una mano.»

Pero, como una guinda envenenada en lo alto del pastel, la peor noticia llegó al final, cuando el recuento de los daños parecía haber terminado y no ser demasiado grave. Mientras levantaba el *batik*, Massimo pudo ver una parte del suelo que antes le quedaba escondida por el brazo del sofá y que, en el centro de esa región, hacía ostentación de sí un cuaderno con la firma de Magritte.

Más que el diario de Geneviève, parecía su hermano obeso, de lo hinchado y empapado como estaba. Massimo se dejó caer sobre el sofá y se frotó las sienes. No tenía valor para reconocer la escena del crimen porque tenía miedo de que la inundación hubiera borrado todas las huellas.

Mientras cogía con la mano el enorme y chorreante mamotreto, en un clima que de radiante se había vuelto de golpe oscuro como el de *Twin Peaks* en el momento del hallazgo de Laura Palmer, Massimo contuvo la respiración.

Pero, evidentemente, nadie escuchó sus plegarias, porque en las páginas impregnadas de agua no quedaba más que algún churretón de tinta.

Solo la llegada inminente de su hermana y un imprevisible arranque de orgullo le impidieron lanzarse al suelo a llorar y arrancarse el pelo.

Ahora estaba claro que esas páginas perdidas contenían la solución al enigma, la receta del elixir de la juventud, la fórmula secreta de la Coca-Cola, los números ganadores de la Primitiva, el equipo ganador de los próximos mundiales y hasta el mapa de la isla del tesoro. Pero él no habría cambiado ninguna de estas revelaciones por la verdadera historia de Mel, que probablemente al final no estaría ahí (¿por qué iba una persona a anotar en su diario ese acontecimiento que recubre su vida constantemente, como una segunda piel?; por desgracia, para recordarlo eso no resulta necesario). No solo: aparte de Mel, Massimo quería darse un puñetazo en pleno rostro por cada palabra perdida: el beso, el de verdad, entre ellos, pero también el viaje a las fuentes (del que había visto sus espléndidos dibujos, todavía presentes en algunos churretes semidestruidos) y además (y sobre todo) la noche de amor. Esa noche inolvidable era la clave, había poco más que añadir. Saber qué había escrito al respecto habría sido importante, es más, fundamental.

Sonó el timbre.

EL lamentable incidente había desencadenado el pande-
mónium en ese microcosmos que era la familia Tiberi.
Carlotta se deshacía pidiendo mil perdones por no haber
insistido en terminar la lectura el día anterior. Y había
sido ella la que había colocado el cuaderno en el suelo.

Tan solo una frase había quedado más o menos le-
gible:

*Bien, he sabido más al respecto, pero al mismo tiempo no he
sabido nada. Total, no son las fechas ni los detalles los que des-
criben una vida, son los olores, los sonidos y los sabores.*

—Ha sido culpa mía —insistía Carlotta—, tú eres
muy amable al decir que no, pero ya sé lo que piensas de
estas cosas. ¿Te acuerdas del lío que se montó con Anto-
nino y Giovanni por el vaso de vino tinto?

Massimo estaba demasiado confundido como para
seguirla:

—La verdad es que no me acuerdo.

—Pues sí, yo me acuerdo de todo lo de ese periodo,
porque tú eras mi mito y no me perdía nada de lo que
hacías.

—¡Mientras que ahora soy un trasto!

—Pero ¿qué dices?

—¿Es que no quieres entender que no me interesa echarle la culpa a nadie? Ya soy un adulto, ¿qué me importa a mí encontrar un chivo expiatorio? ¡Lo que me joroba es que este cuaderno ya no existe, maldita sea!

Carlotta inspiró profundamente, luego soltó el aire hacia afuera por la nariz, igual que un dragón que se prepara para lanzar fuego y llamas:

—Está bien. ¿Y si fuera una señal? Quiero decir: esta es una historia repleta de señales y me parece claro que las estás siguiendo; por tanto, sigue también esta.

—Perdona que te lo diga, pero se me escapa el sentido de esta señal.

—La señal es que ya va siendo hora de acabar con esto. En fin, está muy bien indagar, estudiar, espiar, no está nada mal. Pero camarón que se duerme, la corriente se lo lleva: es hora de salir a la calle y pasar a la acción.

Massimo la miró perplejo.

—¿Acción? ¿No será más bien que se me está indicando que lo deje correr? No hago más que hacerme ilusiones y al final me encuentro con un puñado de arena en la mano. ¿Qué más puedo hacer ya?

—¿No se te ocurre nada? Hay gente que por amor mueve montañas, tú casi no has sacado la nariz del barrio, y desde luego nunca de Roma. No te has saltado ni un día de trabajo, no has cogido un tren, un avión, no has pedido que te presten un coche...

—Y dale con lo de saltarse el trabajo, pero ¿es que estás obsesionada? Según tu visión romántica, ¿si uno no se fastidia la vida es que no ama? ¡Y además, he dado larguísimos paseos!

—Demasiado fácil: has jugado en casa, Roma, los foros imperiales, las fuentes, *Rugantino*, el café... pero ¿qué te has creído? ¿Que esa chica es una golfilla cualquiera? Entonces no me queda claro por qué te has enamorado tanto de ella. Es verdad que a veces cometemos errores, pero con todo lo que has apostado en esta ronda vale la pena ver las cartas.

—¡No sabía que jugabas al póquer!

—Pues claro que no, no juego, pero para hacerse entender por vosotros, los hombres, hay que utilizar conceptos a ras de suelo, del tipo «Quien no llora no mama» o bien las grandes frases retóricas: «¡Podrán quitarnos la vida, pero no nos quitarán la libertad!»

—Ya estoy emocionado.

—Si no me dejas terminar voy a hacerte llorar de verdad. Por tanto, la idea es la siguiente: si la amas tanto y no puedes hacer nada, te conviene pensar que ella es una persona espléndida y extraordinaria, solo que muy difícil, y que tu amor está bien guardado. ¿Y tú te crees que puedes conquistar a una persona tan extraordinaria y difícil con esos subterfugios? No, esos pueden funcionar al principio, de hecho te han ido bien para empezar. Ahora, sin embargo, tienes que enfrentarte al dragón, de lo contrario, ¿cómo puedes pretender estar con una mujer llena de dolor y transformar este dolor en felicidad? ¡No todo el mundo puede hacerlo! Vosotros, los hombres, siempre lo veis muy fácil, y luego venís llorando...

—A veces me das miedo.

—Porque tengo razón. Y porque yo soy de las que si hay que ir, se va.

—Ya sé que tienes razón. Tienes razón para dar y

vender. Así que dime: ¿qué tengo que hacer, qué océano he de cruzar a nado?

—Hummm, déjame pensar... veamos, me has dicho que Dario habló con ella a solas el último día, antes de que se marchara. A lo mejor él sabe algo más... prueba a preguntárselo, hazle comprender que para ti se trata de algo importante. Luego, si es necesario, puedes ir a ver a ese fantasmagórico notario, seguro que él sabe algún detalle más. Pero lo más importante es que tienes que ir a verla a ella. Es más, ahora mismo voy a hacerte una reserva en algún bonito vuelo para París. Esto quiere decir jugar: ¿te queda claro ahora?

En efecto, hablar con Dario podía ser una idea aceptable. Es verdad, había tenido un extraño comportamiento al respecto, no era necesario que Carlotta se lo hiciera notar, pero el equívoco de fondo era que entre hombres el hecho de preguntarse algo equivale ya a media sospecha, algo así como cuando le llega a uno la notificación de que se le han abierto diligencias, que hace parecer al investigado ya casi culpable. Aunque tal vez había llegado el momento de hablar claro. Aunque esto quisiera decir mostrarse al desnudo.

Debía de ser un chorreo bastante confuso el que Massimo le soltó a Dario, en el rellano, antes incluso de que su amigo pudiera invitarlo a pasar a su casa, hasta el punto de que el viejo camarero abrió los ojos como platos y se tomó unos segundos antes de responder.

—¿Mel? ¡Rediós! Yo ya sospechaba que no habías entendido nada, pero no hasta este punto. ¿Mel? Pero si está en el... ¿cómo se llama? ¡Ah, sí, en el *Perla sces*!

Dario se golpeó repetidamente la frente con la palma de la mano y un par de veces suspiró si decidirse a proseguir. Massimo estaba hasta tal punto agitado que no se planteó mínimamente el problema de qué era el lugar que le había indicado.

—Mira. Yo no quiero ocultarte nada. Si no fuera porque tengo mucho respeto por la memoria de tu padre para ocupar su lugar, te diría que eres el hijo que nunca tuve.

Cuando empezaba con estas ceremonias había que estar seguros de que había llegado un momento decisivo.

—Por lo tanto, yo no quiero quitarte nada, en conclusión, sabes que haría lo que fuera para ayudarte, pero las cosas tienes que ser tú quien vaya a ganárselas. Además, sabes que cuando yo prometo, prometo.

Sin duda. Porque si Dario prometía silencio sobre algo, costaba un gran esfuerzo que rompiera su palabra incluso con su mejor amigo, para todo lo demás ya estaba Pino, el peluquero.

—De todas formas, no creo equivocarme ni traicionar ningún secreto si te digo que no has entendido ni un carajo. ¿Qué estás haciendo todavía aquí?

—Aquí, ¿dónde? Es mi ciudad... ¿adónde tendría que irme?

—¿Dónde crees que se encuentra el amor de tu vida?

—En París.

—Y entonces, ¿por qué no estás en París?

—¡Y dale! Ay, perdona... me está sonando el teléfono, tengo que contestar, es Carlotta. ¿Diga? Eh, hola. Sí, sí, sí. En casa de Dario. Ja, ja. ¿De verdad? ¿Estás bromeando? No, no pareces una que está bromeando, en efecto. Ok. Ya voy. Adiós.

Massimo se metió el teléfono en el bolsillo, luego puso los brazos en jarras y miró a Dario:

—¿Qué?, ¿os habéis puesto de acuerdo?

—¿De qué me hablas?

—¡Sí, sí, ahora hazte el tonto! Mi hermana dice que tengo un vuelo para París dentro de dos horas y media. Prácticamente tendría que haber salido de casa hace un cuarto de hora. ¿Y tú me dices que no os habéis puesto de acuerdo?

—Yo puedo encargarme del bar.

—Tenemos una conversación pendiente.

—Llegas tarde.

—No, espera. No me eches así a los leones. ¿Cómo la encuentro, en fin, qué hago?

—¿Y yo qué sé? Yo solo sé que cualquiera quisiera estar en tu sitio, cualquiera quisiera poder correr detrás de su destino, así que, si no lo haces, eres un auténtico mameluco.

—¿Es que se ha puesto de moda insultarme? ¿Por qué no me ayudas, en vez de eso? ¿Qué es esa historia de la carta de la señora Maria que Geneviève recibió antes de marcharse? ¿Se la diste tú? ¿Qué me estás ocultando?

—¿Yo? ¡Ya ves tú si yo voy a estar ocultándote algo! Te lo explico en dos palabras, tal vez tres. La cuestión es que va y me llama el notario.

—¿Cuándo?

—Mira, ties poco tiempo, por tanto no me hagas un interrogatorio y conténtate con lo que te digo que, además, es lo que puedo decirte. ¿Dónde nos habíamos quedao? Ah, sí. O sea, que me llama el notario, bueno, habrá sido un par de semanas antes de la partida de Geneviève, y me entrega una carta diciendo que Maria me dejaba la indicación de entregársela a la chica solo cuando me hubiera dado cuenta de que era una buena persona y una digna trastiberina honoraria.

—¿Trastiberina honoraria?

—Sí, hombre, sí, es una forma de decir que, en fin, en el caso de que hubiera visto que era una persona mala y antipática, no se la tenía que entregar.

—Pero ¿no te resultaba antipática de verdad?

—Al principio sí, luego cambiaron muchas cosas... de todas formas, tras aquella noche del crucigrama, comprendí lo que Maria pretendía, así que decidí darle la carta, ¡lo que pasa es que ella se estaba marchando y cumplí con mi embajada justo a tiempo!

—Ah, ¿y por qué Maria se sentía culpable?

—¿Culpable? Pero ¿de qué me estás hablando? ¡Si era una santa! Maria sentía tal respeto por todas las cosas, estoy seguro, que no puede haber hecho na malo en toda su vida. Su único defecto es que era demasiado buena, le faltaba ese poco de sano egoísmo para pensar también en sí misma. Siempre pensaba primero en los demás, en cambio... —dijo Dario. El tono era pesaroso, con una punta de tristeza que era difícil ignorar.

—Sí, lo sé, no la estaba acusando, en modo alguno... Pero ¿qué había escrito en la carta?

—¡Y yo qué sé! Yo no soy ningún espía profesional, ¿qué pretendes?

—Cierto.

En un recrudecimiento del sentimiento de culpa por haber curioseado en el diario de ella, Massimo pensó: «No todo el mundo es como yo.»

Dario chascó los dedos delante de sus ojos:

—¿Estás ahí? ¿Sigues aún con nosotros? No sé si quieres perder el avión o qué, pero yo te aconsejaría que te movieras.

—Sí —respondió Massimo, luego le dio un ataque de ansiedad—: Y cuando llegue allí, ¿qué hago? No tengo su número de teléfono, no tengo su dirección...

—Ya veo, ya, que tú no sabes cuidar de ti mismo. Tengo la esperanza de que logres conquistarla, por tu propio bien.

Dicho esto, Dario cogió un papel de la mesita del teléfono y transcribió dos direcciones de su agenda.

—Esta es de su casa, esta otra, de Mel, como tú dices...

—¿Y a qué estabas esperando para dármelas?

—¡A que me las pidieras! ¿Qué quieres, siempre la papilla preparada? Pero ahora debo despedirme de ti: ¡tengo algo en el fuego y tú un avión que coger!

Dario le dio la espalda y salió corriendo a la cocina, pero su voz se oyó por última vez:

—¡Sé que aún sigues ahí! ¿A qué estás esperando? Ve y regresa vencedor o no vuelvas pa na...

Massimo comprendió que no había nada más que añadir y dejó el apartamento de su amigo acariciando cada detalle con la mirada, como si fuera la última vez.

Echó una carrera hasta su casa, donde lo esperaba Carlotta, quien había intentado hacerle la maleta, y ya estaba listo para partir. O casi...

—Pero ¿qué pasa, es que han venido los ladrones? ¿Qué me has liado aquí?

—No es mi culpa si tienes las cosas en sitios absurdos, ¡ya te vendrían bien algunas lecciones de economía doméstica!

—Bien, si no hubiera más remedio, tengo claro que

no te elegiría a ti como profesora, no es por ofender: ¡mira qué desastre, parece como si hubiera pasado el huracán *Katrina*!

—¿Puedes dejar ya de perder el tiempo? Llega un taxi para ti a San Callisto dentro de un cuarto de hora. Mejor dicho, diez minutos. Escasos.

—¡Pero vosotros me queréis ver muerto de un infarto! Decidme la verdad, os habéis puesto de acuerdo por la herencia, ni Agatha Christie... pero ahora mismo doy un salto hasta el notario y os excomulgo a los dos.

—¡Para eso tienes que ir hasta el Vaticano y no vas a llegar a tiempo!

Al poco, Massimo estaba de nuevo en la calle con una bolsa de deporte medio deformada y llena de bubones que probablemente contenía bastantes cosas inútiles y no contenía bastantes cosas útiles.

Desde lejos vio al *hipster* delante del portal con una enorme caja entre los brazos, que lo saludó con un gesto de la cabeza. Massimo pensó que tal vez podría pedirle alguna información a él también, pero a esas alturas esa inmerecida aura de antipatía era incapaz de quitársela, y además no podía en modo alguno permitirse perder el avión.

Si huyes, me caso contigo

No PUEDE decirse que Massimo fuera un viajero, entre otras cosas porque, como siempre decía él, si ya estás en el lugar más hermoso del mundo, ¿quién te manda a ti marcharte por ahí?

Pero se las apañaba siempre sin demasiados desvelos. Incluso en el extranjero, las veces que había estado, había utilizado sin timidez ese poco inglés y esa mucha italianidad que hacía más fácil cualquier comunicación.

Pero ese día en el aeropuerto estaba bastante inquieto: el mundo, que por regla general siempre había sido su caja mágica, llena de maravillas y de misterios, hoy aparecía más semejante a una jungla rica, sí, en misterios, pero oscuros y peligrosos. Un poco era como la sensación de tener mucho que perder, otro poco... tal vez se había dejado condicionar por la lectura del diario de Geneviève. Ahora su visión de la realidad insidiosa e ilusoria, su miedo a los demás y, en cierto sentido, a sí misma, se le habían metido dentro y por empatía él también lo sentía.

No es que quisiera vivir en el terror, pero se había dado cuenta de que había un lado oscuro con el cual estamos obligados a echar cuentas y que él siempre había fingido no ver. Geneviève le había abierto los ojos respecto a esto, del mismo modo que él estaba convencido de poder abrirle los ojos sobre el lado luminoso, de manera que, juntos, pudieran alcanzar un desequilibrado equilibrio que abarcara el *yin* y el *yang* y los condujera hasta una felicidad auténtica y profunda.

Dario lo había fastidiado: no le había dicho todo lo que sabía y ese papel con las direcciones era como para decirle: «Luego no digas que no te lo he dicho», pero al final, en resumidas cuentas, no le había dicho nada de nada.

¿Y qué demonios era ese *Perla sces*, lugar de residencia de Mel, que Dario había nombrado como si diera por descontado que él lo conocía? Probablemente un gran hospital o algo semejante.

Para entonces había superado ya los controles de seguridad, se había quitado los zapatos y el cinturón, había hecho sonar el detector de metales con la cadenita de su madre (y fue como si ella hubiera dado su bendición a este viaje... ¿o se trataba tal vez de un oscuro presagio de algún inconveniente?), había recorrido veinte quilómetros para llegar hasta la puerta de embarque correspondiente y estaba esperando detrás de las cristaleras con la mirada en la pista.

Una vez más, el diario de Geneviève dejó sentir su influencia y Massimo se convenció de que en aquella concurridísima terminal las variables que había que mantener bajo control eran tan numerosas que hacía fácil, por no decir obvio, un inminente accidente.

Aunque mejor morir volando yendo hacia ella, concluyó. Pero fue capaz de convencer tan solo a una parte de su propio parlamento interior y lo que siguió fue un debate digno de la Cámara de Diputados italiana, con pesarosas intervenciones-río, aplausos provocadores y algo de animosidad. El jefe del grupo de los radicales amenazó polémicamente con abandonar la sala, y cuando el débil gobierno de transición parecía condenado al voto de castigo, se presentó inesperada una moción propuesta por un independiente elegido por los italianos residentes en el extranjero que puso de acuerdo a todo el mundo y fue votada por unanimidad: ¡lo nunca visto! Se dio la vuelta y con paso decidido se encaminó hacia el bar de la terminal, el último signo de civilización antes de la tierra de nadie.

Debe de haber una estadística al respecto, pero, a ojo de buen cubero, los bares del aeropuerto aumentan los precios a medida que se aproximan a las puertas de embarque: mientras que los que están situados en el área común son casi normales, a partir de los controles de seguridad empiezan a dispararse cada vez más, hasta alcanzar esa última ramificación capaz de pedirte dos euros y medio por un café, mirándote por si fuera poco con cara de estar haciéndote un favor. Pero este es el problema de hacer el mejor café de Roma, que es casi como decir de toda Italia, excluyendo Nápoles —solamente porque si empezamos una discusión con los napolitanos no terminaríamos nunca—, no puedes tomarte un café en ninguna otra parte porque en todos los casos sería repugnante. Y además, por dejarlo todo claro, Massimo necesitaba algo más fuerte. Su mirada se sintió atraída por una botella de Laphroaig, porque cuando se hace algo es necesario hacerlo a fondo.

Eso era lo que se requería para poner de acuerdo a los uno, ninguno y cien mil Massimo que le gritaban en el cerebro: rápido e indoloro como un decreto ley que aumenta el pago de las dietas de los diputados.

—Un Laphroaig doble. Con hielo —se limitó a decir, luego sacó un billete de veinte y lo dejó sobre la barra. Es cierto que no se trataba de un vodka martini, agitado, no removido, pero él, haciendo tintinear los cubitos y olfateando la malta que se desprendía en el aire, se sintió misterioso y astuto como James Bond.

Tras tomar medio vaso, ya estaba mareado y cuando lo terminó estaba bastante confundido, pero otra vez debido al mismo concepto de antes de que cuando se hace algo, hay que hacerlo a fondo, pidió otro, sacrificando el cambio de los veinte.

Ahora el vuelo ya no le daba miedo. Massimo observó la zona circundante en busca de posibles individuos sospechosos, pero el resultado fue tranquilizador.

Todavía faltaban quince minutos para el embarque. Se hurgó en los bolsillos en busca de inútiles monedas, y tras una serie de cálculos que podrían compararse por su complejidad a la integral de una ecuación de media página, se dio cuenta de que sumándolas al exiguo resto que el *barman* le había dejado sobre la barra de vidrio opaco daba exactamente la cifra de ocho euros. Ni más ni menos. El precio exacto de un Laphroaig doble con hielo. Esto le pareció una señal del destino y pidió otro más.

Los aviones se movían por la pista como los planetas en el sistema solar: seguían órbitas independientes pero condicionadas por la presencia recíproca y tenían tal equilibrio que no se topaban los unos con los otros nunca (casi). El carrito de la limpieza llevaba mucho tiempo delante del lavabo de los caballeros. ¿Había algo sospechoso? Al viejo Bond no se le pasa nada, pero aún no había llegado el momento de intervenir. Massimo miró el reloj y se prometió a sí mismo mantener vigilado al empleado de la limpieza, que a buen seguro era un secuaz de Spectra.

Naturalmente, no podía trabajar solo. Massimo se dio cuenta de que las cámaras de vigilancia podían representar un problema, si caían en las manos equivocadas. Estaba a punto de aferrar un concepto que intentaba escapársele de la mente cuando el *barman* interrumpió el flujo de sus pensamientos:

—Perdóneme si me permito, pero ¿qué vuelo espera usted?

¿Eh? Ah, ya.

—¿Yo? París.

Pero nadie le quitó de la cabeza que esa distracción había sido orquestada hábilmente para impedirle darse cuenta de que...

—Entonces le conviene darse prisa...

Massimo estaba ya a punto de saltarle al cuello: evidentemente el *barman* también era un militante de Spectra, pero la voz de los altavoces lo llamó al orden.

—Se ruega al señor Massimo Tiberi que se dirija urgentemente a la puerta B22 para el embarque inmediato. Repito: se requiere urgentemente la presencia del señor Massimo Tiberi en la puerta B22.

Siempre se había preguntado cómo se lo montaba esa gente que, habiendo ya pasado por el *check-in* y todo lo demás, se perdía en el aeropuerto, hasta el punto de que tenían que llamarlos a la puerta de embarque... ahora tenía una posible respuesta.

Justo mientras estaban repitiendo el mensaje en inglés, Massimo se precipitó a la puerta B22 y entregó la tarjeta de embarque y el documento de identidad. Entretanto, tuvo tiempo para pensar que no era nada bueno que su nombre fuera lanzado a los cuatro vientos: corría el riesgo que lo desenmascararan.

No es necesario decir que Massimo no era un gran bebedor.

Se abrochó el cinturón de seguridad muy fuerte, empezó a sentir un asomo de taquicardia, pero estaba demasiado aturdido como para prestarle atención. Quería tener miedo del avión, porque si lo tenía Geneviève quería decir que era justo que así fuera.

Luego lo entendió: aquel whisky estaba drogado. ¿Cómo podía haber sido tan ingenuo?

La cabeza se le ladeó y justo mientras se abría paso entre la neblina el pensamiento de que Geneviève era una espía rusa, Massimo se durmió.

En el momento de bajar del avión, tenía en el cerebro a toda una corporación de forjadores reunida para una competición de habilidad con el yunque: el primero que le hiciera estallar la cabeza sería condecorado con el título honorario de Maestro Herrero y premiado con el prestigiosísimo Martillo de Oro.

Por este motivo decidió atender a su supervivencia y posponer las operaciones bélicas para el día siguiente. Cogió un taxi e hizo que lo llevaran a la dirección de Geneviève, pero, a propósito, no se dignó dirigirle ni una mirada al edificio, porque no podía permitirse que todo saltara por los aires debido a las consecuencias de una borrachera («Madre mía, no hay quien lo aguante...»); por suerte la cosa permanecería en secreto toda la eternidad), en consecuencia se buscó una pensión por la zona. Por una vez había hecho algo sensato respetando el principio básico del *ars vivendi* por delante del *ars amandi*: no hacer nada importante cuando estás borracho o lo has estado poco antes, primero porque las consecuencias no van a ser necesariamente remediables, segundo porque el olor a alcohol lo podéis soportar solo tú y tus eventuales compañeros de turca. Luego se metió en un *bistrot* para tomar algo de comer y salió de allí con una pésima impresión: se había sentido observado y escarnecido, había tenido la sensación de que nadie se esforzaba por entenderlo o por hacerse entender, como si la visita de un extranjero fuera comparable a la de Godzilla o la del Yeti. «Ay, estos franceses, qué cerrazón mental», pensó mientras se apresuraba hacia su pensión.

No quería admitirlo, pero esa ciudad le daba algo de apuro y tenía ganas de encontrarse en un refugio, aunque solo fuera temporal (se le vino a la cabeza la guarida del esquimal de Geneviève). Mañana será otro día.

Se despertó hambriento y atacó *le petit déjeuner* igual que un salvaje, atrayendo bastantes miradas de conmiseración que reforzaron su opinión personal sobre los franceses. Pagó, se despidió para siempre de la pensioncita y se preparó para enfrentarse con su destino como se prepara uno para enfrentarse a un león con las manos desnudas (exactamente, ¿cómo se prepara uno para eso?).

La casa era tal cual como se la había imaginado. Las tiendecitas del Barrio Latino, donde probablemente Geneviève iba cada día a comprar la verdura y las flores, lo miraban sonriendo sarcásticas, suscitando su envidia, que se irradiaba por cada centímetro de asfalto porque cada centímetro de ese asfalto disfrutaba del privilegio de verla pasar sobre su cabeza muy a menudo. En su mente distorsionada de enamorado, olvidando el carácter rebelde de su amada, se imaginaba a Geneviève como una especie de Amélie Poulain, que transformaba en fábula cualquier cosa que tocara, o como la chica de Via del Campo de la canción de Fabrizio De André: nacen flores allá donde pisa.

Levantó la mirada hacia las claraboyas de arriba, a pocos centímetros del cielo, y se imaginó la mansarda aún más envidiable que la albergaba desde la noche a la mañana, que cuidaba de ella cuando estaba enferma, que incluso recogía sus lágrimas y espiaba todas sus facetas.

Luego tragó un par de veces y se decidió a cruzar la calle. Desde el momento en que lo hizo sin dejar de mirar hacia lo alto, se arriesgó a que lo atropellara un furgón blindado que tocó el claxon y lo insultó a través de la voz de su conductor. Por suerte, la estancia parisina se prometía breve, de lo contrario Massimo correría seriamente el peligro de ser declarado de forma oficial fuera de la ley en el plazo de una semana, en el caso de que sobreviviera.

Buscó su nombre en el portero automático. No era su especialidad (efectivamente, solía pensarlo algo a menudo: ¿qué sabía hacer, aparte del café y buscarse problemas?), de hecho, no dejaba de confundirse con los distintos nombres, de perderse en la lectura, de tener que verificar las cosas tres veces, de pensar que se había equivocado de dirección antes de encontrar el apellido solo después de haber ido leyéndolos uno a uno. Debía de ser una cuestión de ansiedad, porque agudeza visual no le faltaba: por ejemplo, cuando leía un libro era habilísimo encontrando dobles espacios y erratas varias, es más, el asunto incluso le apasionaba, hasta el punto de que le habría gustado ser corrector de pruebas, aunque le habían dicho que se trataba de un oficio ingrato y mal pagado (él, de todas formas, seguía pensando que ganarse la vida con un libro en las manos era un enorme privilegio). Bueno, tardó un poco, pero al final encontró el nombre. Por suerte, ahí estaba, porque algunas casillas habían sido rellenadas solo con un número, detalle que le hizo temerse lo peor.

Era así de simple: G. Remi. Tras aquel portón probablemente había un patio lleno de macetas que una viejecita tan ceñuda como graciosa regaba todas las noches y luego unas escaleras polvorientas, y arriba la puerta de casa, una puerta de madera vieja y chirriante, como es justo que sean las puertas que dan a un fabuloso mundo (el de Geneviève, en este caso).

Massimo pulsó la tecla redonda con el habitual retortijón de estómago que le provocaba el hecho de tener al mismo tiempo esperanza y miedo. Siguió un zumbido. «Ya estamos», se dijo. Pero no. Pulsó nuevamente y nuevamente esperó, esta vez decididamente más deseoso de recibir una respuesta. Lo intentó y volvió a intentarlo de nuevo, aunque ahora ya lo había entendido: no había nadie.

Pasaron una decena de minutos en los que lo intentó otras veces, hasta que alguien decidió que ya era hora de acabar con aquello.

Si se trataba de la vieja de aspecto ceñudo y corazón gracioso, que regaba las plantas cada noche, eso no es posible saberlo; lo que es seguro, no obstante, es que en este caso se limitó a mostrar lo primero y apostrofó a Massimo con voz de grajo desde la ventana del primer piso.

No resultaba nada fácil comprender las sutilezas retóricas de su intervención pero podía ser algo parecido a: «¡Pero bueno! Capullo, que eres un capullo, ¿quieres dejar de una vez de llamar? ¡Ve a emborracharte a otra parte o llamo a la policía!»

Massimo se movió justo un instante antes de que llegara el cubo de agua, lo que le confirmó que su traducción no se apartaba mucho de la realidad.

El chico del quiosco de flores le guiñó un ojo, pero Massimo pensó que podía tratarse de una trampa y se marchó directo en busca de un taxi.

No le quedaba más que intentar el plan B y presentarse en la dirección de Mel. No había tenido tiempo ni cabeza para informarse de qué era exactamente ese *Perla sces* que además no se escribía así —con el francés la verdad es que no atinaba—, pero le bastó enseñarle al conductor el papelito con la dirección sin necesitar ulteriores aclaraciones.

Cuando se bajó del automóvil se dio cuenta de que la estructura en cuestión no tenía mucho aspecto de hospital.

Mel estaba muerto. Indudablemente. Massimo se quedó con la boca abierta contemplando la entrada del cementerio, famoso para todo el mundo, excepto para él. «Mel está muerto», se repitió intentando evaluar el impacto de este descubrimiento. En cierto sentido, hacía que la situación fuera más sencilla, pero Massimo se sentía disgustado porque sabía lo importante que era Mel para Geneviève.

Cuando encontró a un empleado a quien preguntar, tuvo que humillarse para pedirle indicaciones en un francés irrepetible sobre la ubicación de un cierto Mel, lo que hizo que la jornada del funcionario se volviera inesperadamente alegre (Massimo formuló un corolario a su propia teoría sobre los franceses: el francés más simpático, aparte de Geneviève, es aquel que en vez de insultarte se ríe de ti).

Tras haberse partido de risa sin ningún recato, el oscuro sirviente sacudió la cabeza y empezó a preguntar a Massimo, en busca de una información cualquiera que lo ayudara en lo que parecía literalmente una misión imposible. Tecleó bastantes fórmulas mágicas en el teclado, sacudiendo rigurosamente la cabeza. Luego hizo una breve llamada telefónica durante la que siguió asintiendo y diciendo: «Aah-ja, aah-ja, *oui*.»

Al final, imprimió una hoja y se la tendió a Massimo.

—*Transféré.*

—*Ah. Merci.*

El buen hombre añadió, señalando con el brazo estirado hacia la derecha, que de todas formas la tumba de Jim Morrison estaba en esa dirección, como si considerara imposible que un extranjero se marchara de allí sin darse una vuelta por lo menos.

Mientras tanto, la atención de Massimo había sido absorbida por un par de detalles que, por el momento, superaban ampliamente el interés por el viejo Jim, hablando con todo el respeto.

El primero era que, por lo que parecía, los restos mortales habían sido trasladados hacía poquísimo tiempo a Italia y, más exactamente, a Roma, al cementerio de Verano.

El segundo era que el nombre completo del difunto en cuestión era Melisse Remi, nacida en 1983 y fallecida en 1996. Por lo tanto, no podía tratarse más que de su hermana.

Massimo se disculpó con Jim Morrison, pero decidió posponer la visita a su tumba para un momento más tranquilo y se encaminó... la verdad es que no sabía exactamente adónde.

El puzle estaba más claro, y no obstante permanecía neblinoso. Y, sobre todo, ¿adónde había ido a parar Geneviève si su hermana había sido trasladada a Roma? No se atrevía a tener esa esperanza.

Sacó el teléfono. Necesitaba llamar a alguien. Pero, por lo visto, se le habían adelantado: tenía un mensaje de Carlotta: «¡Yo que tú regresaría corriendo a Roma!»

Ahora por lo menos sabía a donde ir: detuvo un taxi y se hizo llevar al aeropuerto.

Por seguridad, preguntó si tenía de qué preocuparse.

«Yo creo que no. Tú solo corre y no hagas más preguntas», fue la respuesta.

Bien por ella, pensó, lo ve todo muy fácil: no hacer preguntas. Tal vez tendría que emborracharme de nuevo. Pero mejor no.

EPÍLOGO

A ESAS alturas, ya era oficial: Massimo había hecho suya por ósmosis la fobia al avión. Pero también tenía en su mano el antídoto, en forma de pluma y libreta compradas en la espera (a los acostumbrados precios democráticos de la terminal, donde si no gastas más que en el propio viaje poco falta). Escribir lo calmaría, que era lo que se decía en el cuaderno de Geneviève. No solo eso: también le ayudaría a aclararse las ideas. Intentó formular todas las preguntas que se le amontonaban en la cabeza y se dio cuenta de que eran potencialmente infinitas.

¿Dónde está ella ahora?

¿Qué tiene que ver la señora Maria con esta historia?

¿De qué murió Melisse? (Pensar en la muerte de una chica tan joven, a la que aún podría uno llamar niña, era simplemente doloroso y devastador...; ahora entendía esa sombra de dolor que rodeaba a Geneviève sin darle tregua.)

¿Qué había sido de Nanà?

¿Era acaso esa Nanà la famosa Teresina de la que había hablado la señora Maria? (Esta pregunta tenía una probable respuesta, y era sí, dado que las coincidencias eran tantas.)

¿Qué sabía Dario?

¿Por qué Carlotta le había exigido que volviera?

Y de nuevo: ¿dónde está ella ahora? ¿Dónde está ella ahora? ¿Dónde está ella ahora?

Mientras el estómago de Massimo se dilataba y contraía igual que un acordeón siguiendo las sacudidas posteriores al despegue, se dijo que era una lástima morir ahora con todas esas preguntas por formular, y que las preguntas hay que hacerlas siempre a la primera ocasión, del mismo modo que las cosas hay que decirlas a la primera ocasión, del mismo modo que hay que dar los besos, y los abrazos.

Extrañamente, la aeronave llegó toda entera al aeropuerto de Fiumicino —nada de explosiones, nada de secuestros— y para entonces Massimo había tenido ya tiempo suficiente como para profundizar, con todos los detalles, en la información adquirida y en las cuestiones sin resolver. Pero, como suele ocurrir en estos casos, el exceso de regurgitación tiende a ensuciar los resultados iniciales y a preparar peligrosas celadas fruto de la distorsión (un día, un amigo suyo jugador de ajedrez le dijo que la mejor jugada está siempre entre las primeras que se toman en consideración, entre otras cosas porque en esos momentos la mente está fresca y tiene en cuenta mejor los pros y los contras; en cambio, piensa que te piensa, cuando al final se te viene a la cabeza una nueva estrategia en apariencia genial, es precisamente el momento en el que el cerebro, harto y cansado, es probable que esté tomando una decisión errónea).

Sea como fuere: a base de pensar y repensar, Massimo se bajaba del avión sano y salvo, pero con la, como mínimo, fastidiosa sensación de saber al respecto menos que antes.

Se montó en el enésimo taxi para su regreso a casa más emocionante que podía imaginarse.

Y, en efecto, cuando se bajó del coche en San Callisto tuvo la tentación de salir por piernas por el miedo a no ser capaz de soportar la emoción, pero decidió, como había hecho otras veces, correr hacia ese destino que tanto temía. Literalmente: porque si corres con fuerza, a lo mejor dejas atrás el miedo.

Pero vete a explicárselo a Pino, el peluquero, que estaba saliendo del bar Tiberi y se encontró por los suelos, aplastado por el titular del negocio, salido no se sabía de dónde.

Los dos se levantaron tras ese torpe abrazo y Pino se colocó bien la chaqueta, se atusó el pelo y se sacudió el polvo de los pantalones con una flema irritante.

—Perdóname, de verdad, Pino, ¡pero es que voy con prisas!

—¿En serio? ¡No me había dao ni cuenta! Y, de todas maneras, si quieres que te lo diga, es inútil que corras. Y además es peligroso.

—¿En qué sentido? —gritó Massimo, con el poco aliento que le había quedado.

—En el sentido de que ahora ya has sido sustituido y no creo que te resulte muy fácil reconquistar tu puesto. Pero ¿adónde vas?

Massimo no lo dignó con una respuesta y entró rápidamente en el bar. Requería cierto esfuerzo ver detrás de la barra a causa de los habituales cuervos encaramados en sus taburetes.

—¡Ay, Mino! ¡Si te he visto, no me acuerdo!

—¡Oye, que nos las hemos apañao muy bien sin tu presencia!

Massimo se asomó por detrás de la barra y pudo ver por fin al *barman* que había ocupado su lugar, aunque *barman* no fuera la palabra más apropiada.

En efecto, la criatura que se escondía detrás de la vieja Gaggia era lo más femenino que podía imaginarse. Y se movía entre ruedecillas, teclas, grifos y resoplidos de vapor con la pericia de un veterano comandante sumada, por una rarísima alquimia, a la gracia de una princesa.

Pero Massimo, por inclinación natural, solo veía los ojos. Dos ojos verdes, luminosos y brillantes que se asomaban bajo el flequillo y hacían del resto de los detalles algo secundario, ya fuera el respirar o preocuparse por el juicio de los presentes. «Ahora entiendo lo que es el canto de las sirenas», tuvo tiempo de pensar mientras volaba hacia ella y la estrechaba en el abrazo más suspirado de su vida.

Poner en un apuro a la clientela habitual del bar Tiberi era una misión imposible, de hecho los parroquianos, del primero al último, se dejaron ir con bromas, aplausos y comentarios de todo tipo, como si estuvieran participando en primera persona en aquel beso, de los que quitaban el aliento, que se estaba representando.

Massimo y Geneviève, colorados como dos pimientos, se vieron obligados a saludar con una reverencia al respetable que deliraba, tras lo cual buscaron una forma de quedarse solos.

—Querido Dario, ya veo que te las apañas a lo grande, por tanto, si no te molesta, nosotros vamos a ir a dar una vueltecita.

Fue la vueltecita más breve de la historia. Bastaron tres minutos para llegar hasta el apartamento de Massimo.

A pesar de que tenían mil cosas que decirse, no fueron capaces de superar esas dos o tres frases de circunstancias porque era demasiada la urgencia de morderse, fundirse, beberse, estrujarse.

Por otro lado, el propio James Bond también acababa todas sus misiones de este modo; por lo tanto, no había nada malo en ello.

Y, visto que los enamorados nunca tienen bastante, Massimo y Geneviève casi eran incapaces de esperar a que desapareciera el jadeo y a que los latidos recuperaran la normalidad sin volver a besarse, con esos besos que empezaban con suavidad y luego iban alzando la apuesta hasta jugárselo todo en un combate donde no era posible ni perder ni rendirse.

Se durmieron abrazados y se despertaron abrazados, y en ese momento tenían de nuevo energías que gastar.

Cuando decidieron darse una ducha les pareció lo más natural dársela juntos, para seguir estudiando la piel y los huesos del otro, que lograban encajar con tanta natural perfección.

Solo después de muchas horas Massimo consiguió desenfundar su lista de preguntas. Porque la amaba cada vez más, porque quería saberlo todo sobre ella, porque le gustaría haber visto cómo era de pequeña y conocer cada instante de su vida.

Fue entonces cuando Geneviève, con paciencia, con algún esfuerzo porque quería lo mismo pero no le resultaba fácil volver a atravesar el dolor de determinados momentos, le explicó lo que había vivido y lo que había descubierto últimamente en la reconstrucción del *collage* de su propia existencia.

No fue un relato lineal. Partió de lo profundo, de la

noche de San Lorenzo, cuando Geneviève, tras haberse dado cuenta de que amaba a una persona, tal vez por primera vez en su vida, había soñado con su hermana gemela. Melisse en el sueño se estaba ahogando y la llamaba. Ella, que había sido siempre la más fuerte e independiente, ahora pedía en voz alta su ayuda.

Era un sueño premonitorio: a la mañana siguiente la había llamado por teléfono el guarda del cementerio para decirle que la tumba se había inundado y que tenía que regresar urgentemente a París.

Luego había llegado la carta.

Dario la siguió fuera del bar, ese día, y le había hecho entrega de una carta de parte de la señora Maria.

—Si tienes que irte, vete —le dijo—, estoy seguro de que ties buenos motivos, pero coge esta carta que Maria dejó para ti. He esperado a conocerte un poco mejor, como ella quería, y creo que eres una buena persona... Espero volver a verte pronto. Acuérdate de que, del mismo modo que uno se va, puede volver.

Geneviève la sacó de la cartera donde tenía la hoja doblada, junto con la foto de Maria y Nanà, porque explicaba los pasajes que faltaban.

—A veces pensamos que se trata solo de palabras, pero en cambio las palabras pueden cambiarte la vida si llegan en el momento justo o si no llegan *pas du tout*...

Massimo la vio aferrar la carta entre sus manos. Y la escuchó.

Geneviève y Melisse se habían criado con las monjas de Saint-Germain. De su madre, Nanà, tenían un recuerdo que se desvanecía con el tiempo. Un día las había abandonado en la estación. Y había desaparecido.

Las hermanas de Saint-Germain se habían hecho cargo de las pequeñas, que en esa época tenían cinco años. Dos gotas de agua en el aspecto, Melisse y Geneviève tenían personalidades completamente en las antípodas: la primera era exuberante, solar y enérgica; delicada, sensible y silenciosa, la segunda.

Eran inseparables.

Luego apareció la señora Marceau. La señora Marceau era de familia rica y vivía en una hermosísima villa en el centro de París. Pero lo único que había deseado no había podido tenerlo. A pesar de que llevaba años casada, no había podido ser madre. Siempre venía a ver a los huérfanos y con el tiempo encontró en Geneviève una afinidad electiva dictada por una sensibilidad muy parecida y por abundantes intereses en común. Sin demasiadas palabras las dos conseguían comprenderse.

Unos meses después, la señora Marceau solicitó a la madre superiora la adopción de la chiquilla, que tenía para entonces trece años.

Esta era una esperanza que tenían todos los huérfanos. Pero cuando Geneviève se dio cuenta de que la petición solamente la afectaba a ella y no a su inseparable gemela, rechazó la oferta: «Sin ti no voy a ninguna parte», le dijo.

Melisse, en cambio, decidió que por lo menos una de ellas tenía derecho a una vida distinta. Esa noche durmieron abrazadas, pero al amanecer se separó de Geneviève y, mientras las monjas estaban ocupadas con sus rezos matutinos y el resto del mundo todavía estaba durmiendo, atravesó los pasillos medio a oscuras de Saint-Germain y se tiró por la ventanita que había en lo alto del campanario.

Geneviève, como le había prometido, no se fue a ningún lado sin ella. No pasó semana sin ir a visitar la tumba de su hermana y releyó muchísimas veces la nota que Melisse le dejara, persuadida, no obstante, de que nunca más podría volar, igual que un águila con un ala sola.

Tras haberle explicado todo esto a Massimo, que la miraba con los ojos brillantes y la respiración entrecortada, Geneviève dio un gran suspiro y miró con sus ojos verdes, que las lágrimas hacían aún más resplandecientes, la carta que tenía en la mano. Y empezó a leer.

Querida Geneviève:

No espero obtener tu perdón con esta carta, eso solo Dios podrá concedérmelo, pero quiero responder a las preguntas que a lo mejor te llevan persiguiendo toda la vida. Perdóname si no lo hago en persona, pero no tendría valor para mirarte a los ojos. Yo soy vieja y no me queda mucho por delante. Lo que he descubierto me ha hecho sufrir mucho, y mi única esperanza es que al menos puedas entenderlo, darte explicaciones, porque tienes mucha vida por delante y no tiene sentido que tu pasado te la estropee. Si te estás preguntando cómo es posible que te escriba en francés, bien, que sepas que le he pedido ayuda al notario, que es casi mi ángel de la guarda, pero también porque no quería revelarle a nadie más esta historia.

Pero ya es hora de que te cuente sin perderme en rodeos, total la verdad es una sola, sea como sea que se la pinte.

Me llegó una carta de mi adorada Nanà, de quien conservaba en mi mente un recuerdo precioso, como si fuera una joya perdida desde hace tiempo. Creía que era feliz, brillando de vida y de luz en otro país. Y creía sinceramente que ella me había olvidado.

En la carta había una foto de nosotras antes de que ella se marchara. ¡Qué felices éramos, entonces, y qué tristeza me causa pensar en lo que nos esperaba! En la carta, Nanà me explicaba casi avergonzada su situación. Cómo vuestro padre se había largado en cuanto se enteró de la buena noticia. Sin decir nada; mejor dicho: había prometido el oro y el moro y luego había cruzado la puerta para no regresar nunca más. Ella os había sacado adelante contando únicamente con sus propias fuerzas. Y la cosa no acabó ahí. Yo me pregunto aún ahora cómo puede la vida ensañarse con una criatura tan radiante. Su padre, vuestro abuelo, el famoso tío que se la llevó consigo a París privándome así de mi compañera de juegos, murió cuando vosotras erais pequeñas, dejándole en herencia un buen puñado de deudas. Y cuando alguien se encuentra en una de esas espirales ya no puede salir de ella. Ella no tenía la culpa, pero los intereses iban creciendo e incluso llegaron las primeras amenazas. Cuando me escribió estaba desesperada y me pedía ayuda. Tenía miedo sobre todo por vosotras, pequeñas e indefensas.

Por desgracia, esa carta llegó a mis manos solo muchos años después, pues la hallé detrás de un mueble que estaba fijo en la pared de la cocina, y que hice mover para unas obras de reestructuración.

Quién sabe cómo llegó allí, tal vez un golpe de viento... pero el hecho es que era demasiado tarde. No soy capaz de escribir sin revivir el tormento de ese instante: ya no había nada que yo pudiera hacer. Habían pasado años y años entre los momentos en que ella me escribió y yo la leí. De inmediato presagié un sentimiento de desventura, pero solo después de haber hecho algunas indagaciones me di cuenta del alcance real de esta desgraciada situación. No tengo hijos, pero puedo imaginar qué terrible sufrimiento siente una madre obligada a abandonar a sus propias hijas. Creía que así os ponía a salvo. Pero no logró salvarse a sí misma.

Pero el golpe de gracia lo he recibido hace poco tiempo, cuan-

do el notario encargado por mí de localizaros me ha explicado lo sucedido con tu hermana. Nunca tendré valor para mirarte a la cara, ni quiero con mi presencia desenterrar tus antiguos sufrimientos. Permíteme únicamente, por poco que pueda valer, hacerte la vida un poquito más fácil desde el punto de vista material, dejándote todo lo que tengo. Si tienes en las venas un poco de la misma sangre de tu madre, eres sin lugar a dudas una persona excepcional y espero que la vida pueda devolverte, por lo menos, una pequeña parte de lo que te ha arrebatado.

Aunque no puedas perdonarme nunca.

Con afecto,

Maria

Massimo escuchó en silencio y al final la abrazó con la esperanza de que su sola cercanía pudiera transmitirle lo que las palabras no podían decir.

Tras una decena de minutos en los que las lágrimas de ambos se mezclaron en sus mejillas, ella volvió a hablar, como distraída:

—*Oui...* destino... Piensa: un golpe de viento, o quién sabe qué, un sobre perdido y cambia una vida, que se lleva tras de sí otras dos. Pero el pasado es pasado, no se puede cambiar. Ahora el círculo se ha cerrado, porque solo conocer la verdad da un pequeño poco de paz. Ahora solo quiero mirar presente y futuro. Quiero ser feliz, ¿dices que me lo merezco?

—Yo creo que sí —respondió él, mirándola a los ojos verdes.

—¿Y tú? ¿Tú qué quieres, Massimo?

—Yo solo quiero tomar contigo el primer café de la mañana, me basta con eso. Pero tiene que ser cada mañana, durante el resto de nuestra vida. ¿Te apetece?

Y TÚ, ¿QUÉ CAFÉ ERES?

PARECE sencillo, pero es lo más difícil del mundo. El café es un microcosmos, una *Divina Comedia* para ser leída en treinta segundos, un calidoscopio sensorial. Como la personalidad de un hombre, el café puede ser clasificado por comodidad o diversión en diferentes categorías, cada una con su propio nombre, pero la verdad es que, en el fondo, cada taza singular es una historia en sí misma. Hay una coherencia perfecta que hace de estos elementos, unidos entre sí por metonimia, un conjunto solidario: el bar, como el café en la tacita (y también el grano del que se deriva, si bien se mira, pero probablemente lo mejor sea mantener los pies en el suelo), como el ser humano, reúne en sí muchos elementos diferentes y contrastantes, pero hace que su unión sea perfectamente natural. Infinitos y multiformes son los seres humanos, en definitiva, pero viendo que todos los caminos llevan al bar (o al menos pasan por un bar) es fundamental que todo el mundo pueda encontrar el café justo.

Espresso: es el café italiano por excelencia, obtenido por el tueste y molienda de la variedad arábica. Debe ser servido en una tacita de porcelana que esté hirviendo para exaltar el cuerpo, el aroma y la crema (con unos milímetros de espesor y de un color entre almendrado y rojizo). El café *espresso* es para el hombre o la mujer que no deben pedir nunca, representa la fuerza, la voluntad de enfrentarse al día de cara, sin miedo, dando la impresión de saber lo que quieres de la vida. Quien lo toma con azúcar revela una necesidad fugaz de afecto, mientras que los duros de verdad lo toman amargo y lo beben de un trago, escondiendo la quemadura detrás de la máscara habitual de Clint Eastwood.

Cortado: se prepara añadiendo al café *espresso* unas gotas de leche fría o caliente. Expresa la indecisión, algo así como un quiero, pero no puedo, sueño con lanzarme de un avión en pleno vuelo para experimentar la ebriedad liberatoria del vacío, pero no lo voy a hacer nunca porque tengo demasiado miedo a que el paracaídas no se abra. Quien lo toma, en el fondo, de buena gana pediría un *cappuccino*, pero tal vez no tiene tiempo o no quiere gastar más.

Largo: el mismo procedimiento que el *espresso*, pero se deja gotear más para aumentar la cantidad y disminuir la concentración. Para los que quieren prolongar el placer y tal vez saborear un instante más ese momento de pausa aferrado a la barra como si fuera un trozo de madera después del naufragio. Nuestro náufrago no quiere recibir la bofetada del *espresso*, tal vez porque ya ha recibido muchas, pero no permite que le falte una pequeña descarga eléctrica.

Carajillo: se obtiene añadiéndole al café *espresso* una corrección con un chorrito de licor con un alto contenido alcohólico. Los más adecuados son la sambuca, el anís, el brandy o la *grappa*. Una de cal y una de arena. Por regla general, se toma más que nada porque uno quiere beber algo, pero es demasiado pronto, por lo tanto el café es solo una excusa para hacer que la cosa sea más respetable. Mérito no menor. Además, la cafeína nos permite caminar recto hasta la parada de autobús, aunque la mente ya haya empezado a soñar y las transeúntes desconocidas nos parezcan por un momento más próximas.

Descafeinado: se prepara como el *espresso* pero utilizando una mezcla que carece de cafeína. Quien lo toma es, en el fondo, muy aficionado al ritual del café y no puede prescindir de ese momento perfumado, ya sea por la mañana o al final de una comida. Pero ha descubierto que el exceso de café le hace temblar las manos, o que el café después de una determinada hora no le deja dormir, o que le entra taquicardia y otras cosas. Otro matiz de la fascinante relación entre el café y la hipocondría.

En vaso de cristal: no cambia el contenido, sino solo el continente (cualquier café en un vasito de cristal con asa de metal en vez de la habitual tacita de cerámica hirviendo). Por regla general, es debido a un problema de temperatura, se enfría más rápidamente, ahorrando varias visitas al Centro de Grandes Quemados. Pero hay quien se lo toma así por razones de higiene, de acuerdo con este razonamiento: el vasito no se utiliza tanto, por lo que hay menos microbios. Seguimos en el tema de la hipocondría.

Café con hielo: se vierte un café *espresso* con dos cubitos de hielo en un vaso y se remueve con una cucharilla larga. Para los que sueñan con una hamaca a cada paso, con la cabeza ya de vacaciones y les parece casi sentir la brisa del mar en su piel quemada por el sol.

Marroquí: en vaso de cristal. Se cubre el fondo con cacao, se llena hasta la mitad de espuma de leche y se completa con un *espresso*. Para los que creen que el descubrimiento de América es el acontecimiento más importante de la historia. Para las personas a las que les gusta dar a sus papilas gustativas una descarga eléctrica con un desfibrilador natural, donde la amargura del cacao se combina con el aroma del café, generando una sonrisa que le acompañará durante el resto del día.

Con avellanas: en un vasito helado se pone una buena cucharada de crema de avellanas, una gota de crema de café y, para terminar, un *espresso* humeante. Adecuado para los amantes de los colores pastel, que sueñan con pasear a lo largo del Sena, en una noche de verano, y piensan que un café siempre es un momento para recordar.

Corto: se trata de un *espresso* más corto y concentrado. Para los que aman las esencias y la esencialidad, para los que prefieren utilizar aceites en lugar de perfumes, para los que creen en los instantes fugaces, para los que quieren llevarse a la boca el sabor incandescente de un grano y se horrorizan ante la idea de beber un vaso de agua después de haber probado el café, para los que saben que son fuertes y decididos, y antes de ir a la caja dicen: «¡Tócala otra vez, Sam!»

Espumoso: tacita hirviendo, café *espresso*, dos pequeñas nubes de espuma de leche servidas con gracia, casi hasta formar una colina de los Campos Elíseos. Para los que son dulces y un poco salados, para los que lo quieren todo y deprisa, para los que están convencidos de que se puede amar a dos personas al mismo tiempo, para los que viajan con las luces apagadas en la noche para llegar desde la piel hasta el corazón.

Café americano: se coge una taza de *cappuccino*, se vierte en ella un *espresso* un poco largo y se añade agua caliente. Para los amantes de la noche antes de los exámenes, las pausas largas, el amanecer de pie delante de la ventana de la cocina, las puestas de sol otoñales de Vermont, sentados en una mecedora en el patio de una casa de campo, el calor de la taza de colores con la inscripción «I Love NY» que sostienen en sus manos mientras soplan sobre el café hirviendo. Para los que saborean la vida trago a trago y sueñan con un amor que quema el alma como la voz cansina de Johnny Cash en «Walk the line».

Café con Nutella: se llena con Nutella el fondo de una tacita y se extiende una franja que sube hasta el borde, donde se posarán los labios del afortunado *sommelier*. Luego se llena de café y se añade una pizca de azúcar *glass* sobre la Nutella visible. Para los que aman las cosas prohibidas y si cierran los ojos por un instante vuelven a ser el niño que de noche afrontaba con valentía el oscuro pasillo y el comedor lleno de fantasmas, haciendo equilibrios sobre un taburete en la cocina, de puntillas, temblando en el esfuerzo para alcanzar el frasco de cristal en la parte superior del aparador. Y luego, sentado con las piernas cruzadas debajo de la mesa, hundía la cucharilla y se la metía en la boca cerrando los ojos, justo como tú lo haces ahora con esa tacita en la mano.

Café con ginseng: la persona en cuestión por regla general prefiere pasar el tiempo en el centro de yoga respirando el incienso, escuchando las letanías de los antiguos maestros de Oriente, relajando el cuerpo y expandiendo la mente en direcciones indefinibles. Sin embargo, invariablemente ella (o él) se pasa por el bar y, aunque aspira a una realidad diferente, alejada del caos de todos los días, algunas veces necesita esa descarga de energía para lanzarse a la arena para luchar contra los leones. Y entonces ¿qué mejor que una taza de café con ginseng para lanzar unos rayos de sabiduría milenaria del Sol Naciente sobre nuestras pequeñas miserias cotidianas? Difundido en Italia en los últimos diez años, se hace con una máquina especial o con un polvo soluble en agua hirviendo.

Agitado: se ponen en una coctelera un par de cubitos de hielo y un abundante café *espresso*, se agita y se sirve lentamente en una copa, añadiendo como firma de autor una pizca de *amaretto* en polvo. Para los que son elegantes por dentro y por fuera y, como James Bond, podrían lanzarse desde un tren en marcha luchando contra un energúmeno con dientes de acero y salir no solo ilesos, sino sobre todo sin arrugarse el traje. Y saben que, pase lo que pase, la mujer más hermosa va a acabar en su cama. En resumen, para los que aman el estilo y no pueden evitarlo.

Cappuccino: cruz y bendición del *barman* novato, está atado con doble nudo al arte de levantar una espuma de leche hermosa y abundante. El secreto es que la leche esté bien fría, que la jarra de metal no esté demasiado llena, que el tubito del vapor se sumerja en el lugar apropiado, ni mucho, de lo contrario la leche se calienta y nada más, ni poco, de lo contrario la leche salpica por todas partes. Simplemente hay que encontrar el punto correcto y ya está: se gira la válvula y el vapor estridente producirá la espuma perfecta. Luego se añade la espuma al café en una taza grande preparada mientras tanto. Algunos dicen que el *cappuccino* es mujer, pero también lo toman muchos hombres. El *cappuccino*, en realidad, significa cuidar de uno mismo, detenerse por un momento, escaparse a un mundo de fantasía y permanecer allí hasta que se elimine con la servilleta la inevitable manchita encima de la boca, que en ocasiones también afecta la nariz.

En una primera versión había escrito nerviosamente junto a la voz *cappuccino*: si tomáis *cappuccino* os habéis equivocado de libro.

Pero luego me di cuenta de que, en el fondo, el café funciona como el amor. A lo mejor uno no ha encontrado todavía a la persona adecuada, o bien la ha perdido por el camino y ahora está bloqueado por el miedo, o bien indeciso, o tal vez tan solo cansado, pero en el fondo la verdad es una sola: el amor existe, incluso cuando no se tiene.

Así, incluso los que no toman café pueden disfrutar de sus efectos en las demás personas, en la energía positiva y en el inconfundible aroma que llena el aire de las mañanas italianas.

Agradecimientos

Mi mayor agradecimiento va para Ricci, mi compañera, por su infinita paciencia y por creer en mí, sin si y sin peros.

Gracias desde lo más hondo de mi corazón a Catena Fiorello, por haberme regalado una cometa y animado a hacerla volar mientras corría colina arriba.

Un gracias enorme a mi agente literaria, Vicki Satlow, por demostrarme que la que encontró Aladino no era la última lámpara mágica que quedaba.

Doy las gracias a Mattia Signorini, por sus brillantes consejos.

Doy las gracias a mi amigo literario Nicola Balossi, que hizo que mis colores fueran más vivos y las luces de Roma menos suaves.

Mi mayor agradecimiento a mis editoras Giulia De Biase y Valentina Rossi.

Doy las gracias a la directora editorial Ornella Robbiati y a todos los de Sperling & Kupfer, porque desde el día en que leí *El diario de Noah*, de Nicholas Sparks, no hice otra cosa más que soñar con este momento.

Por último, gracias a todas aquellas personas que en estos años se han mantenido con la nariz hacia arriba, esperando verme tocar el cielo con un dedo, y a vosotros, que habéis decidido leer esta novela.

ÍNDICE

Segunda parte